高等职业教育专业教学资源库建设项目规划教材

会计综合实训

kuaiji Zonghe Shixun

孙万军　主　编

杨　蕊　孙莲香　副主编

高等教育出版社·北京
HIGHER EDUCATION PRESS BEIJING

李　群　李玉俊　李代俊　杨　丹　杨　蕊　杨　毅　杨兰花

杨金莲　吴丛慧　吴晓莉　吴鑫奇　邱正山　何秀贤　何明友

何涛涛　沈艾林　沈清文　张　英　张　敏　张　琰　张卫平

张凤明　张远录　张莲苓　张桂春　陆小虎　陈　凤　陈　凌

陈　娟　陈　强　陈冬妮　陈红慧　陈素兰　林祖乐　季光伟

周　彦　周宇霞　周海彬　郑红梅　赵　燕　赵云芳　赵孝廉

胡玲敏　胡蔚玲　施金影　施海丽　姚军胜　顾爱春　徐耀庆

高慧芸　高瑾瑛　郭书维　郭素娟　唐淑文　涂　君　桑丽霞

黄　玑　黄　培　黄晓平　黄菊英　黄新荣　常　洁　崔玉娟

银样军　笪建军　康　山　章慧敏　梁毅炜　董京原　蒋　萍

蒋小芸　蒋丽华　蒋麟凤　韩延龄　焦　丽　童晓茜　曾海帆

路荣平　鲍建青　裴淑琴　管朝龙　廖艳琳　颜永廷　潘宏霞

薛春燕　戴桂荣

高等职业教育专业教学资源库建设项目（项目编号：2010-08）是教育部、财政部为深化高职教育教学改革，加强专业与课程建设，推动优质教学资源共建共享，提高人才培养质量而启动的国家级高职教育建设项目。会计专业作为与国家经济发展联系紧密、布点量大的专业，于2010年6月被教育部确定为高等职业教育专业教学资源库年度立项及建设专业，由山西省财政税务专科学校、山东商业职业技术学院共同主持。

会计专业教学资源库建设工作开展于2008年。三年多来，按照教育部提出的"由国家示范高职建设院校牵头组建开发团队，吸引行业企业参与，整合社会资源，在集成全国相关专业优质课程建设成果的基础上，采用整体顶层设计、先进技术支撑、开放式管理、网络运行的方法进行建设"的建设方针，项目组聘请了时任财政部会计司司长的刘玉廷教授担任资源库建设总顾问，确定了山西省财政税务专科学校、山东商业职业技术学院、浙江金融职业学院、江苏财经职业技术学院、无锡商业职业技术学院、丽水职业技术学院、北京财贸职业技术学院、淄博职业学院、长沙民政职业技术学院、天津职业大学、江苏经贸职业技术学院等11所院校和用友软件、立信大华、山西焦煤、鲁商集团等20余家企业作为联合建设单位，同时以课程和项目为单位吸收全国40余所高职院校的180余名骨干教师共同承担了12门专业课程开发和6个子项目建设工作，形成了一支学校、企业、行业紧密结合的建设团队。三年多来，项目建设团队先后召开了多次全国性研讨会，以建设具有高等职业教育特色的标志性、共享型专业教学资源库为目标，紧跟我国职业教育改革的步伐，确定了"能力本位、工学结合、校企合作、持续发展"的高职教育理念，以会计职业岗位及岗位任务分析为逻辑起点开发了会计职业基础、出纳业务操作、企业财务会计、成本核算、税费计算与申报、企业财务管理、会计信息化、会计综合实训、审计实务、财务报表分析、行业会计比较、企业会计制度设计12门会计专业理实一体课程，以先进技术为支撑建设了各课程系列教学资源，开发了虚拟实训平台、能力测试与训练平台、在线课堂平台3个教学平台，构建了综合案例库、账证表库、政策法规库、行业特色资源库等4个子库，基本完成了项目建设任务，并在部分学校开始推广试用。

本套教材是"高等职业教育会计专业教学资源库"建设项目的重要成果之一，也是资源库课程开发成果和资源整合应用的实践和重要载体。三年多来，项目组多次召开教材编写会议，组织各课程负责人及参编人员认真学习高等职业教育与课程开发理论，深入进行会计职业岗位及岗位任务的调研与分析，以培养高素质的技能型会计人才为目标，打破会计专业传统教材框架束缚，根据高职会计教学的需求重新构架教材体系、设计教材体例，形成了以下几点鲜明特色。

第一，确定高职就业面向与就业岗位，构建基于会计职业岗位任务的课程体系与教材体系。项目组在对会计职业进行调研分析的基础上，将高职高专会计专业的就业岗位定位于中小企业、非营利组织及社会中介机构的出纳、会计核算、会计管理、财务管理和会计监督等岗位，并对这些岗位的典型工作任务进行归纳分析，开发了会计职业基础、出纳业务操作等12门基于职业岗位任务的理实一体专业课程。在此基础上，组织编写了与12门专业课程对应的12本主体教材及5本配套实训教材。教材内容按照专业顶层设计进行了明确划分，做到逻辑一致，内容相谐，既使各课程之间知识、技能按照会计工作总体过程关联化、顺序化，又避免了不同课程内容之间的重复，实现了顶层设计下会计职业能力培养的递进衔接。

第二，立足高职"教学做"一体化教学特色，设计三位一体的教材组成。按照高职教育"教学做"一体化的教学要求，从"教什么、怎么教"、"学什么，怎么学"、"做什么，怎么做"三个问题出发，每门课程均编写了"主体教材"、"教师手册"（放入资源平台）、"实训手册"。其中，主体教材以"学习者用书"为主要定位，立足"学什么、怎么学"进行编写，是课程教学内容的载体；教师手册以"教师用书"为主要定位，立足"教什么、怎么教"进行编写，既是教师进行教学组织实施的载体，也是学生参与课堂活动设计的载体；实训手册以"能力训练与测试"为主要定位，立足"做什么，怎么做"，通过职业判断能力训练、职业实践能力训练、职业拓展能力训练三部分训练全面提高学生的职业能力。

第三，有效整合教材内容与教学资源，打造立体化、自主学习式的新型教材。按照资源库建设的顶层设计要求，在教材编写的同时，各门课程开发了涵盖课程标准、教材、教学实施方案、电子课件、岗位介绍、操作演示、虚拟互动、典型案例、习题试题、票证账表、图片素材、法规政策、教学视频等在内的丰富的教学资源。这些教学资源的建设与教材编写同步而行，相携而成，是本套教材最大的特色。同时，为了引导学习者充分使用配套资源，打造真正的"自主学习型"教材，本套教材增加了辅学资源标注，即在教材中通过图标形象地告诉读者本处教学内容所配备的资源类型、内容和用途，从而将教材内容和教学资源有机整合起来，使之浑然一体。如果说资源库数以千计的教学资源是一颗颗散落的明珠，那么本套教材就是将它们有序串接的珠链。我们有理由相信，这套嵌合着数以千计的优质资源的教材将会成为高职会计专业教学第一套真正意义的数字化、自主学习型创新教材。

第四，遵循工作过程系统化课程开发理论，采用学习情境式教学单元，体现高职教育职业化、实践化特色。作为资源库课程开发成果的载体，本套教材不再使用传统的章节式体例，而是采用职业含义更加丰富的"学习情境"搭建教学单元。与传统的章节式体例相比，学习情境式教学单元融合了岗位任务完成所需的"职业环境、岗位要求、典型任务、职业工具和职业资料"，立体化地描述了完成一项典型工作任务的工作过程和工作情境，再现了大量真实的会计职业的账、证、表，满足了高职教育职业性、实践性要求。

第五，主体教材装帧精美，采用四色、双色印刷，突出重点概念与技能，仿真再现会计资料。本套教材采用四色或双色印刷，并以不同的色块，突出重点概念与技能，通过视觉搭建知识技能结构，给人耳目一新的感觉。同时，彩色印刷还原了会计凭证、账簿、报表的本来面目，增强了教材的真实感、职业感。

千锤百炼出真知。本套教材的编写伴随着资源库建设的历程，历时三年，几经修改，既具积累之深厚，又具改革之创新，是全国 40 余所院校 180 余名教师的心血与智慧的结晶，也是资源库三年建设成果的集中体现。我们衷心地希望它的出版能够为中国高职会计专业教学改革探索出一条特色之路，一条成功之路，一条未来之路！

高等职业教育会计专业教学资源库项目组

2011 年 4 月

本书是高等职业教育专业教学资源库建设项目规划教材。

本书是按照财政部 2006 年发布的会计准则体系和 2010 年财政部等五部委联合发布的《企业内部控制配套指引》的要求，根据高等职业教育会计专业教学资源库建设项目中会计综合实训课程标准，为全国高职高专院校财务会计及相关专业的学生而编写的。

本书采用项目教学法，以企业典型业务为主线，进行小组分工操作，从建立账簿开始，到填制和审核原始凭证与记账凭证、登记账簿、成本计算、财产清查，一直到编制会计报表及纳税申报表，完成一个完整的、综合性的会计工作任务，特别是强调了会计主管、稽核、出纳、会计核算之间的业务传递及内部控制关系。

本书主要内容包括序言、认知企业及会计工作、建账、日常经济业务处理、成本核算、期末会计事项处理、会计报表与纳税申报表编制六个学习情境及附录企业原始凭证，每个学习情境包括情境引例、工作任务、操作指导和学习评价。

本书体现会计工作过程特征、符合行动导向教学要求，力求情境创设生动、任务要求明确、操作指导过程详细、学习评价合理。

本书全部内容可安排学习 80 学时或 140 学时，其中序言、学习情境 1 至学习情境 6 讲授 10 学时，第一轮实训 70 学时；如果安排第二、三、四轮实训，则平均各轮需要 20 学时。

本书由北京财贸职业学院孙万军教授任主编，杨蕊、孙莲香任副主编，孙万军、杨蕊、孙莲香、周海彬、梁毅炜、吴鑫奇、沈清文、陈凌、杨丹、郝黄达、刘成竹、黄文兰参加编写，山西省财政税务专科学校赵丽生教授、立信大华会计师事务所董事长梁春注册会计师审定。北京财贸职业学院、立信大华会计师事务所、山西省财政税务专科学校、黑龙江农业职业技术学院、南京工业职业技术学院、四川财经职业学院、北京电子科技职业学院和高等教育出版社对本书的编写与出版给予了大力支持。

　　本书是全国高职高专院校财经类专业通用教材，也可作为本科院校、成人院校会计及相关专业的教材，还可作为会计人员继续教育的教材，也是广大财经干部自学会计实务的工具。

　　限于编者的水平和实践经验，且时间仓促，书中难免存在疏漏和不妥之处，敬请批评指正，我们将在修订版中予以更正。

编　者

2011 年 4 月于北京

目录

序　言

　　会计综合实训是高等职业教育会计专业的一门综合性实践课程，本课程以培养会计综合职业能力和品德素养为宗旨，综合运用会计专项技能和信息技术方法，在企业会计环境中，按照会计职业岗位分工，进行企业经济业务的会计处理。

　　本课程在会计专业理论课程和专项技能训练之后开设，为企业顶岗实习和从事实际会计工作奠定基础。本课程是高等职业教育会计专业人才培养过程中必要的教学环节。

一、实训目标

　　通过会计综合实训，使学生进一步提高会计综合职业能力，包括专业能力、社会能力和方法能力。

　　（一）专业能力

　　（1）学生能够根据企业具体情况，熟记会计岗位设置和岗位职责，并正确执行企业内部会计制度。

　　（2）会阐述期初建账的基本内容，能够用手工和计算机方式为中小企业建账。

　　（3）会正确进行采购、销售等经济业务的核算以及成本与费用核算，并能够分别用手工和计算机方式进行相应的账务处理。

　　（4）会用手工和计算机方式正确进行期末账项调整。

　　（5）会进行期末对账与结账操作。

　　（6）会用手工和计算机方式编制会计报表，能够利用会计报表进行财务分析。

　　（7）能够用手工和计算机方式编制纳税申报表。

　　（8）能够对会计档案进行有效管理。

　　（二）社会能力

　　（1）遵守财经法规和企业内部规章制度。

　　（2）养成认真、严谨、细致的工作态度。

　　（3）培养部门、岗位之间互相沟通与协调能力。

（三）方法能力

（1）能够认知企业、职业和岗位，正确判断企业一般经济事项的性质。

（2）掌握信息加工处理的一般方法，能对信息进行基本的加工处理。

（3）会使用流程、表格和制度等管理工具。

（4）会快速查找错误并能进行正确处理。

二、实训内容

按照行动导向教学理念，构造一个反映制造业会计业务处理过程的教学项目，包括认知企业及会计工作、建账、日常经济业务处理、成本核算、期末会计事项处理、会计报表与纳税申报表编制六个子情境。

（1）认知企业及会计工作：了解企业基本情况、企业内部会计制度、会计工作组织方式。

（2）建账：建立账簿文件，设置会计科目，录入期初数据。

（3）日常经济业务处理：银行借款和接受投资，存货采购、固定资产和无形资产购进及付款，一般销售、销售折扣、销货退回及应收款项的核算等。

（4）成本核算：水电费、修理费、计提折旧核算，职工薪酬核算，成本费用归集与分配的核算。

（5）期末会计事项处理：期末账项调整，包括计提费用、计算结转本月应交各种税费、资产减值准备处理、结转损益、计算利润和利润分配。期末对账与结账，包括证账实核对、银行对账、往来账款清查、试算平衡和结账。

（6）会计报表与纳税申报表编制：会计报表编制与分析，包括资产负债表、利润表、现金流量表、所有者权益变动表；编制纳税申报表，包括编制增值税、营业税、所得税等纳税申报表；财务指标计算与分析。

三、实训条件

（一）实训场地

会计综合实训场地应满足会计工作和小组学习两个基本要求。

在模拟真实环境中，按照会计工作职责的划分以及会计工作涉及的外部单位，设置会计岗位，布置工作场景，营造工作氛围。

内部工作环境：在实训室内布置模拟企业的生产工艺流程图、会计核算程序图、成本结转程序图、会计岗位设置及职责图示等图表，并按照单位会计岗位的不同，设置会计主管、出纳、制单会计、记账会计等会计岗位，根据会计岗位规定内部牵制原则，按"一人一岗"、"多人一岗"、"一人多岗"对小组成员进行合理分工。

外部工作环境：有条件的学校还可以结合金融等专业设置模拟银行、国税局、地税局、劳动和人事部门等有关部门或单位的场景。

同时，实训场地要具备一般的教学功能，布置有投影、展示板等，以便进行展示与讲解。

（二）实训设施

为使会计综合实训场地与企业真实环境相似，需准备下列实训设施：

（1）办公桌椅。会计综合实训室内办公桌椅要求按组摆放，其布局与实际企业会计部门基本相似。

（2）计算机及财务软件。每个实训小组需要配备计算机 2～4 台，票据打印机一台，并且要组成局域网络，安装网络版财务软件。

（3）多媒体教学设备。主要包括指导教师用计算机 1 台，液晶投影仪 1 台。

（4）会计办公用品。每个实训小组（4 人）1 套，主要包括计算器 1 个、算盘 4 把、双色印台 1 盒、多功能笔筒 1 个、海绵缸 1 套、黑色记账专用笔 4 支、红色记账专用笔 1 支、直尺 1 把、胶水 1 瓶（或胶棒 1 支）、大头针 1 盒、曲别针 1 盒、剪刀 1 把、铁夹 2 只、文件夹 2 个、资料夹 2 个、订书机 1 个、装订机 1 台、点（验）钞机 1 台。

（5）印章。每小组（4 人）1 套，包括模拟企业的公章、财务专用章、发票专用章（可用财务专用章代替）、企业预留开户行印鉴、参加模拟实训学生的人名章。

（6）岗位工牌。每实训小组岗位工牌 4 个，包括会计主管、出纳、制单会计、记账会计。

（7）会计档案保管柜。

（三）学习资料

提供的学习资料包括模拟企业概况、内部会计制度、基本经济业务、各种原始凭证、票券以及动画、视频等数字教学资源等。

（1）会计综合实训教材。典型的会计综合实训教材应包括学习情境、外来原始凭证及需要会计部门填制的空白原始凭证和操作指导等。会计部门填制的空白原始凭证主要有：

银行票证，包括模拟各种支票、汇票、本票、银行进账单、电（信）汇凭证、委托收款凭证、送款簿等。

税务发票，包括模拟增值税发票、商业发票、服务业发票等。

各种收据、费用计算表和财务成果计算表等。

（2）空白证账表。主要的空白证账表应包括记账凭证、现金和银行存款日记账、各种明细账、总分类账、会计报表和各种纳税申报表等。

记账凭证，包括收款凭证、付款凭证、转账凭证或通用记账凭证，记账凭证封面与包角，科目汇总表。

各种账簿，包括现金和银行存款日记账（可以采用三栏式账页代替）、总账、三栏式明细账账页、多栏式明细账账页（包括空白多栏式明细账账页、生产成本多栏式明细账账页、应交增值税多栏式明细账账页）、数量金额式明细账账页、备查账或登记簿、账簿封面、启用表、账夹。

会计报表，包括资产负债表、利润表、现金流量表、所有者权益变动表以及报表封面等。

各种纳税申报表，包括增值税申报表、营业税申报表、印花税申报表、城市维护建设税及教育费附加申报表、所得税申报表等。

（3）会计综合实训资源库。主要包括课程标准、实施方案、电子课件、原始凭证图片、情境创设及会计核算动画、教学录像、网络课程和综合训练。

四、实训方法

会计综合实训主要采用"项目教学"方法，同时结合任务教学法和角色扮演法进行教学。

按照会计工作要求，将若干名学生组成一个项目组，根据会计工作岗位或岗位群的分工，将小组成员分成会计主管、出纳、制单会计（主办会计）

和记账会计等角色，分别承担相应会计岗位的工作任务，协同处理会计业务，再进行各岗位的轮换，以掌握每个会计岗位的技能，经历完整的会计工作流程，从而增强对整个会计工作的认识和岗位适应性，提高处理会计综合业务的能力。

会计业务处理有多种方式，其中典型的方式有手工操作方式、手工与计算机结合操作方式以及手工与计算机并行方式三种。按照现代职业教育的要求，为推广先进技术，在实训中主要采用手工与计算机并行方式进行建账、日常会计业务核算和期末会计事项处理，分别形成两套账务资料。

（一）组成小组

在模拟企业环境中，设置会计岗位，采用信息技术，按实际会计业务操作流程，分工协作，处理仿真的会计业务。典型方案是安排每4名学生一组，组成一个模拟公司的财务部。

（二）角色扮演

要合理划分会计工作岗位，使小组中的每个成员分别扮演不同的角色，从而实现小组集体任务的分解。通过分工协作，最终完成总的任务。典型方案是具体分为4个岗位，分别为会计主管、出纳、制单会计（主办会计）和记账会计。

会计综合实训中，如果采用每组6～8人的分岗实训方式，可根据会计业务情况安排各成员扮演不同的角色。如每个实训小组8名学生，分别扮演主管会计、出纳员、往来结算核算员、财产物资核算员、成本核算员、资金核算员、微机核算员和财务成果核算员。

（三）岗位轮换

为了达到实训目的，需要轮岗，小组中的每一名学生必须依次扮演4个不同的角色，经过4次轮换，使得每一名学生都能将实训内容亲自操作一遍。

五、学习评价

本课程采用"综合评分法"，对学生学习情况进行考核。该方法采用百分制，包括过程考核和结果考核两部分，其中过程考核占60%，结果考核占40%。

具体考核时，通过编制实训小组成绩表计算个人成绩。实训小组成绩表如表1所示。

表1　　　　　　　　　　　　　　　　　　小组成绩表

姓名	过程考核（60%）	结果考核（40%）				得分
		小组汇报（10%）	会计档案（20%）	实训报告（10%）	小计	

（一）过程考核

过程考核主要从考勤情况、工作态度、工作质量、工作效率、沟通协作等方面进行，注重实训小组的组织管理。考勤情况主要考核能否全面地、全过程地参加实训；工作态度主要考核实训态度的端正性、工作的主动性以及能否出色地完成规定的工作任务；工作质量主要考核实训过程的正确性、规范性以及能否通过专业知识所形成的职业判断，利用操作技能出色地完成实训任务；工作效率主要考核实训任务完成的及时性；沟通协作主要考核能否与小组成员保持良好、互动的合作关系，是否具有良好的沟通表达能力以及能否主动协助下一工序人员作业。

具体考核时，对每一个学习情境的工作任务分别进行评价，按考核关键指标进行打分。首先由组长组织进行组内成员互相评价（要求小组各成员成绩不能全部相同），然后再进行教师评价，小组成员评价和教师评价各占40%、60%，过程考核表如表2所示。

表2　　　　　　　　　　　　　　　　　　过程考核表

序号	学习过程	过程考核指标及标准分值					合计
		工作质量（50%）	考勤情况（20%）	沟通协作（10%）	态度效率（10%）	其他（10%）	
1	认知企业及会计工作						
2	建账						
3	日常经济业务处理						
4	成本核算						
5	期末会计事项处理						
6	会计报表与纳税申报表编制						
	合　计						

（二）结果考核

实训结果考评主要包括学生提交的会计档案资料、小组汇报及实训报告，分别占 20%、10% 和 10%。

会计档案资料按小组提交，包括会计凭证、会计账簿和财务会计报告等内容。会计档案资料评分参考标准为：原始凭证填制和审核占 3%；经济业务的账务处理、记账凭证的填制和审核占 10%；账簿登记、报表编制占 5%；会计档案整理、装订占 2%。如不提交会计档案，则实训成绩为不合格。

小组汇报实际上是各个实训小组对本小组实训情况及成果进行总结、汇报和展示。小组汇报的内容主要包括小组实训的组织过程、工作任务和工作计划、工作程序和步骤、工作成果与收获、取得的经验与教训等。其中，组织过程包括实训项目、小组成员、岗位分工、小组管理制度、团队协作情况等内容。实训结束时，每个小组必须进行汇报，如不进行小组汇报，则实训成绩为不合格。

实训报告包括实训项目描述、主要任务、业务流程、岗位职责，每天的实训记录，以及实训后的个人总结等。实训结束后，要求每名同学必须及时提交实训报告。

学习情境1

认知企业及会计工作

【 工作任务与学习子情境 】

工作任务	学习子情境
了解企业基本情况	
掌握企业组织机构	
掌握岗位设置及人员分工	了解企业概况
了解产品及生产基本流程	
掌握市场与客户	
了解会计岗位设置依据	
熟记会计岗位职责	熟悉会计岗位与工作流程
掌握基本工作流程	
了解会计工作组织	
了解货币资金核算、销售与收款等资产核算的有关规定	了解内部会计制度
了解成本与费用核算的有关规定	
了解税金及附加计算的有关规定	

学习子情境 1.1 了解企业概况

一、企业基本情况

星辉家具有限责任公司（简称星辉公司）是专业从事家具设计与开发、生产和销售的股份制企业，目前主要生产电脑桌和文件柜。位于星海市建新开发区东山路 188 号，占地面积为 2 700 平方米，电话：082-87765632，邮箱：xinghui@xh.com。

公司于 2008 年由星海市大地实业公司、星海市东方实业公司和星海市胜利公司 3 家单位共同投资组建，3 家单位分别出资人民币 262. 50 万元、187. 50 万元、75 万元，公司总注册资金为 525 万元。

该公司开户银行为工商银行星海市支行营业部，账号为 500600230053124，该公司为一般纳税人，纳税人登记号为 210019994321010，开户行行号 3464235878340。

二、企业组织机构

按照有限责任公司的规定，公司的权力机构为股东会。公司设立董事会对股东会负责，董事长孙鸿为公司的法定代表人。

公司设经理对董事会负责，总经理由董事长兼任，副总经理四人，分别为行政副总经理、财务副总经理、生产副总经理和营销副总经理。

公司建立了职能型组织结构，部门分为 1 办、5 部、4 车间，共 10 个部门，分别是办公室、人力资源部、设计质检部、财务部、截材车间（一车间）、封边打孔车间（二车间）、组装车间（三车间）、机修车间、采购部（材料库）、销售部（成品库），如图 1-1 所示。

企业各机构、部门的主要职责如下：

（1）董事会。负责召集股东会会议，并向股东会报告工作；执行股东会的决议；决定公司的经营计划和投资方案；制订公司的年度财务预算方案、决算方案；制订公司的利润分配方案和弥补亏损方案；制订公司增加或者减少注册资本以及发行公司债券的方案；制订公司合并、分立、解散或者变更公司形式的方案；决定公司内部管理机构的设置；决定聘任或者解聘公司经理及其报酬事项，并根据经理的提名决定聘任或者解聘公司副经理、财务负

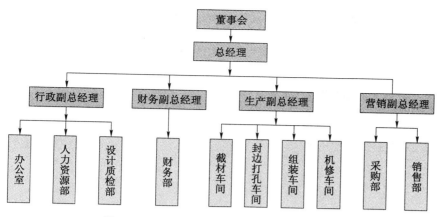

图 1-1　星辉家具有限责任公司企业组织结构

责人及其报酬事项；制定公司的基本管理制度；公司章程规定的其他职权。

（2）办公室。负责企业行政管理、日常事务、企业策划、安全保卫、后勤服务等工作。

（3）人力资源部。负责企业人力资源管理工作，包括绩效考核与薪酬管理等。

（4）设计质检部。负责新产品研制与开发工作，负责材料、产品质量检验及企业信息化支持服务等工作。

（5）财务部。公司设立财务部作为独立的职能部门，在各个部门中不设置会计机构或配备专职会计人员。财务部负责会计核算和会计监督工作。

（6）一车间。即截材车间，负责把主材 X 成型板截割成 A 产品（如办公桌等）和 B 产品（如文件柜、储物柜等）所需用的材料规格。

（7）二车间。即封边打孔车间，负责将截割后的主材封边打孔。

（8）三车间。即组装车间，负责组装 A 产品和 B 产品。

（9）机修车间。负责工具、设备维修工作。

（10）采购部。负责原材料的采购和材料库的管理工作。

（11）销售部。负责产品的销售和成品库的管理工作。

三、岗位设置及人员分工

根据企业各部门的实际情况，设置相应的岗位，全公司设有 45 个职位。各职位设置及具体人员情况如表 1-1 所示。

表1-1　　　　　　　　　　　　公司各部门岗位设置基本情况

部门	岗位	姓名	类别
办公室	总经理	孙　鸿	企业管理
	行政副总经理	潘　英	企业管理
	生产副总经理	李启明	企业管理
	营销副总经理	王　英	企业管理
	主任	周　莉	企业管理
	秘书兼司机	李　新	企业管理
财务部	财务副总经理兼主管	周宏宇	企业管理
	出纳	邹　红	企业管理
	制单会计	刘　东	企业管理
	记账会计	李　明	企业管理
人力资源部	人事管理	赵　利	企业管理
设计质检部	设计师	张　穹	企业管理
	质检人员	李　玲	企业管理
截材车间（一车间）	车间主任	李　林	车间管理
	高级工人	尹　翠	基本生产
	高级工人	林　燕	基本生产
	工人	胡　攀	基本生产
	工人	吴　婧	基本生产
	工人	王　楠	基本生产
封边打孔车间（二车间）	车间主任	徐　蓉	车间管理
	高级工人	刘　琳	基本生产
	高级工人	周　敏	基本生产
	高级工人	刘　静	基本生产
	工人兼内勤	纪　晶	车间管理
封边打孔车间（二车间）	工人	彭　莹	基本生产
	工人	黄　杰	基本生产
	工人	彭　虹	基本生产
	工人	李　露	基本生产
	工人	于　蓉	基本生产
	工人	罗　蓓	基本生产
	工人	林　波	基本生产

部门	岗位	姓名	类别
	车间主任	高 月	车间管理
	工人	段 菊	基本生产
	工人	胡 鹏	基本生产
组装车间 （三车间）	工人	柯 南	基本生产
	工人	周 勇	基本生产
	工人	王 林	基本生产
	工人	汪 为	基本生产
	工人	杨 东	基本生产
机修车间	车间主任	田 平	车间管理
	工人	王 婷	辅助生产
销售部	成品库管员	谢 宏	企业管理
	销售员	余 静	企业管理
采购部	材料库管员	刘 霞	企业管理
	采购员	李 蓉	企业管理

其中，财务部共4人，可设立会计组和出纳组，设立主管会计一人（由财务副总经理兼任）。会计组设立经济业务核算岗、记账岗和内部审计岗各1人（内部审计岗由财务副总经理兼任），出纳组设出纳1人。

四、产品及生产基本流程

产品的主要原材料为 X 成型板、封边条和五金配件，产成品为 A 产品和 B 产品。

从原材料仓库领取 X 成型板、封边条和五金配件，在加工一车间（截材车间）进行截材，然后将其送到二车间（封边打孔车间）进行封边打孔，再进入三车间（组装车间）组装后送到产成品仓库。生产基本流程如图1-2所示。

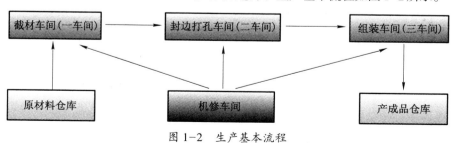

图1-2　生产基本流程

五、市场与客户

企业生产的产品批发给零售企业和企业集中采购，也面向家庭用户。目前主要客户有 5 家，如表 1-2 所示。

表1-2 企业客户基本信息

名称	纳税人识别号	地址、电话	开户行	账号
天地有限责任公司	1001999432111	沁江路263# 082-86543211	中行沁江支行	363457834578237
翔辉有限责任公司	1001991832523	星海路238# 082-85563218	工行星海市支行营业部	822680785332650
兴海有限责任公司	1001891832526	昌河路852# 082-86523222	工行昌河支行	835858423578912
德星有限责任公司	1001691832525	清江路567# 082-87513212	中行清江支行	535858423576389
大自然有限责任公司	1001791832532	通锦路356# 082-83583215	农行通锦市支行	535858223578983

目前主要供应商有 2 家，如表 1-3 所示。

表1-3 供应商基本信息

名称	纳税人识别号	地址、电话	开户行	账号
光明家具厂	252480163927991	普贡市东大街68号 579-4859476	光大银行普贡市支行	43589243567843
大通人和家具厂	372810163928291	汉络市北街24号 283-2738494	建行汉络市支行	3277384844859

学习子情境 1.2　熟悉会计岗位与工作流程

一、会计岗位设置依据

（一）会计岗位设置的基本原则

按照《中华人民共和国会计法》（以下简称《会计法》）、《会计基础工作规范》、《内部会计控制规范》的有关规定，应根据企业的规模大小、会计业务的繁简和实际需要来设置会计工作岗位，要求既要满足经济管理的需要，又要避免与实际脱节，应当实事求是，讲求实效。会计岗位设置的基本原则如下：

（1）会计岗位设置要与企业的类型和性质、管理体制、组织结构、经营规模及会计工作组织形式相适应，要体现精简高效的原则。

（2）按照不相容职务相互分离的原则，合理设置会计及相关工作岗位，明确职责权限，形成相互制衡机制。不相容职务主要包括：授权批准、业务经办、会计记录、财产保管、稽核检查等。

（3）要指定会计机构负责人或者会计主管人员，负责领导和办理本单位的会计工作。

（4）会计机构内部应当建立稽核制度。指定专人（专职或兼职）对本单位的会计凭证、账簿、报表及其他会计资料进行审核，包括事前审核和事后复核，保证会计核算资料的合法性、合理性、准确性和保护公共财产，防止会计核算工作上的差错和经手人员的舞弊。

（5）会计机构内部的钱账分管制度。指凡涉及货币资金和财物的收付、结算及其登记的任何一项工作，规定由二人或二人以上分工掌管，以起到相互制约作用的一种工作制度。如支付现金，由出纳付款、稽核员审核、记账员登记，不得由一人兼办。其目的主要是为了加强工作人员间的互相核对，相互牵制，防止差错，防止失误，及时纠正差错。一旦发生舞弊行为，也易于发现。

出纳人员不得兼任稽核、会计档案保管和收入、支出、费用、债权债务账目的登记工作。

（二）基本会计岗位的主要职责

根据《会计法》的规定，会计机构、会计人员的主要职责是：① 进行会计核算；② 实行会计监督；③ 拟订本单位办理会计事务的具体办法；④ 参与拟订经济计划、业务计划，考核、分析预算、财务计划的执行情况；⑤ 办理其他会计事务。根据《会计基础工作规范》，一般可进行以下分工：

1. 会计机构负责人或会计主管岗

会计机构负责人或会计主管人员要根据国家法规制度，制定企业内部财务会计制度，制定本单位办理会计事务的具体办法；组织筹集资金，节约使用资金，组织编制本单位资金的筹集计划和使用计划，并组织实施；提出财务报告，对会计数据进行分析，汇报财务工作；组织进行企业经营活动分析，参与拟订经济计划、业务计划，考核、分析预算、财务计划的执行情况，参与经营决策；组织会计人员学习，考核调配人员。

使用计算机进行会计核算的情况下，会计主管可兼任电算化主管及数据分析岗位的工作。负责协调计算机及会计软件系统的运行工作，负责对计算机内的会计数据进行分析。

2. 会计核算各岗

会计核算各岗位人员的主要工作内容包括对货币资金、采购与付款、销售与收款、存货核算、工资核算、固定资产核算、成本费用、投资、筹资和捐赠等经济业务的会计核算。首先由会计人员对经审核员审核过的原始凭证先判断其经济业务性质，并据此填制记账凭证。然后由记账会计登记有关会计账簿。

使用计算机进行会计核算的情况下，会计核算岗人员可兼任软件操作岗位的工作，负责输入记账凭证和原始凭证等会计数据，操作会计软件，登记机内账簿，输出记账凭证、会计账簿、报表等。

3. 出纳岗

按规定办理货币资金支付手续，负责登记现金日记账及银行存款日记账。负责保管库存现金、有价证券，并保管部分印章。

使用计算机进行会计核算的情况下，负责现金、银行账管理工作，具有出纳签字权、现金和银行存款日记账的查询及打印权、资金日报查询权、支票登记权以及与银行对账有关的操作权限。

4. 总账报表岗

采用一定的会计核算程序，登记总分类账，根据结账之后的总账和明细账，编制财务会计报告并进行财务分析。

5. 会计稽核岗

负责对本单位的会计凭证、账簿、报表及其他会计资料进行合法性、合理性、合规性审核，包括事前审核和事后复核。

使用计算机进行会计核算的情况下，会计稽核人员可兼任电算审查，负责对输入计算机的记账凭证和原始凭证等进行审核，对打印输出的账簿、报表进行确认；负责监督计算机及会计软件系统的运行，防止利用计算机进行舞弊。

6. 会计档案管理岗

按规定管理各种会计档案，包括会计凭证、账簿、报表、其他会计资料及会计软件文档等，负责进行归档、装订、存放和保管等工作。

在本书教学过程中，安排每4名学生为一组，具体分为4个岗位，分别为会计主管、出纳、制单会计（主办会计）和记账会计，模拟组成一个公司的财务部。

二、会计岗位职责

模型企业财务部设置4个岗位，分别为会计主管、出纳、制单会计（主办会计）和记账会计，通过分工协作，最终完成总的任务。

（一）会计主管

会计主管承担会计机构负责人或会计主管岗位工作，同时还负责会计稽核岗、总账岗、会计档案管理岗和报表岗部分工作。具体包括以下工作任务（职责）：

◎ 负责财务部组织管理工作；

◎ 负责组织初始建账工作，定义转账凭证、修改报表格式和公式；

◎ 负责各种原始凭证、记账凭证和会计报表的审核；

◎ 负责组织编制资产负债表、利润表、现金流量表、所有者权益变动表
　　等会计报表工作；

◎ 负责财务分析工作；

◎ 负责保管一枚法人代表专用章；

◎ 负责编制现金流量表；

◎ 负责会计档案管理。

（二）出纳

出纳承担出纳岗位工作，同时还负责报表岗部分工作以及编制各种税收申报表和社会保险申报表。具体包括以下工作任务（职责）：

◎ 负责保管库存现金、有价证券，并保管一枚财务专用章；

◎ 负责空白票据及支票的管理；

◎ 按规定办理货币资金收付手续，填写银行结算凭证；

◎ 负责登记银行结算票据备查簿、有价证券、借款的备查簿；

◎ 负责手工登记现金、银行存款日记账；

◎ 办理经常性投融资业务手续；

◎ 负责编制工资发放表及工资汇总表；

◎ 协助会计主管做期初建账工作。

（三）制单会计

制单会计承担会计核算岗位中的会计确认和计量工作，同时还负责投融资业务的经办和报表岗部分工作。具体包括以下工作任务（职责）：

◎ 负责编制记账凭证，并将记账凭证输入计算机系统；

◎ 负责投融资业务的经办和报表岗部分工作；

◎ 负责月末转账凭证（机制凭证）的生成工作；

◎ 负责编制资产负债表。

（四）记账会计

记账会计承担会计核算岗位中登记各种明细账的工作，同时还负责成本计算工作、财产清查、往来账款管理等会计管理工作。具体包括以下工作任务（职责）：

◎ 负责开具发票；

◎ 负责手工财产物资的收发、增减计算；

◎ 负责固定资产折旧及成本费用计算；

◎ 负责财产物资清查、银行对账工作；

◎ 负责往来账款管理工作；

◎ 负责编制各种税收申报表和养老保险申报表，并交纳各种税费；

◎ 负责财务成果核算；

◎ 负责登记手工明细账；

◎ 负责编制利润表和所有者权益变动表。

如果采用每组 6～8 人的分岗实训方式，可根据会计业务情况安排各个实训小组成员扮演的角色。如每个实训小组 8 名学生，分别扮演主管会计、出纳员、往来结算核算员、财产物资核算员、成本核算员、资金核算员、微机核算员、财务成果核算员。

三、基本工作流程

会计主管、出纳、制单会计和记账会计人员 4 人协同工作，分岗操作基本工作流程说明如下：

（一）建账

总账会计（或会计主管）建立总账；

出纳建立日记账；

记账会计建立明细账。

（二）审核原始凭证

（1）审核员（会计主管）接到外来或自制的原始凭证或原始凭证汇总表，对其进行合法性、合规性、合理性审核，同时签署审核意见；

（2）将审核无误的原始凭证传递给制单会计。

（三）填制记账凭证

（1）制单会计取得已审核的原始凭证，期末账项调整数据，首先判断其经济业务性质，其次填制记账凭证，然后在记账凭证的"制单"处签名或盖章；

（2）将已填制完成的记账凭证及所附原始凭证传递给审核员（会计主管）。

（四）审核记账凭证

（1）审核员（会计主管）接到制单会计转来的记账凭证及所附原始凭证，进行认真审核，经审核无误后，应在记账凭证的"审核"处签名或盖章，以示负责；

（2）将审核后的记账凭证，再传递给制单会计。

（五）制单会计取回已审核的记账凭证

根据凭证类别的不同，分别传递给相应岗位：

（1）将收款凭证及所附原始凭证传递给出纳；

（2）将付款凭证及所附原始凭证传递给出纳；

（3）将转账凭证及所附原始凭证传递给记账会计。

（六）登记日记账

（1）出纳接到审核员（会计主管）转来的收款凭证或付款凭证及所附原始凭证，据此登记"现金日记账"或"银行存款日记账"，登记日记账完成后，在记账凭证的"出纳"处签名或盖章；

（2）将记账凭证及所附原始凭证传递给记账会计。

（七）登记明细账

（1）记账会计接到转账凭证或出纳传递来的收、付款凭证，据此逐笔登记所属明细分类账；

（2）完成登账工作后，在记账凭证的"√"栏内注明入账符号，并且在"记账"处签名或盖章；

（3）将已经完成登记日记账和登记明细账的记账凭证及所附原始凭证转给会计主管。

（八）登记总账

会计主管接到记账凭证，根据记账凭证进行科目汇总，登记总分类账，在总账栏打钩。

（九）期末对账

会计主管、记账会计和出纳分别对总账、明细账和日记账进行核对，检查是否相符。

（十）期末结账

会计主管负责编报前的试算平衡，会计主管、记账会计和出纳分别进行结账，包括总账、明细账和日记账。

（十一）编制报表

制单会计编制资产负债表，记账会计编制利润表和所有者权益变动表，会计主管编制现金流量表。

（十二）审核报表

将编制的资产负债表、利润表、现金流量表和所有者权益变动表送交会计主管（审核员）进行审核。

（十三）档案管理

制单会计将原始凭证或原始凭证汇总表作为记账凭证的附件，记账凭证按收款、付款、转账三类进行顺序编号，折叠整齐。按照装订凭证的规定，加具封面，注明单位名称、年度、月份和起讫日期，并由装订人签名或盖章。

记账会计应将各种账页按不同格式（或类别）装订成册，附上账簿启用登记表。

会计主管将全部会计报表附上会计报表封面，注明单位名称、年度、月份。

所有会计档案应送交会计主管（审核员）审核；审核合格后，会计主管归档保管等待上交。

学习子情境1.3　了解内部会计制度

根据《会计法》、《企业会计准则》、《企业财务通则》、《内部会计控制规范》及有关财经、税收法规制度，为了加强会计核算和内部会计监督，提高会计信息质量，保护资产的安全、完整，确保有关法律法规和规章制度的贯彻执行，结合本公司实际，制定本单位内部会计制度。

一、会计工作组织

（1）企业采用科目汇总表账务处理程序，每10日编制科目汇总表并登记一次总账，明细账根据记账凭证逐笔登记。

（2）公司采用复式记账凭证，分收款凭证、付款凭证和转账凭证三种类型。会计凭证按月按类别连续编号。

（3）公司开设总分类账、明细分类账、现金和银行存款日记账及银行结算票据备查簿、有价证券及借款的备查簿。总账和日记账均采用三栏式账页格式，明细账根据需要分别选用三栏式、数量金额式、多栏式和横线登记式账页格式。

（4）公司按规定编制资产负债表、利润表、现金流量表和所有者权益变动表。

二、货币资金核算

（1）库存现金。库存现金实行限额管理，核定的库存现金限额为20 000元。现金的使用范围按《现金管理暂行条例》的规定执行。

（2）银行存款。公司银行存款只设基本存款账户。

（3）其他货币资金。本公司在证券公司开设证券资金账户，其款项用于购买股票与债券。本单位不设立外币存款账户，若发生外币资金的收付及债权、债务业务，按当日的市场汇率折合人民币记账。

（4）备用金管理。采购员采用定额备用金制度，其他人员出差预支差旅费，回公司后一次结清。

（5）用款审批及支付制度。

① 支付申请。单位有关部门或个人用款时，应当提前填写"付款申请单"，向审批人提交货币资金支付申请，注明款项的用途、金额、预算、支付方式等内容，并附有效经济合同或相关证明。

② 支付审批。单位有关部门或个人进行费用报销时应填写"费用报销审批单"，审批人根据其职责、权限和相应程序在"费用报销审批单"上对支付申请进行审批。3 000元以内的支付由主管财务副总审批；超过3 000元的支付由总经理审批；重大支付由董事会审批。对不符合规定的货币资金支付申请，审批人应当拒绝批准。

③ 支付复核。复核人应当对批准后的货币资金支付申请进行复核，复核货币资金支付申请的批准范围、权限、程序是否正确，手续及相关单证是否齐备，金额计算是否准确，支付方式、支付单位是否妥当等。

④ 办理支付。出纳人员应当根据复核无误的支付申请，按规定办理货币资金支付手续，及时登记现金日记账和银行存款日记账。

（6）货币资金的清查制度。每日终了，对库存现金进行实地盘点，确保现金账面余额与实际库存相符。银行存款每月根据银行对账单进行核对清查。发现不符，及时查明原因，做出处理。

（7）结算方式。结算方式有现金、现金支票、转账支票、银行汇票、银行承兑汇票、商业承兑汇票、汇兑、委托收款、托收承付等。

三、销售与收款

（一）组织销售

（1）单位销售部门按照经批准的销售计划签订销售合同。

（2）财会部门根据销售合同向客户开出销售发票。

（3）发货部门应当对销售发货单据进行审核。

（4）赊销业务应遵循规定的销售政策和信用政策。对符合赊销条件的客户，须经审批人批准后方可办理赊销业务。

（5）销售退回必须经销售主管审批后方可执行。财会部门应对检验证明、退货接收报告以及退货方出具的退货凭证及有关的税务证明等进行审核后办理相应的退款事宜。

（二）收款控制

（1）销售商品收到的现金及各种票据应于当日送存银行。

（2）销售时如果有现金折扣，在实际发生时确认为当期财务费用。

（3）销售人员应当避免接触销售现款。

（三）坏账处理

（1）除应收账款外，其他的应收款项发生坏账的可能性不大，不计提坏账准备。每年年末，按应收账款余额百分比法计提坏账准备，提取比例为应收账款期末余额的5%。对于可能成为坏账的应收账款应当报告有关决策机构，由其进行审查，确定是否确认为坏账。

（2）发生的各项坏账，应查明原因，明确责任，并在履行规定的审批程序后做出会计处理。

（3）注销的坏账应当进行备查登记，做到账销案存。已注销的坏账又收回时应当及时入账，防止形成账外款。

（四）票据管理

（1）应收票据的取得和贴现必须经由保管票据以外的主管人员的书面批准。

（2）对于即将到期的应收票据，应及时向付款人提示付款；已贴现票据应在备查簿中登记，以便日后追踪管理。

（3）商业汇票进行贴现时，贴现利息按月或按天计算。

（4）逾期票据的冲销必须按规定管理程序报批，同时应按逾期票据追踪监控制度进行监控。

（五）客户管理

（1）对长期往来客户应当建立起完善的客户资料，并对客户资料实行动态管理，及时更新。

（2）按客户设置应收账款台账，及时登记每一客户应收账款余额增减变动情况和信用额度使用情况。

（3）建立应收账款账龄分析制度和逾期应收账款催收制度。销售部门应当负责应收账款的催收，财会部门应当督促销售部门加紧催收。

（4）公司每半年与往来客户通过函证等方式核对应收账款、应收票据、预收账款等往来款项。如有不符，应查明原因，及时处理。

（六）其他核算规则

应收账款进行核销后，编制记账凭证。

四、采购与付款

（一）组织采购

（1）按照请购、审批、采购、验收、付款等规定的程序办理采购与付款业务，并在采购与付款各环节设置相关的记录，填制相应的凭证。

（2）建立完整的采购登记制度，要进行请购手续、采购订单（或采购合同）、验收证明、入库凭证、采购发票等文件和凭证的相互核对工作。

（3）按照合同规定，符合退货条件的，应及时办理退货，及时收回退货货款。

（二）付款控制

（1）财会部门在办理付款业务时，应当对采购发票、结算凭证、验收证明等相关凭证的真实性、完整性、合法性及合规性进行严格审核。

（2）由专人按照约定的付款日期、折扣条件等管理应付款项。已到期的应付款项须经有关授权人员审批后方可办理结算与支付。

（3）建立预付账款和定金的授权批准制度，加强预付账款和定金的管理。

（三）供应商管理

（1）掌握供应商的信誉、供货能力等有关情况，由采购和使用等部门共同参与比质比价的程序，并按规定的授权批准程序确定供应商。

（2）定期与供应商核对应付账款、应付票据、预付账款等往来款项。如有不符，应查明原因，及时处理。

五、职工薪酬

（1）公司职工工资由基本工资、奖金、岗位津贴、通信费四项构成。

奖金：公司总经理、副总经理及部门经理每人每月2 000元，其他人员每人每月 1 000 元。

岗位津贴：车间工作人员每月 800 元，其余人员每月 500 元。

（2）请假扣款办法。

职工因病假缺勤，每日按其基本工资的 3%扣款。职工因事假缺勤，每日按其基本工资的 5%扣款。

（3）按有关规定扣除职工个人保险金，上缴个人所得税。按国家有关规定，单位代扣个人所得税。

① 由单位承担并缴纳的养老保险、医疗保险、失业保险、工伤保险、生育保险、住房公积金分别按上年度缴费职工月平均工资（上年度缴费职工月平均工资与本月相同）的 20%、10%、1%、1%、0.8%、12%计算。② 由职工个人承担的养老保险、医疗保险、失业保险、住房公积金分别按本人上年月平均工资总额的 8%、2%、0.2%、12%计算。

月应纳税额 = 月应纳税所得额 × 适用税率 − 速算扣除数

月应纳税所得额 = 月工资、薪金所得 − 2 000

月工资、薪金所得 = 月应付工资 − 住房公积金 − 社会保险金

个人工资与薪金所得税税率如表 1–4 所示。

表1–4   个人工资与薪金所得税税率表

级数	全月应纳税所得额	税率（%）	速算扣除数（元）
1	不超过500元的	5	0
2	超过500元至2 000元的部分	10	25
3	超过2 000元至5 000元的部分	15	125
4	超过5 000元至20 000元的部分	20	375
5	超过20 000元至40 000元的部分	25	1 375
6	超过40 000元至60 000元的部分	30	3 375
7	超过60 000元至80 000元的部分	35	6 375
8	超过80 000元至100 000元的部分	40	10 375
9	超过100 000元的部分	45	15 375

注：自2011年9月1日起，工资、薪金所得每月减除费用由2 000元调整为3 500元，适用七级超额累进税率，税率为3%～45%。下同。

（4）根据有关规定，公司按工资总额的 2%提取工会经费，按工资总额的 2.5%提取职工教育经费。

六、固定资产

公司固定资产分为房屋及建筑物、机器设备、交通运输设备、电子设备及其他通信设备4大类，每大类又分为生产用和非生产用两子类，均为正在使用状态。

（1）按照企业会计制度规定，按月提取折旧。当月增加的固定资产，当月不提折旧，从下月起计提折旧；当月减少的固定资产，当月照提折旧，从下月起不提折旧。

（2）固定资产采用平均年限法计提折旧。折旧率保留百分数2位小数。当月初已提月份为"可使用月份 −1"时，将剩余折旧全部提足。

（3）固定资产净残值率全部按0计算。

（4）固定资产大修理等维护支出，在发生时直接计入当期损益。

（5）固定资产卡片和三级明细合一设置三级明细核算，即固定资产设置总账，按照使用部门进行二级核算，按照每一项固定资产进行三级明细核算。

七、存货核算

公司存货包括原材料、包装物、低值易耗品、产成品等。

（1）各类存货按实际成本核算。

（2）原材料、包装物、低值易耗品等存货发出成本的计价方法采用移动加权平均法。在平时核算过程中，产成品发出成本的计算采用全月一次加权平均法。

（3）包装物均属于一次性使用包装物，包装物和低值易耗品摊销均采用一次摊销法。

（4）存货的盘存制度采用永续盘存制度。

（5）上一车间生产的半成品直接转入下一车间进行加工生产，不设半成品仓库。

（6）入库分为采购入库、产成品入库和其他入库三种；出库分为销售出库和其他出库两种。

（7）原材料、包装物和低值易耗品的存货属性为外购和生产耗用；产成品的存货属性为自制和销售；X成型板除外购和生产耗用以外，还包括销售。

（8）材料明细账采用账卡分设核算。

八、无形资产核算

使用寿命有限的无形资产通常其残值视为零，对于使用寿命有限的无形资产应当自可供使用（即其达到预定用途）当月开始摊销，处理当月不再摊销。本企业选择直线法摊销。

九、成本与费用

（1）采用制造成本法中的品种法计算产品成本。

（2）公司的各项费用按经济用途分类，其中直接材料、直接人工和制造费用计入产品成本，其余计入期间费用。

（3）辅助生产车间不设"制造费用"账户核算，辅助生产费用按直接分配法进行分配。

（4）期末按生产工时的比例分配制造费用。

（5）期末产品成本在完工产品与未完工产品之间的分配采用约当产量法进行，原材料在产品开始生产时一次投入。

十、税金及附加

（1）本公司为增值税一般纳税人，增值税、企业所得税缴国家税务局，其他税缴地方税务局。

（2）企业所得税。企业所得税核算采用资产负债表债务法，除应收账款外，假设资产、负债的账面价值与其计税基础一致，未产生暂时性差异。企业所得税的计税依据为应纳税所得额，所得税税率为25%。企业所得税按月预计，按季预交，全年汇算清缴。

（3）增值税。公司销售各种商品，提供劳务均应缴纳增值税，增值税税率为17%，按月缴纳。运费按7%作进项税额抵扣。

（4）营业税。出租专利权按取得收入的5%计算缴纳营业税。

（5）城市维护建设税及教育费附加。分别按流转税的7%和3%计算，按月缴纳。

（6）房产税、车船税及土地使用税。

房产税税率为 1.2%，扣除率为 30%。

货车车船税：本公司有 2 辆货车，每辆货车载重量为 5 吨，每吨位年税额为 60 元。

客车车船税：本公司有 1 辆客车，每辆年税额为 480 元。

公司城镇土地使用税每平方米年税额为 4 元。

十一、其他

（1）长期股权投资。若对被投资单位实施控制，或对被投资单位不具有控制、共同控制或重大影响，且在活跃市场中没有报价且公允价值不能可靠计量的权益性投资采用成本法核算；若持有的能够与其他合营方一同对被投资单位实施共同控制，或持有的对被投资单位施加重大影响的权益性投资，采用权益法核算。

（2）借款。

① 短期借款利息，按季结算，分月预提，季末支付。本年度短期借款无期初余额。

② 长期借款利息，按月计提分配。属于与购建固定资产有关的，在固定资产达到预计可使用状态前，计入固定资产成本。

（3）所有者权益。所有者权益是指企业资产扣除负债后由所有者享有的剩余权益。所有者权益的来源包括所有者投入的资本、直接计入所有者权益的利得和损失、留存收益等。所有者权益包括实收资本、资本公积、盈余公积、未分配利润。

公司建立资本金保全制度，实收资本的增减必须通过法定程序进行。

资本公积包括企业收到投资者出资超出其在注册资本或股本中所占的份额以及直接计入所有者权益的利得和损失等。

盈余公积是企业从当年税后净利润中提取的。

（4）利润及其分配。公司每月按税后利润的 10% 提取法定盈余公积。年末根据当年可向投资者分配的利润，由股东会决定利润分配比例，投资者按出资比例分配。

（5）物资清查。公司每年年末对存货及固定资产进行清查，根据盘点结果编制"实存账存对比表"，报经主管领导审批后进行处理。

（6）编码方案。采用计算机建账时，科目编码方案：42222；结算方式编码方案：12；部门编码方案：22；收发类别编码方案：122；存货分类编码方案：122；单价和数量的小数位均为2位。

（7）会计核算中涉及的各种分配率计算结果保留小数位2位。

（8）本制度未说明的事项，按国家有关财经法规办理。

学习情境2

建账

【 工作任务与学习子情境 】

工作任务

建立总分类账

建立现金日记账、银行存款日记账

建立三栏式明细账、数量金额式明细
账、多栏式明细账、横线登记式明细账

建立各种备查账簿

建立会计账套

财务分工

建立基本档案信息

设置总账系统业务参数

设置会计科目

设置辅助账

设置凭证类型

设置结算方式

输入期初余额

学习子情境

建立手工账

建立计算机账

学习子情境 2.1 建立手工账

【情境引例】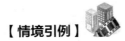

为了加强企业管理，公司决定采用先进的信息技术实施"精细化财务管理"，拓展财务管理职能，将财务管理的范围延伸到公司的各个生产经营领域，对每一部门、每一岗位、每一项具体的业务，都建立起一套相应的工作流程和业务规范，并在实践中狠抓落实，实现财务管理"零"死角，全面提高经济效益和节约成本费用。为此，公司经理办公会决定：从 2010 年 12 月 1 日开始启用新的财务软件，为保证会计信息的准确性，前三个月采用手工和计算机并行的处理方式，以便对新系统进行验证。

11 月 28 日，财务部主管周宏宇已经召开了本部门工作会议，安排建账前期的准备工作，目前已经完成以下两项准备工作：

第一，为了顺利完成这次手工建账工作，财务主管已经让大家分别准备了建账所需的单据、凭证、账簿、报表及印章等用具，如表 2-1 所示。

第二，重新设置会计科目体系，按照新的会计科目体系整理本年度 1—11 月份各类账户的发生额和余额，如表 2-2～表 2-10 所示。

表2-1　　　　　　　　　　单据、凭证、账簿、报表及印章一览表

负责人	会 计 用 品
会计主管	• 总账 • 各种报表：资产负债表、利润表、现金流量表、所有者权益变动表、增值税纳税申报表（适用于一般纳税人）等
记账会计	• 各种明细账：三栏式明细账、数量金额式明细账、横线登记式明细账和多栏式明细账，多栏式明细账包括通用格式和应交增值税明细账、生产成本明细账、固定资产明细账等 • 各种税务发票
制单会计	• 收付转记账凭证、凭证封皮、包角纸、口取纸、打孔机、针线和夹子
出纳	• 现金日记账、银行存款日记账 • 相关备查登记簿：借款备查簿、支票登记簿、应收票据备查簿、应付票据备查簿、银行收款结算凭证登记簿、银行付款结算凭证登记簿 • 各种支票、收据 • 各种印章：现金付讫章、现金收讫章、转账付讫章、转账收讫章、单位负责人印章、财务负责人印章、出纳印章

表2-2

2010年账户1—11月份累计发生额及11月末余额表

科目编码	账户名称	年初余额	1—11月份累计发生额		11月末余额					核算辅助
			借方	贷方	借方	贷方	计量单位	数量	单价	
1001	库存现金	17 500.00	250 176.00	250 176.00	17 500.00					日记账
1002	银行存款	473 524.47	42 140 054.95	42 129 077.26	484 502.16					日记账 银行账
1012	其他货币资金	711 939.00	3 738 192.00	4 401 000.00	49 131.00					
101201	银行汇票	662 808.00	3 738 192.00	4 401 000.00						
101202	存出投资款（建行）	49 131.00			49 131.00					
1121	应收票据		375 000.00		375 000.00					客户往来
	德胜有限责任公司	375 000.00	375 000.00		375 000.00					
1122	应收账款	5 328 990.50	27 499 000.00	30 229 625.50	2 598 365.00					客户往来
	翔辉有限责任公司	806 700.00	6 346 500.00	6 806 700.00	346 500.00					
	兴海有限责任公司	771 965.00	6 532 000.00	6 532 000.00	771 965.00					
	天地有限责任公司	949 000.00	6 875 000.00	6 875 000.00	949 000.00					
	德星有限责任公司	38 300.00	1 603 500.00	1 554 900.00	86 900.00					
	大自然有限责任公司	2 763 025.50	6 142 000.00	8 461 025.50	444 000.00					
1221	其他应收款	10 000.00	55 500.00	55 500.00	10 000.00					个人往来
	李蓉	5 000.00	30 000.00	30 000.00	5 000.00					
	余静	5 000.00	25 500.00	25 500.00	5 000.00					
1231	坏账准备	108 239.53	178 443.76	96 525.00		26 320.77				
1402	在途物资	377 700.00	21 117 000.00	20 995 500.00	499 200.00					
140201	X成型板	377 700.00	21 117 000.00	20 995 500.00	499 200.0		张	3 200	156.00	数量核算

科目编码	账户名称	年初余额	1—11月份累计发生额 借方	1—11月份累计发生额 贷方	11月末余额 借方	11月末余额 贷方	11月末余额 计量单位	11月末余额 数量	11月末余额 单价	核算辅助
140202	封边条									数量核算
140203	涂料									数量核算
1403	原材料	376 359.00	7 155 953.00	7 147 422.00	384 890.00					
140301	X成型板	207 240.00	4 005 530.00	3 855 530.00	357 240.00		张	2 290	156.00	数量核算
140302	封边条	650.00	7 150.00	7 150.00	650.00		盘	5	130.00	数量核算
140303	A产品配件	156 469.00	3 143 273.00	3 284 742.00	15 000.00		套	300	50.00	数量核算
140304	B产品配件	12 000.00			12 000.00		套	300	40.00	数量核算
1405	库存商品	431 450.50	26 344 474.50	26 087 925.00	688 000.00					
140501	A产品	94 750.00	13 448 250.00	13 335 000.00	208 000.00		张	1 040	200.00	数量核算
140502	B产品	336 700.50	12 896 224.50	12 752 925.00	480 000.00		个	1 000	480.00	数量核算
1411	周转材料	20 430.00	734 250.00	736 080.00	18 600.00					
141101	包装物									
14110101	包装箱	1 260.00	630 000.00	628 110.00	3 150.00		个	315	10.00	数量核算
141102	低值易耗品									
14110201	工具	6 375.00	30 000.00	31 500.00	4 875.00		件	5	975.00	数量核算
14110202	手套	10 200.00	45 000.00	48 000.00	7 200.00		打	20	360.00	数量核算
14110203	工作服	2 595.00	29 250.00	28 470.00	3 375.00		套	15	225.00	数量核算
1601	固定资产	3 500 000.00			3 500 000.00					
160101	生产用固定资产									
16010101	房屋及建筑物	975 000.00			975 000.00					

科目编码	账户名称	年初余额	1—11月份累计发生额		11月末余额					核算辅助
			借方	贷方	借方	贷方	计量单位	数量	单价	
16010102	设备及工具	1 435 000.00			1 435 000.00					
160102	非生产用固定资产									
16010201	房屋及建筑物	510 000.00			510 000.00					
16010202	设备及工具	580 000.00			580 000.00					
1602	累计折旧	394 836.00		330 627.68		725 523.68				
1604	在建工程									
160401	全自动封边机									
1606	固定资产清理									
1701	无形资产	135 000.00			135 000.00					
170101	专利权	135 000.00			135 000.0					
1702	累计摊销	1 125.00		12 375.00		13 500.00				
1901	待处理财产损溢		117 000.00	117 000.00						
190101	待处理流动资产损溢		117 000.00	117 000.00						
190102	待处理固定资产损溢									
2201	应付票据		463 800.00	463 800.00						供应商往来
220101	光明家具厂		463 800.00	463 800.00						
2202	应付账款	1 304 720.80	12 222 135.00	12 180 900.00		1 263 485.80				供应商往来
	光明家具厂	1 304 720.80	11 553 135.00	11 511 900.00		1 263 485.80				
	大通人和家具厂		669 000.00	669 000.00						
2203	预收账款		4 454 400.00	4 454 400.00						客户往来

科目编码	账户名称	年初余额	1—11月份累计发生额		11月末余额					核算辅助
			借方	贷方	借方	贷方	计量单位	数量	单价	
	蓝光实业公司		4 454 400.00	4 454 400.00						
2211	应付职工薪酬	5 880.00	2 716 560.00	2 727 648.00		16 968.00				
221101	工资		1 848 000.00	1 848 000.00						
221102	社会保险		593 208.00	593 208.00						
221103	住房公积金		221 760.00	221 760.00						
221104	工会经费	3 360.00	36 960.00	36 960.00		3 360.00				
221105	职工教育经费	2 520.00	16 632.00	27 720.00		13 608.00				
221106	非货币性福利									
2221	应交税费	446 835.14	9 915 333.55	9 832 216.50		363 718.09				
222101	未交增值税	134 080.50	416 250.00	429 919.50		147 750.00				
222102	应交增值税		8 201 685.00	8 201 685.00						
22210201	进项税额		3 670 923.00	3 670 923.00						
22210202	销项税额		4 100 842.50	4 100 842.50						
22210203	转出未交增值税		429 919.50	429 919.50						
222103	应交城市维护建设税	9 385.50	29 137.50	30 094.50		10 342.50				
222104	应交营业税									
222105	应交所得税	294 459.14	1 177 836.55	1 079 683.50		196 306.09				
222106	应交个人所得税	4 887.00	53 097.00	53 097.00		4 887.00				
222107	应交房产税		15 120.00	15 120.00						
222108	应交车船税		1 620.00	1 620.00						

续表

科目编码	账户名称	年初余额	1—11月份累计发生额		11月末余额					核算辅助
			借方	贷方	借方	贷方	计量单位	数量	单价	
222109	应交土地使用税		8 100.00	8 100.00						
222110	应交教育费附加	4 023.00	12 487.50	12 897.00		4 432.50				
2241	其他应付款		410 256.00	410 256.00						
224101	社会保险费		188 496.00	188 496.00						
224102	住房公积金		221 760.00	221 760.00						
2501	长期借款	3 725 700.00	3 725 700.00							
4001	实收资本	5 250 000.00				5 250 000.00				
400101	大地实业	2 625 000.00				2 625 000.00				
400102	东方实业	1 875 000.00				1 875 000.00				
400103	胜利实业	750 000.00				750 000.00				
4002	资本公积	74 088.00				74 088.00				
400201	资本溢价	74 088.00				74 088.00				
4101	盈余公积	208 854.00		176 056.50		384 910.50				
410101	法定盈余公积	208 854.00		176 056.50		384 910.50				
4103	本年利润		25 753 520.00	25 753 520.00						
4104	利润分配		1 649 388.52	1 649 388.52		1 649 388.52				
410401	未分配利润		1 649 388.52	1 649 388.52		1 649 388.52				
410402	提取法定盈余公积									
410403	应付股利									
5001	生产成本	137 385.00	23 776 200.00	24 646 530.20	1 007 715.20					

科目编码	账户名称	年初余额	1—11月份累计发生额		11月末余额					核算辅助
			借方	贷方	借方	贷方	计量单位	数量	单价	
500101	基本生产成本		24 481 530.20	23 611 200.00	1 007 715.20					
50010101	A产品									
	直接材料	72 870.00	12 267 645.20	12 001 200.00	339 315.20		张	1 568	216.4	数量核算
	直接人工									
	制造费用									
50010102	B产品									
	直接材料	64 515.00	12 213 885.00	11 610 000.00	668 400.00		个	1 500	445.6	数量核算
	直接人工									
	制造费用									
500102	辅助生产成本		165 000.00	165 000.00						
50020201	机修车间		165 000.00	165 000.00						数量核算
	直接材料		82 500.00	82 500.00						
	直接人工		52 500.00	52 500.00						
	制造费用		30 000.00	30 000.00						
5101	制造费用		1 168 533.00	1 168 533.00						
510101	一车间		401 119.50	401 119.50						
510102	二车间		467 413.50	467 413.50						
510103	三车间		300 000.00	300 000.00						
6001	主营业务收入		25 375 000.00	25 375 000.00						
	A产品		14 000 000.00	14 000 000.00						数量核算

科目编码	账户名称	年初余额	1—11月份累计发生额		11月末余额					核算辅助
			借方	贷方	借方	贷方	计量单位	数量	单价	
	B产品		11 375 000.00	11 375 000.00						数量核算
6051	其他业务收入		316 020.00	316 020.00						
605101	销售材料		316 020.00	316 020.00						
605102	出租无形资产									
6301	营业外收入		82 500.00	82 500.00						
6401	主营业务成本		14 875 000.00	14 875 000.00						
	A产品		8 750 000.00	8 750 000.00						数量核算
	B产品		6 125 000.00	6 125 000.00						数量核算
6402	其他业务成本		104 017.50	104 017.50						
640201	销售材料		104 017.50	104 017.50						
640202	出租无形资产									
6403	营业税金及附加		19 183.50	19 183.50						
6601	销售费用		143 764.50	143 764.50						
6602	管理费用		3 519 970.50	3 519 970.50						
6603	财务费用		278 850.00	278 850.00						
6701	资产减值损失		96 525.00	96 525.00						
6711	营业外支出		1 650 000.00	1 650 000.00						
6801	所得税费用		1 079 683.50	1 079 683.50						

表2-3   应收票据（1121）期初余额表

2010年11月30日

日期	客户名称	摘要	方向	余额	业务员	票号
2010-11-15	德胜有限责任公司	销售B产品	借	375 000	余静	4255

表2-4   无形资产（1701）期初余额明细

科目编码	会计科目	原值	可使用年限	已使用月份	每月摊销额	累计摊销额
1701	无形资产	135 000.00			1 125.00	13 500.00
170101	专利权	135 000.00	10	10	1 125.00	13 500.00

表2-5   销售费用（6601）期初余额

科目编码	会计科目	期初余额	1—11月借方发生额	1—11月贷方发生额	期末余额
6601	销售费用		143 764.50	143 764.50	
660101	职工薪酬		38 500.00	38 500.00	
660102	广告费		45 000.00	45 000.00	
660103	包装费		35 500.00	35 500.00	
660104	其他		24 764.50	24 764.50	

表2-6   管理费用（6602）期初余额

科目编码	会计科目	期初余额	1—11月借方发生额	1—11月贷方发生额	期末余额
6602	管理费用		3 519 970.50	3 519 970.50	
660201	职工薪酬		1 809 500.00	1 809 500.00	
660202	办公费		153 095.98	153 095.98	
660203	差旅费		150 000.00	150 000.00	
660204	业务招待费		50 000.00	50 000.00	
660205	水电费		200 000.00	200 000.00	
660206	折旧		105 187.72	105 187.72	
660207	修理费		200 000.00	200 000.00	

科目编码	会计科目	期初余额	1—11月借方发生额	1—11月贷方发生额	期末余额
660208	无形资产摊销		12 375.00	12 375.00	
660209	盘亏		100 000.00	100 000.00	
660210	税金		44 937.00	44 937.00	
660211	劳保		390 500.00	390 500.00	
660212	其他		304 374.80	304 374.80	

表2-7   财务费用（6603）期初余额

科目编码	会计科目	期初余额	1—11月借方发生额	1—11月贷方发生额	期末余额
6603	财务费用		278 850.00	278 850.00	
660301	利息支出		50 000.00	50 000.00	
660302	现金折扣		190 000.00	190 000.00	
660303	手续费		38 850.00	38 850.00	

表2-8   应收账款（1122）期初余额表

2010年11月30日

日期	客户名称	摘要	方向	余额	业务员	票号
2010-08-20	德星有限责任公司	销售B产品	借	86 900	余静	4473
2010-11-15	翔辉有限责任公司	销售A产品	借	346 500	余静	4472
2010-11-30	大自然有限责任公司	销售A产品	借	444 000	余静	4788
2010-11-23	兴海有限责任公司	销售B产品	借	771 965	余静	4778
2010-11-22	天地有限责任公司	销售B产品	借	949 000	余静	4776

表2-9   应付账款（2202）期初余额表

2010年11月30日

日期	客户名称	摘要	方向	余额	业务员	票号
2010-11-02	光明家具厂	购入X成型板	贷	1 263 485.80	李蓉	4300

表2-10

固定资产清单

2010年11月30日

固定资产编号	名称	单位	数量	类别	所在部门	增加方式	可使用年限	已使用月份	原值	本月计提折旧	对应折旧科目
111001	办公楼	平方米	600	11	办公室	在建工程转入	20	22	510 000	2 125.00	管理费用
110002	厂房	平方米	400	11	一车间	在建工程转入	20	22	300 000	1 250.00	制造费用
110003	厂房	平方米	400	11	二车间	在建工程转入	20	22	300 000	1 250.00	制造费用
110004	厂房	平方米	100	11	机修车间	在建工程转入	20	22	150 000	625.00	辅助生产成本
110009	材料库	平方米	200	11	材料库	在建工程转入	20	22	125 000	520.83	管理费用
110010	成品库	平方米	300	11	成品库	直接购入	20	22	100 000	416.67	管理费用
210005	01推台锯	台	1	21	一车间	直接购入	10	22	300 000	2 500.00	制造费用
210006	02封边机	台	1	21	二车间	直接购入	10	22	755 000	6 291.67	制造费用
210007	03单排打孔机	台	1	21	二车间	直接购入	10	22	40 000	333.33	制造费用
210008	03双排打孔机	台	1	21	二车间	直接购入	10	22	60 000	500.00	制造费用
210009	03三排打孔机	台	1	21	二车间	直接购入	10	22	80 000	666.67	制造费用
210010	维修设备	组	1	21	机修车间	在建工程转入	10	22	180 000	1 500.00	辅助生产成本
210011	专用工具	套	1	21	机修车间	直接购入	10	22	20 000	166.67	辅助生产成本

固定资产编号	名称	单位	数量	类别	所在部门	增加方式	可使用年限	已使用月份	原值	本月计提折旧	对应折旧科目
320011	轿车	辆	1	32	办公室	直接购入	4	29	200 000	4 166.67	管理费用
320012	货车	辆	1	32	一车间	直接购入	4	22	130 000	2 708.33	制造费用
320012	货车	辆	1	32	三车间	直接购入	4	22	130 000	2 708.33	制造费用
420013	办公设备	套	1	42	办公室	直接购入	5	29	30 000	500.00	管理费用
420014	办公设备	套	1	42	生产部	直接购入	5	22	10 000	166.67	管理费用
420014	办公设备	套	4	42	财务部	直接购入	5	22	20 000	333.33	管理费用
420015	办公设备	套	1	42	采购部	直接购入	5	22	10 000	166.67	管理费用
420016	办公设备	套	1	42	销售部	直接购入	5	22	10 000	166.67	管理费用
420017	消防设备	套	1	42	办公室	直接购入	5	22	10 000	166.67	管理费用
52001819	计算机	台	2	52	设计质检部	直接购入	3	22	20 000	555.56	管理费用
520020	速印机	台	1	52	设计质检部	直接购入	3	22	10 000	277.78	管理费用

准备工作就绪，今天财务部的全体人员将一起按照要求完成星辉公司2010年12月1日的手工账的建账工作。

【工作任务】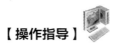

1. 建立总分类账。

2. 建立现金日记账、银行存款日记账。

3. 建立三栏式明细账、数量金额式明细账、多栏式明细账、横线登记式明细账。

4. 建立各种备查账簿。

【操作指导】

（一）建立账簿

建立手工账簿业务流程，如图2-1所示。

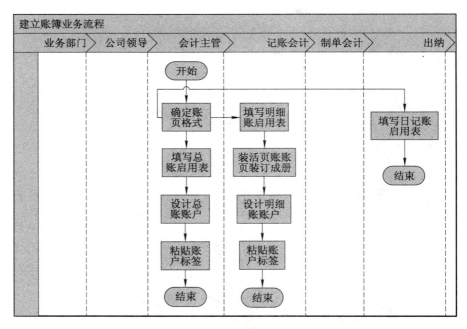

图2-1　建立账簿业务流程

1. 会计人员分类装订账本

会计人员按照三栏式、多栏式、数量金额式、横线登记式分类装订账本。

2. 会计主管开启手工账簿，填写账簿启用信息

◎ 启用会计账簿时，首先由会计主管在账簿封面上写明单位名称和账簿名称。

◎ 会计主管在账簿扉页上附启用表，并按规定编排页码并编制账簿目录。

◎ 首先会计主管在会计账簿启用表中逐一填写启用日期、账簿页数。其次，填写记账人员和会计机构负责人、会计主管人员姓名，并加盖名章和单位公章。

3. 会计人员贴花

会计人员按照规定，购置印花税票并在扉页指定位置贴花。

4. 会计主管建立备查登记簿

◎ 建立借款备查簿。

◎ 建立支票登记簿。

◎ 建立应收票据备查簿。

◎ 建立应付票据备查簿。

◎ 建立银行收款结算凭证登记簿。

◎ 建立银行付款结算凭证登记簿。

注意事项

注意交接手续。记账人员或者会计机构负责人、会计主管人员调动工作时，应当注明交接日期、接办人员或者监交人员姓名，并由交接双方人员签名或盖章。

注意账本形式选用。总账、现金日记账、银行存款日记账应采用订本账，账页格式为三栏式；明细账一般采用活页式，格式有三栏式、数量金额式、多栏式、横线登记式。

注意贴花金额确定。每本账本按照 5 元贴花；总账按照资金总额的万分之五贴花或填制缴款书，若之前已经缴纳了印花税的总账账簿，按照资金增加数的万分之五补交印花税，若本期建账资金没有变化，则总账账簿不再需要缴纳印花税。

（二）设置会计科目

手工建账设置会计科目业务流程如图 2-2 所示。

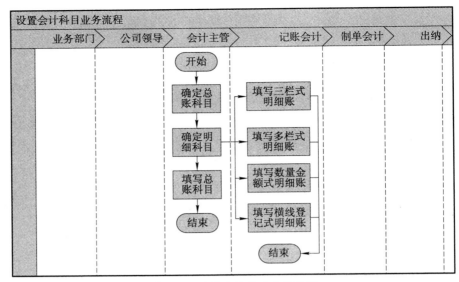

图 2-2 设置会计科目业务流程

1. 主管设置总账科目

由会计主管根据星辉公司所涉及的业务选择该公司应设置的总账科目。

2. 主管填写总账科目

会计主管应将总账会计科目逐页填写在总账每一页右上角。

3. 会计主管选择明细账账页格式

会计主管根据业务需要选择不同的明细账账页格式,星辉公司明细账账页设置格式情况如表2-11所示。

表2-11
开设明细账一览表

应开设的明细账	所涉及账户
三栏式明细分类账	其他货币资金、应收票据、应收账款、长期股权投资、无形资产、待处理财产损溢、应付票据、应付账款、应交税费、其他应付款、利润分配
数量金额式明细分类账	原材料、周转材料——包装物、周转材料——低值易耗品、库存商品、发出商品
多栏式明细账	一般格式:管理费用、财务费用、销售费用、制造费用、主营业务收入、主营业务成本、其他业务收入、其他业务成本、营业外收入、营业外支出 专用格式:应交税费——应交增值税、生产成本、固定资产、本年利润
横线登记式明细账	在途物资

4. 记账会计填写明细账户名称及相关内容

按照会计主管选择的明细账格式，记账会计逐一填写明细账户名称及相关内容。明细账名称为会计科目名称，相关内容不同的格式内容不同，主要如下：

◎ 填写三栏式明细账的二级、三级科目。

◎ 填写数量金额式明细账的单位和名称。

◎ 填写生产成本明细账的科目名称和产品名称，此处的科目名称应填写"基本生产成本"。

明细科目或费用栏目设置如表2-12所示。

表2-12 明细科目或费用栏目设置

账户名称	应设置的明细科目或费用栏目
制造费用	职工薪酬、折旧费、机物料消耗、水电费、办公费、其他
销售费用	职工薪酬、广告费、包装费、其他
管理费用	职工薪酬、办公费、差旅费、业务招待费、水电费、劳保、折旧、修理费、无形资产摊销、盘亏、税金、其他
财务费用	利息支出、现金折扣、手续费
主营业务收入	A产品、B产品
主营业务成本	A产品、B产品
其他业务收入	销售材料、出租无形资产
其他业务成本	销售材料、出租无形资产
营业外收入	捐赠利得
营业外支出	捐赠
应交税费——应交增值税	借方栏设置：进项税额、已交税金、转出未交增值税 贷方栏设置：销项税额、进项税额转出、转出多交增值税
本年利润	借方栏设置：主营业务成本、其他业务成本、营业税金及附加、销售费用、管理费用、财务费用、资产减值损失、营业外支出、所得税费用 贷方栏设置：主营业务收入、其他业务收入、营业外收入

5. 粘贴口取纸

◎ 会计主管粘贴总账口取纸，出纳粘贴日记账口取纸，记账会计和制单会计粘贴明细账口取纸。

◎ 在粘贴口取纸时可以按照账簿从下至上，从左至右或者从上至下，从右至左进行粘贴。

使用订本账注意。使用订本式账簿时，应从第一页到最后一页顺序编排页码及目录，账页固定，不能增加或减少账页，要保证账户登记的连续性；在记账凭证记账程序下设置总账应注意考虑每一科目之间的预留账页。

粘贴口取纸注意。一般地，可按一级科目或二级科目粘贴口取纸；三级明细科目可在账簿首页设置目录；粘贴口取纸时应注意不要挡住科目名称，并方便翻阅。

（三）登记期初数据

建立手工账簿，登记总账、明细账和日记账业务流程，如图 2-3 所示。

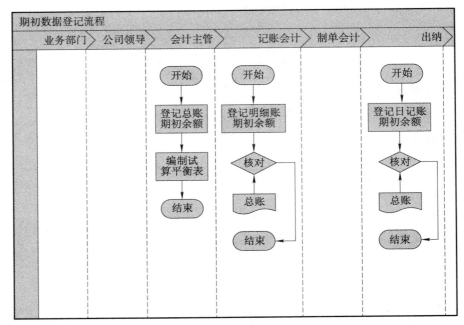

图 2-3　期初数据登记流程

1. 会计主管登记总账期初余额

◎ 登记记账年度：2010 年度。

◎ 登记记账日期：12 月 1 日。

◎ 登记摘要：一律填写"期初余额"。

◎ 填写金额。

2. 出纳登记日记账期初余额

由出纳登记现金日记账和银行存款日记账期初余额，具体填写方法与总账相同。

3. 记账会计登记明细账期初余额

由记账会计登记明细账期初余额，具体填写方法与总账相同。

4. 会计主管录入期初数据

◎ 在财务软件中打开总账子系统的期初余额，录入期初余额数。对设有辅助核算的科目应该在该科目数据处双击打开辅助项目录入期初数据。

◎ 进行试算平衡。

◎ 进行对账。

注意事项
一般建立多栏式明细账应按照费用或明细项目设置专栏，出现相反方向用红字列示。
建立"在途材料"明细账时，期初余额登记在途材料实际成本。

【学习评价】

首先，由组长组织进行组内成员互相评价；然后，再进行教师评价。小组成员评价和教师评价分别占__%和__%，将考核得分填入表2-13中的考核得分栏目中。

表2-13   评 价 表

考核项目		权重	考核内容及评分标准	考核得分		
				小组评价	教师评价	综合得分
专业技能	准备工作	10	准备工作到位，每缺少一项扣____分			
	参数设置及财务分工	20	账簿设置齐全，按规定启用账簿，每处错误扣____分			
	会计科目及余额	20	会计科目体系正确、完整，与计算机建账一致，每处错误扣____分			
	辅助账	10	期初数据平衡，对账正确，每处错误扣____分			
职业素养	组织纪律	20	服从组长安排，不旷工、不迟到早退、不中途离开现场，不做与项目无关的事情			
	沟通协作	10	分工合理，按规定流程进行操作，进行有效沟通			
	工作态度	5	工作积极主动、认真负责、恪守诚信、追求严谨			
	工作效率	5	保持良好工作环境，有效利用各种工具，按时完成任务、质量高			
合　计						

学习子情境 2.2　建立计算机账

【情境引例】

为实现财务管理信息化，财务部与相关技术人员已经在两台计算机中安装了财务软件，并实现了网络化。2010 年 12 月份仅启动财务软件中的"总账"和"报表"两个模块，其他模块于 2011 年 1 月启动，建立账套所需的基础数据已经整理完成。

（1）企业基础信息、软件使用权限分工、机构设置及人员档案，见学习情境 1。

（2）客户档案及供应商档案，如表 1-2、表 1-3 所示。

（3）总账初始化数据如表 2-2～表 2-10 所示。

【工作任务】

1. 建立会计账套。

2. 财务分工。

3. 建立基本档案信息。

4. 设置总账系统业务参数。

5. 设置会计科目。

6. 设置辅助账。

7. 设置凭证类型。

8. 设置结算方式。

9. 输入期初余额。

【操作指导】

（一）启动"系统管理"建立账套

1. 建立会计账套

启动用友 T3 的"系统管理"功能模块；会计主管用"系统管理员（admin）"注册，打开"系统管理"窗口，进行相关操作。

根据学习情境 1 给定的企业资料，确定：核算单位（不对存货、客户及供应商进行分类）、账套代码、启用日期（2010 年 12 月）、科目编码级次

（42222）、会计期间、记账本位币、会计制度和数据精度。建立账套的信息
如图2-4所示。

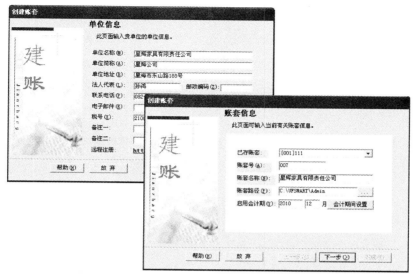

图2-4　使用用友T3输入账套信息和单位信息界面

2. 财务分工

会计主管以"系统管理员（admin）"的身份登录系统管理，执行"财
务分工"功能，根据学习情境1给定的岗位职责，进行操作人员姓名和初始
密码设置并指定会计主管为"账套主管"；由账套主管对其他财务人员进行
权限设置。

◎ 操作员设置。

◎ 分配操作权限。

3. 建立基本档案信息

基本档案信息包括单位内部组织机构信息和外部往来单位信息。单位内
部组织机构信息主要有部门档案和职员档案，外部往来单位信息主要有客户
档案和供应商档案。

由账套主管或授权人员，执行财务软件的"建立职员档案"功能，进行
相关操作，由会计主管进行检查。

◎ 建立部门档案。

◎ 建立职员档案。

◎ 建立客户档案。

◎ 建立供应商档案。

（二）总账系统初始设置

1. 设置总账系统业务参数

在首次启动总账系统时，需要确定反映总账系统基本核算要求的各种参数，使得通用财务软件适用于本单位的具体核算要求。总账系统的业务参数将决定总账系统的输入控制、处理方式、数据流向、输出格式等，设定后不能随意更改。

由会计主管启动总账系统并利用参数设置功能进行参数设置。

◎ 制单序时控制，即控制系统保存凭证的顺序，要求在填制凭证时按日期、凭证号顺序排列。

◎ 资金及往来赤字控制，即在填制凭证时，当现金、银行科目的最新余额出现负数时，要求系统将予以提示。

◎ 支票控制，即在填制凭证时，录入未在支票登记簿中登记的支票号，系统将提供登记支票登记簿的功能。

◎ 出纳凭证必须经由出纳签字，即要求出纳人员对填制的带有现金、银行科目的凭证进行检查核对。

◎ 确定"账簿"、"会计日历"、"其他"等标签页中的参数。

总账参数设置如图2-5所示。

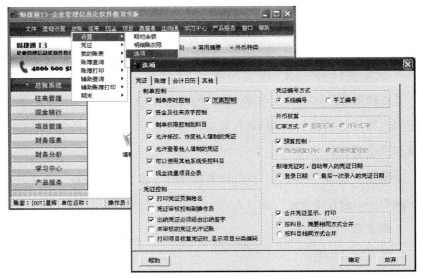

图2-5 使用用友T3设置总账系统参数界面

2. 设置会计科目

由会计主管或授权人员，执行"设置会计科目"功能，根据表2-2中的资料，建立公司的会计科目体系。由会计主管进行检查。

◎ 执行"基础设置"|"财务"|"会计科目"命令，进入"会计科目"窗口。

◎ 单击"增加"按钮，打开"会计科目_新增"对话框。

◎ 输入会计科目的有关内容，如在"科目编码"栏输入"140501"，在"科目中文名称"栏输入"A产品"，账页格式为"数量金额式"，数量核算计量单位为"张"。如图2-6所示。

图2-6　使用用友T3增加会计科目界面

3. 设置辅助账

利用辅助账将各种辅助核算内容从明细账和总账中分离出来，以灵活多变的核算形式、统计方法为管理者提供更准确、更全面、更直观的信息，有助于管理者做出科学的决策。

由会计主管进行辅助账设置，包括银行账、个人往来核算、客户与供应商往来核算、部门核算和项目核算。

◎ 往来辅助账的设置。

◎ 部门核算的设置。

◎ 项目核算的设置。

4. 设置凭证类型

由账套主管执行"设置凭证类别"功能，设置收款凭证、付款凭证、转账凭证三种类型。

5. 设置结算方式

由账套主管或授权人员，执行"设置结算方式"功能。根据表 2-14 资料设置结算方式，由会计主管进行检查。

表2-14   星辉公司结算方式

结算方式编码	结算方式名称	备注
1	现金	
2	支票	
201	现金支票	
202	转账支票	
3	汇票	
301	银行汇票	
302	银行承兑汇票	
303	商业承兑汇票	
4	汇兑	
5	委托收款	
6	托收承付	

6. 输入期初余额

由会计主管或授权人员，执行总账系统的"输入期初余额"功能，根据表 2-2 资料输入会计科目的期初数据，由会计主管进行检查。

◎ 输入会计科目的期初余额。

◎ 输入辅助核算期初数据。

◎ 期初数据平衡检验。

注意事项	企业采用 2007 年新会计准则，无外币核算业务。
	2010 年 12 月仅启用"总账系统"和"报表系统"。
	认真设置辅助账，确保正确。
	及时进行会计数据备份。

【学习评价】

首先，由组长组织进行组内成员互相评价；然后，再进行教师评价。小组成员评价和教师评价分别占__%和__%，将考核得分填入表2-15中的考核得分栏目中。

表2-15   评 价 表

考核项目		权重	考核内容及评分标准	考核得分		
				小组评价	教师评价	综合得分
专业技能	准备工作	10	准备工作到位，每缺少一项扣____分			
	参数设置及财务分工	20	正确建立会计账套，每处错误扣____分 正确进行财务分工，每处错误扣____分 正确设置总账系统业务参数，每处错误扣____分			
	会计科目及余额	20	正确建立基本档案信息，每处错误扣____分 正确输入会计科目设置及期初数据，每处错误扣____分 正确设置凭证类型及结算方式，每处错误扣____分			
	辅助账	10	正确设置辅助账，每处错误扣____分			
职业素养	组织纪律	20	服从组长安排，不旷工、不迟到早退、不中途离开现场，不做与项目无关的事情			
	沟通协作	10	分工合理，按规定流程进行操作，进行有效沟通			
	工作态度	5	工作积极主动、认真负责、恪守诚信、追求严谨			
	工作效率	5	保持良好工作环境，有效利用各种工具，按时完成任务、质量高			
合 计						

学习情境3

日常经济业务处理

【 工作任务与学习子情境 】

工作任务

现购业务核算
采购业务核算
采购退货业务核算
核销坏账业务核算
发出存货核算
收入存货核算
对外捐款业务核算
现销业务核算
销售原材料核算
支付广告费核算
分期收款销售业务核算
预收货款销售业务核算
现金折扣赊销业务核算
销售退回业务核算
销售业务核算
报销差旅费业务核算
提取备用金业务核算
商业汇票贴现业务核算
分期支付购货款业务核算
长期股权投资业务核算
出售固定资产业务核算
无形资产出租收入核算
支付电话费业务核算
接受捐赠业务核算
财产清查业务核算

学习子情境

预付货款采购与采购退回、核销坏账核算

收发存货（二）、对外捐款核算

分期收款与预收货款销售、销售退回、现金折扣核算

其他业务核算

12月1日早上8:00，总经理孙鸿召开了由各部门负责人参加的本月经营计划工作会，要求销售部门首先拿出12月份的销售计划，然后生产部门和采购部门根据销售计划制定生产计划和采购计划，财务部编制本月的财务预算。

星海市建新开发区近期将有100多家企业进驻，根据权威机构发布的市场调查报告，在未来几年内高档板式家具需求将呈现稳定的上升趋势，同时对家具的质量要求和环保要求也在逐渐提高。销售部经理分析了当前高档板式家具市场趋势后，还对本月市场状况做了分析："根据最近几个月的销售情况和市场预期来判断，A产品和B产品的需求呈现逐月递增的趋势，而且年底办公家具销售往往要好于日常月份，所以我们制定了相对乐观的销售计划"。主要内容如下：

◎ 在巩固本地市场的同时，进一步开发邻近区域的市场。

◎ 加强广告宣传、树立产品品牌。

◎ 加强对销售人员的培训和管理。

◎ 节约成本，销售费用控制在80 000元以内。

◎ 加快资金周转，销售回款率控制在90%以上。

◎ 12月份的产品销售计划为：销售A产品4 000台、B产品4 100个。

孙鸿看了一下，对大家说："公司最近的销售业绩一直不错，销售部门的功劳大家有目共睹，我感觉这个计划是比较可行的，各部门负责人再审议一下，看有什么问题。"经讨论多数人没有异议。

生产副总经理李启明与几个车间主任，根据销售计划制定了12月份的生产计划：

◎ 进行调研，进一步优化设计方案。

◎ 加强生产质量管理，降低生产消耗，把产品不合格率控制在5%以内。

◎ 加强生产安全管理，杜绝生产事故。

◎ 添置一台全自动封边机以提高生产能力，加强设备的日常维护和管理。

◎ 加强生产人员的安全培训。

◎ 12月份的产品生产计划为：生产A产品4 200台、B产品4 200个。

◎ 采购部李蓉，根据销售计划和生产计划制定了 12 月份的采购计划：

◎ 加强供应商管理，新开发供应商 2 家。

◎ 加强采购过程管理，严格按计划进行采购，物料到货率控制在 95% 以上，降低库存的同时保证不出现生产待料的现象。

◎ 加强采购质量管理，物料不合格率控制在 5% 以内。

◎ 加强采购人员管理，防止拿回扣和其他不良现象。

◎ 12 月份的物料采购计划为：采购 X 成型板 20 000 张、封边 850 盘、A 产品配件 4 500 套，B 产品配件 4 500 套。

经过热烈研讨，大家认为这几个计划纲要是可行的，会议原则上通过了 12 月份的销售计划、生产计划和采购计划纲要。

孙鸿要求："会后各部门要制定详细的工作计划，报公司办公室，在本月的工作中各部门负责人要狠抓落实，人力资源部要做好绩效考核工作。"

学习子情境 3.1　融资、日常费用和缴纳税款核算

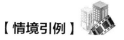

【情境引例】

业务 1：2010 年 12 月 1 日，**银行借款**

为了实现既定的销售目标，需要在短期内扩大生产能力、提高产品质量，目前企业的封边机不能满足生产要求，生产部门提出引入更为先进的全自动封边机。

由于公司资金短缺，如果购买先进的全自动封边机，需要向银行申请贷款 50 万元。相关部门编制了可行性研究报告：预计该设备投入使用后，每年高档板式家具的生产量将提高 500 套，本地的市场占有率将提高 5%，预计增加盈利约 2%，在销售乐观的前提下，还款较为有保障。由于企业有良好的信誉度，并且申请贷款用于购买环保生产设备，通过银行审批的可能性较大。

该笔借款及固定资产投资均属于企业重大经营决策，须经董事会批准。11 月 25 日召开董事会临时会议，批准了该项计划，并交由财务部门执行。

12 月 1 日，银行同意放款，双方签订贷款合同，星辉公司向开户银行贷款人民币 50 万元，5 年期，年利率为 5%，借款利息，按月支付，借款用

于购买全自动封边机。当日，款项已存入公司银行账户。

业务 2：2010 年 12 月 1 日，购买办公用品

因为最近业务繁忙，办公耗材消耗较大，办公室上月末连续接到几个部门的申请，要求领用打印纸等用品。办公室主任周莉打电话给秘书李新："李新吧，我是周主任啊。"

李新回道："你好，周主任，有什么吩咐吗？"因为周莉平时对员工都比较和蔼，大家都习惯了跟主任说话带点玩笑的口吻。

周莉："最近办公用品有点告急啊"，周莉也带着轻松的语调，"请你与雪人文具店王经理联系一下，买些打印纸、签字笔、笔记本之类的办公用品，买 1 000 元的。我们是他们的老客户了，让他们把东西送来，同时带上发票。我们清点好用品后，到财务部开一张支票给他们吧。"

李新："好的，主任，您放心好了。"玩笑归玩笑，工作可不能耽误，李新撂下电话就赶紧办理购买办公用品事宜去了。

业务 3：2010 年 12 月 2 日，股权融资

其实，在总经理孙鸿的计划里，除了向银行融资以外，还计划扩大资本总量。具有资金实力的大地实业有限公司是最好的融资对象，该公司原本就是星辉公司的股东。孙鸿说服大地公司的股东扩大对星辉公司的投资，筹措部分资金用于进一步扩大产能、提升品牌影响力，通过与该公司董事会的接洽，双方一拍即合。

12 月 2 日，双方在新湖酒店正式签订了投资协议。双方约定，大地实业有限公司向星辉家具有限责任公司增加投资 50 万元，同日，大地公司开出转账支票一张，公司出纳将该笔款项存入了银行账户。12 月 3 日，信诚会计师事务所为该项投资出具了验资报告，星辉公司到工商局办理了注册资金变更手续。

业务 4：2010 年 12 月 2 日，缴纳上月未交税款

根据省局的统一要求，在星海市辖区内积极推行财税库银横向联网系统。纳税人只需与税务部门和银行签订"委托银行（金融机构）代缴税款三方协议书"，开立银行账户作为缴税账户，就可以通过网络办理税款划缴和购买发票交费等业务。开户银行划缴税款成功后，开具"电子缴税付款凭证"一式两联，第二联交纳税人作付款回单，纳税人以此作为缴纳税款的会计核算凭证。

上个月，星辉公司刚和银行、税务机关签订了网上代缴三方协议。12月1日，记账会计李明在网上完成11月份纳税申报。

12月2日，银行通知已扣款完毕，刚好邹红去银行办事，顺道就把"电子缴税付款凭证"取回来，邹红惊喜地发现通过银行自动缴税太方便了，高兴地说："签了三方协议后，办税更加方便了，再也不用去银行办理转账或携带现金交税了。"

业务5：2010年12月2日，报销差旅费

12月2日，李蓉从普贡市出差回来，这趟出差包括往返车费、市内交通费、住宿费和补贴等共计支出2000元。根据公司规定：差旅费在3000元以下，主管副总签字就可以了，超过3000元，必须交由总经理签字。

李蓉填写好差旅费报销单，来找营销副总王英签字，王英看到总计支出金额在3000元以下，边签字边对李蓉说："这趟出差辛苦了，最近公司经费比较紧张，差旅费咱们要尽量节约呀"。

李蓉说道："王总您说得对，我留了对方业务员的电话和QQ号，这次跟光明公司建立业务联系后，下次可以直接电话或者网上联系业务了。"

"嗯，这个做法不错嘛，你把单据再给财务主管周宏宇核查一下。"王英把签好字的报销单交还给了李蓉。

李蓉拿着王副总签好字的报销单又到财务部把单子交给了财务主管周宏宇核对。周宏宇核对确认单据正确、合法，签字后交还给李蓉说："你把单子给出纳邹红报销就可以了。"

李蓉到出纳柜台，把单据交给了邹红。

业务6：2010年12月2日，报销业务招待费

12月2日，由办公室牵头，在星海市最好的娱乐公司——唯才文化娱乐有限公司举办了用户洽谈会。来参加活动的人很多，他们对公司的产品非常感兴趣，认为"简洁"、"实用"，公司与多家企业签订了销售合同。

今天，营销副总王英将他的同学卢宏伟也请来了。卢宏伟是黄海市瑞祥家具公司的老总，他的公司主要生产简易桌椅和钢制文件柜，有较好的销售渠道。孙鸿正打算开发黄海市场，与卢宏伟一见如故，双方口头约定近期进行联营合伙，星辉公司以设备投入瑞祥家具公司，解决了瑞祥公司高档板式家具的生产问题，双方将共享瑞祥公司在黄海市的销售渠道，这是双方共赢的事情。

这次活动共消费 2 100 元，周莉到前台办理了确认签字手续并索取发票。12 月 2 日，周莉拿着发票找领导签字后，来到财务部领取支票结算本次活动费用。

【工作任务】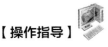

1. 会计主管审核每笔业务的原始凭证，分工填写需财务部门填制的原始凭证并登记有关备查簿，交主管审核签字。

2. 会计人员填制记账凭证，交主管审核签字，会计人员将记账凭证录入财务软件系统。

3. 出纳登记银行存款日记账，会计登记相关明细账。

【操作指导】

业务 1：银行借款业务办理及会计核算

1. 由会计主管填写借款申请书并分别到公司财务副总经理和总经理处审批。

2. 审批后交由制单会计起草贷款合同。

3. 会计主管审批后再次经公司领导审批。

4. 出纳持借款申请书及相关资料到银行办理结算手续，同时根据借款借据（附表 1-1）登记借款备查簿，将贷款合同交由会计主管保管。

5. 会计主管审核借款借据。

6. 制单会计根据借款借据填制记账凭证。该记账凭证涉及"长期借款"和"银行存款"两个账户。

7. 会计主管审核记账凭证。

8. 出纳根据审核无误的记账凭证及其所附的借款借据，登记银行存款日记账。

9. 记账会计根据审核无误的记账凭证及其所附的借款借据，登记"长期借款"明细账。

银行借款业务流程如图 3-1 所示。

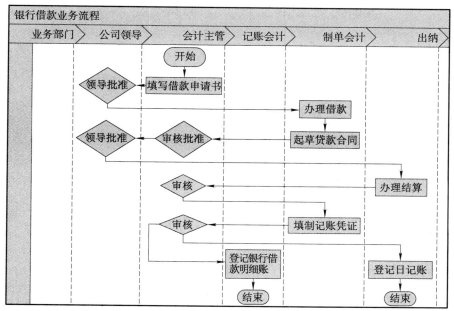

图 3-1 银行借款业务流程

业务 2：报销费用（开具支票）会计核算——购买办公用品

1. 会计主管审核费用报销单（附表 2-1）和购货发票（附表 2-2）。

2. 出纳根据费用报销单、购货发票和经过审批的支票付款申请书，签发转账支票（附表 2-3）支付报销的办公费，登记支票登记簿。

3. 会计主管审核转账支票存根。

4. 制单会计根据费用报销单、购货发票和转账支票存根填制记账凭证。

5. 会计主管审核记账凭证。

6. 出纳根据报销办公费的记账凭证及其所附的原始凭证，登记银行存款日记账。

7. 记账会计根据报销办公费的记账凭证登记"管理费用"明细账。

费用报销业务流程和开具支票业务流程如图 3-2、图 3-3 所示。

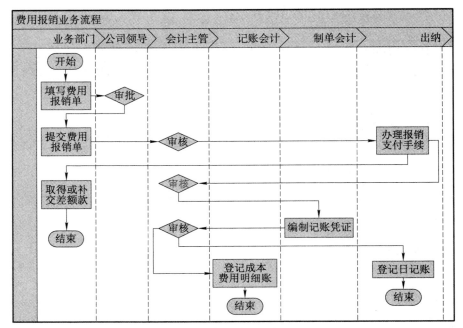

图 3-2　费用报销业务流程

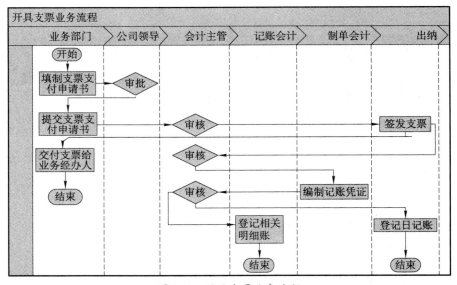

图 3-3　开具支票业务流程

业务 3：股权融资（取得支票）会计核算

1. 出纳根据收到的转账支票（附表 3-1、附表 3-2），为投资方开具收据，并登记银行收款结算凭证登记簿。

2. 出纳对收到的转账支票进行背书，并填制一式三联的进账单，将收到的转账支票连同进账单送到银行办理进账手续。办理完转账手续，银行柜员将进账单的回单联给出纳带回备查。银行为本企业转账收妥转账支票款后，将进账单的收账通知联给本企业据以入账。

3. 收到进账单后，会计主管审核收据（附表3-3）、进账单收账通知联（附表3-4）。

4. 制单会计根据审核无误的收据、进账单收账通知联，填制记账凭证。

5. 会计主管审核记账凭证。

6. 出纳根据审核无误的记账凭证及其所附的收据、进账单收账通知联，登记银行存款日记账。

7. 记账会计根据审核无误的记账凭证，登记"实收资本"明细账。

取得支票业务流程如图3-4所示。

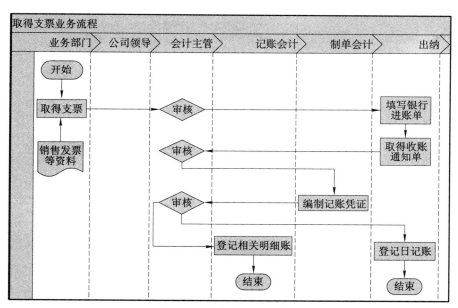

图3-4 取得支票业务流程

业务4：缴纳上月未交税款（银行代缴税款）会计核算

1. 记账会计根据应交税费明细账，网上申报并缴纳11月份的增值税、城市维护建设税、教育费附加、个人所得税，生成并打印增值税、城市维护建设税、教育费附加、个人所得税的税收缴款书，出纳邹红到开户银行取回电子缴税付款凭证（附表4-1、附表4-2）。

2. 会计主管审核电子缴税付款凭证。

3. 制单会计根据审核无误的电子缴税付款凭证填制记账凭证。

4. 会计主管审核记账凭证。

5. 出纳据审核无误的记账凭证及其所附的电子缴税付款凭证，登记银行存款日记账。

6. 记账会计根据审核无误的记账凭证登记"应交税费"明细账。

缴纳税款业务流程见图 3-5。

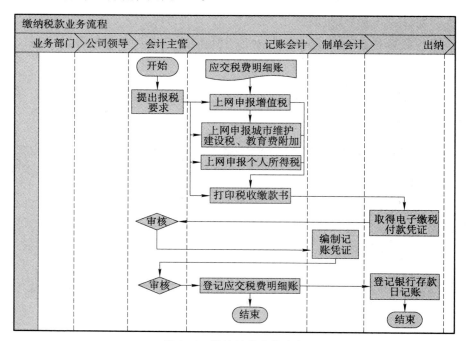

图 3-5 缴纳税款业务流程

业务 5：报销差旅费（支付现金）会计核算

1. 会计主管审核差旅费报销单及所附的有关差旅费票据。

2. 根据企业内部会计制度规定，采购员的差旅费实行定额备用金制度，因此，出纳根据审核无误的差旅费报销单（附表 5-1）及所附的有关差旅费票据，办理差旅费报销业务，按报销的差旅费金额，向采购员支付现金。

3. 制单会计根据审核无误的差旅费报销单和相关的票据填制记账凭证。

4. 会计主管审核记账凭证。

5. 出纳根据审核无误的报销差旅费的记账凭证，登记现金日记账。

6. 记账会计根据审核无误的报销差旅费的记账凭证，登记"管理费用"明细账。

费用报销业务流程如图 3-2 所示。

如果不是采取备用金制度，则需要登记"其他应收款——李蓉"明　　**注意事项**
细账。

业务6：报销费用（开具支票）会计核算——报销业务招待费

1. 会计主管审核费用报销单、业务招待费发票和支票付款申请书。

2. 出纳根据业务招待费的费用报销单（附表6-1）、发票（附表6-2）和经过审批的支票付款申请书，办理报销手续，支付现金报销的业务招待费。

3. 会计主管审核转账支票（附表6-3）存根。

4. 制单会计根据审核无误的费用报销单、发票和转账支票存根，填制记账凭证。

5. 会计主管审核记账凭证。

6. 出纳根据审核无误的记账凭证及其所附的原始凭证，登记银行存款日记账。

7. 记账会计根据审核无误的报销业务招待费的记账凭证登记"管理费用"明细账。

费用报销业务流程和开具支票业务流程如图 3-2、图 3-3 所示。

【学习评价】

首先，由组长组织进行组内成员互相评价；然后，再进行教师评价。小组成员评价和教师评价各占__%和__%，将考核得分填入表3-1中的考核得分栏目中。

表3-1　　　　　　　　　　　评　价　表

考核项目		权重	考核内容及评分标准	考核得分		
				小组评价	教师评价	综合得分
专业技能	原始凭证填制	20	各种原始凭证填制齐全、正确，每处错误扣____分，每少一张扣____分			
	记账凭证编制	25	手工记账凭证填制和计算机录入完整、正确，每处错误扣____分，每少一张扣____分			
	各种账簿登记	15	手工账簿登记完整、正确，计算机记账正确，每处错误扣____分			

考核项目		权重	考核内容及评分标准	考核得分		
				小组评价	教师评价	综合得分
职业素养	组织纪律	20	服从组长安排，不旷工、不迟到早退、不中途离开现场，不做与项目无关的事情			
	沟通协作	10	分工合理，按规定流程进行操作，进行有效沟通			
	工作态度	5	工作积极主动、认真负责。恪守诚信、追求严谨			
	工作效率	5	保持良好工作环境，有效利用各种工具，按时完成任务、质量高			
合　计						

学习子情境 3.2　存货与固定资产采购、一般销售核算

【情境引例】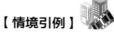

业务 7：2010 年 12 月 2 日，购置全自动封边机

为提高生产能力和产品质量，公司决定由生产部门为二车间组织采购安装全自动封边机。接到采购任务以后，李启明会同财务部进行多方考察与比较，并通过经理办公会确定，向南方有限责任公司购置全自动封边机一套，双方商定：合同价格为 820 512.82 元，增值税额为 139 487.18 元，合计款项为 960 000 元，由对方公司负责运输费，货到安装完毕后支付全款和安装费。

今天全自动封边机已经送到并验收合格，同时财务部收到该设备款的全额发票。

业务 8：2010 年 12 月 3 日，安装全自动封边机

为了不耽误生产，李启明要求对方尽快进行安装调试，南方有限责任公司向我方派出两名技术人员安装设备。双方约定：劳务费和材料费合计 5 000 元。

负责安装的技术组长小李，年纪轻轻，可是干起活来却很利索，原本需

要 3 天干完的活，今天一天就安装完了。

生产部尹翠会同有关部门仔细检查了设备，认为设备及安装质量满足要求，对小李及对方公司表示了赞誉，并表示希望以后有机会继续合作。

出纳开出 965 000 元的转账支票一张用于支付价款和安装费用，一并交给了小李带回。

业务 9：2010 年 12 月 3 日，销售 A 产品

孙鸿一直对销售工作抓得很紧。主管销售工作的副总王英，不仅擅长沟通而且很有开拓精神，在她的带领下销售部门的业绩一直在稳步提升。12 月刚过，王英就跟天地有限责任公司签了一笔单子。天地公司在当地家居零售行业是首屈一指的，在一次家居展销会上，王英结识了天地公司的老总胡大军，胡总对星辉公司的产品很感兴趣，就这样建立起了联系。

12 月 2 日上午，王英刚到办公室就接到胡总的电话，需要订购一批 A 产品。经协商双方签订了购销合同，订购 A 产品 500 张，单价是 310 元 / 张（不含税金额），对方自行负责提货，货款两清。

12 月 3 日上午，余静通知仓库发货，同时通知财务开具增值税专用发票，下午货物已经从成品库发出，余静负责向天地公司交货，交完货后天地公司签发了一张转账支票，付讫货税款。（以下所述的商品、原材料等单价，均为不含税单价）。

业务 10：2010 年 12 月 3 日，采购包装箱

为了保护好成品家具，公司出厂的每套家具都有一套包装箱。根据库存和本月生产计划安排，考虑到包装箱价值低、不易损坏、批量采购优惠多等因素，营销副总王英决定多购入一批包装物以备用。采购部李蓉联系了东方包装厂的销售员刘海涛，因为有好几年的业务往来，李蓉和刘海涛已经非常熟悉了，通过电话向刘海涛订购了 9 300 个包装箱，价格还是双方的历史协议价格：每个 10 元，货到验收合格后支付全部货款。

12 月 3 日，公司收到东方包装厂发来的包装箱，并随货带来了开好的发票。李蓉清点数量与合同一致；通知设计质检部门验收，设计质检部门验收合格签字；李蓉又通知仓库办理了入库手续。

李蓉带发票和入库单，找到王英和孙鸿办妥了付款申请，到财务部交给会计主管周宏宇审核后从邹红那里领取了一张转账支票，亲自交给东方包装厂的销售员刘海涛。

业务 11：2010 年 12 月 3 日，采购 A 产品配件和 B 产品配件

经经理批准，12 月 2 日采购员李蓉向大通人和家具厂提交了采购订单，购买 A 产品配件 2 500 套，单价 50 元 / 套，B 产品配件 2 500 套，单价 40 元 / 套。大通人和家具厂的销售人员马诚如很快就发回传真确认这笔订单，双方签订了购销合同，大通人和公司负责送货，货到验收合格后支付全部货款。

12 月 3 日，马诚如就将这批配件发过来并开具了销售发票。李蓉按照合同规定清点了数量，确认收到数量和订购数量是一致的；通知设计质检部检验，李玲进行了抽样检查，没有发现问题；李蓉又通知仓库入库，库管人员办理了入库手续，并开具了入库单。

按照财务规定，采购付款需要填写"付款报告书"并经主管经理及总经理签字，李蓉填好付款报告书后，带发票和入库单找到王英和孙鸿签字。

然后，来到财务部将签好字的付款报告书及发票和入库单交给会计主管周宏宇审核，审核后交给出纳邹红，邹红当即开具了一张转账支票，交由对方销售员马诚如带回公司。

业务 12：2010 年 12 月 3 日，购买 X 成型板和封边条

在采购渠道方面，星辉公司除了有固定合作的供应商，还通过相关的电子商务网站来寻找提供质优价廉商品的供应商，通过网上进行询价和比价，以达到节约资金的目的。

根据采购计划安排，公司决定采购 X 成型板和封边条一批。12 月 2 日，李蓉接到采购任务以后，向几家供应商询价。在几家供应商的比较中，公司选定了普贡市的东方建材厂作为采购对象，这个厂在本地有仓库，价格合理。

李蓉到普贡市与东方建材厂进行了进一步商务谈判，很快同对方谈妥了相关事宜，经请示公司领导同意，当即签订了采购合同：购买 X 成型板 7 000 张，单价 156 元 / 张，封边条 840 盘，单价 130 元 / 盘，到货验收合格后二周内给付合同总价款的 20%，一个月内支付剩余货款。

12 月 3 日，7 000 张 X 成型板和 840 盘封边条到货，并开具了增值税专用发票。李蓉收货后通知了设计质检部李玲到现场检验。李玲检验完毕后，通知仓库办理入库。仓库的谢宏办理入库手续后，开具入库单并将财务联递给财务部。

【工作任务】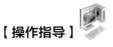

1. 会计主管审核每笔业务的原始凭证，分工填写需财务部门填制的原始凭证并登记有关备查簿，交主管审核签字。

2. 会计人员填制记账凭证，交主管审核签字，会计人员将记账凭证录入财务软件系统。

3. 会计登记相关明细账，出纳登记银行存款日记账。

【操作指导】

业务 7：固定资产采购核算——购置全自动封边机

1. 会计主管审核发票（附表 7-1、附表 7-2）和固定资产验收单（附表 7-3）。

2. 制单会计根据审核无误的发票和固定资产验收单填制记账凭证。

3. 会计主管审核记账凭证。

4. 记账会计根据审核无误的记账凭证，登记"在建工程"、"应交税费——应交增值税"、"应付账款"等的明细账。

固定资产采购业务流程如图 3-6 所示。

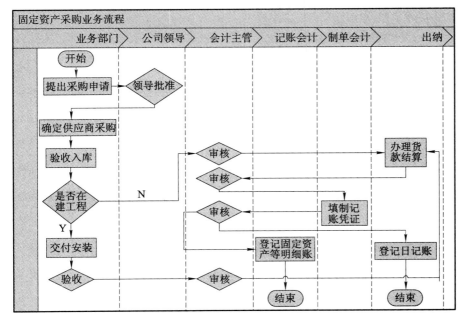

图 3-6　固定资产采购业务流程

业务 8：固定资产安装核算——安装全自动封边机

1. 会计主管审核发票（附表 8-1、附表 8-2）、付款报告书（附表 8-3）和固定资产交接单（附表 8-4）。

2. 出纳根据审核无误的发票、付款报告书、固定资产交接单和经过审批的支票付款申请书，签发转账支票（附表 8-5）支付设备购置和安装费，登记支票登记簿。

3. 会计主管审核转账支票存根。

4. 制单会计根据审核无误的付款报告书、发票、转账支票存根、固定资产交接单填制记账凭证。

5. 会计主管审核记账凭证。

6. 出纳根据审核无误的记账凭证及其所附的原始凭证登记银行存款日记账。

7. 记账会计根据审核无误的记账凭证及其所附的原始凭证登记"在建工程"、"固定资产"和"应交税费"的明细账，并登记固定资产卡片。

固定资产采购业务流程如图 3-6 所示，开具支票业务流程如图 3-3 所示。

注意事项 固定资产购置时如果需要安装，购入后不直接记入"固定资产"账户，而是要通过"在建工程"账户，待固定资产安装完毕再转入"固定资产"账户。

固定资产形成后除了登记明细账、总账外还要填写固定资产卡片。

业务 9：现销业务（发货、开发票、收到转账支票）核算——销售 A 产品

1. 记账会计根据经审批的发票申请，开具增值税专用发票（附表 9-1）。

2. 出纳收到销售部门交来的转账支票（附表 9-2），登记银行收款结算凭证登记簿，并进行转账支票背书（附表 9-3），填写一式三联进账单（附表 9-4），将收到的转账支票连同进账单送到银行办理进账手续。办理完转账手续，银行柜员将进账单的回单联给出纳带回备查。银行为本企业转账收妥转账支票款后，将进账单的收账通知联给本企业据以入账。

3. 会计主管审核增值税专用发票记账联、进账单收账通知联、产成品出库单（附表 9-5）。

4. 制单会计根据审核无误的增值税专用发票记账联和银行进账单收账

通知联填制记账凭证。

5. 会计主管审核记账凭证。

6. 出纳根据审核无误的记账凭证及其所附的原始凭证登记银行存款日记账。

7. 记账会计根据产成品出库单登记"库存商品"明细账，根据审核无误的记账凭证登记"主营业务收入"和"应交税费——应交增值税"的明细账。

一般销售业务流程如图 3-7 所示，取得支票业务流程如图 3-4 所示。

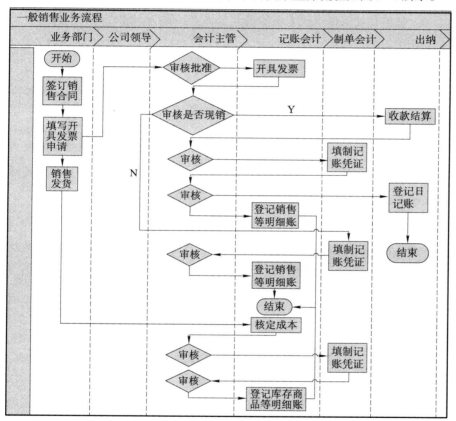

图 3-7　一般销售业务流程

> **注意事项**
>
> 　　根据企业内部会计制度规定，发出产成品的实际成本采用全月一次加权平均法确定，因此，平时无法确定发出产成品的实际成本，只有月末才能确定。所以，平时发出产成品时不需结转发出产成品的成本，只需根据产成品出库单登记"库存商品"明细账中的发出数量即可，待月末按全月一次加权平均法计算出本月发出产成品的成本后，再汇总结转本月发出产成品的成本。

业务 10：现购业务（单货同到，转账支票付款）核算——采购包装箱

1. 记账会计根据发票（附表 10-1、附表 10-2）填制材料入库单（附表 10-3）中的实际成本。

2. 会计主管审核付款报告书（附表 10-4）、发票和材料入库单。

3. 出纳根据审核无误的付款报告书、发票、材料入库单和经过审批的支票付款申请书，签发转账支票（附表 10-5）支付货款，登记支票登记簿。

4. 会计主管审核转账支票存根。

5. 制单会计根据审核无误的付款报告书、发票、材料入库单和转账支票存根填制记账凭证。

6. 会计主管审核记账凭证。

7. 出纳根据审核无误的记账凭证及其所附的原始凭证登记银行存款日记账。

8. 记账会计根据审核无误的记账凭证及其所附的原始凭证登记"应交税费——应交增值税"、"周转材料——包装物"等的明细账，并在"周转材料——包装物"明细账中计算该批入库包装物的移动加权平均单价。

根据企业内部会计制度规定，包装物采用实际成本核算，发出包装物的实际成本采用移动加权平均法确定，因此，在每收入一批包装物时都要重新计算一次加权平均单价。

单货同到并付款的存货采购业务流程如图 3-8 所示，开具支票业务流程如图 3-3 所示。

业务 11：现购业务（单货同到，转账支票付款）核算——采购 A 产品和 B 产品配件

1. 记账会计根据发票（附表 11-1、附表 11-2）填制材料入库单（附表 11-3）中的实际成本。

外购材料取得时的实际成本按采购成本确定。根据企业会计准则规定，存货的采购成本包括购买价款、相关税费、运输费、装卸费、保险费以及其他可归属于存货采购成本的费用。

根据增值税有关税法规定，增值税是价外税，作为增值税一般纳税人，购进货物支付或者负担的增值税额，为进项税额，准予从销项税额中抵扣，不能计入存货采购成本；购进货物中支付运输费用的，按照运输费用结算单据上注明的运输费用金额和7%的扣除率计算的进项税额：运输费用的进项税额＝运输费用金额 × 扣除率。

2. 会计主管审核付款报告书（附表11-4）、发票和材料入库单。

出纳根据审核无误的付款报告书、发票、材料入库单和经过审批的支票付款申请书，签发转账支票（附表11-5）支付货款，登记支票登记簿。

3. 会计主管审核转账支票存根。

4. 制单会计根据审核无误的付款报告书、发票、材料验收单和转账支票存根填制记账凭证。

5. 会计主管审核记账凭证。

6. 出纳根据审核无误的记账凭证及其所附的原始凭证登记银行存款日记账。

7. 记账会计根据审核无误的记账凭证及其所附的原始凭证，登记"应交税费——应交增值税"、"原材料"等的明细账，并在"原材料"明细账中计算该批入库原材料的移动加权平均单价。

单货同到并付款的存货采购业务流程如图3-8所示，开具支票业务流程如图3-3所示。

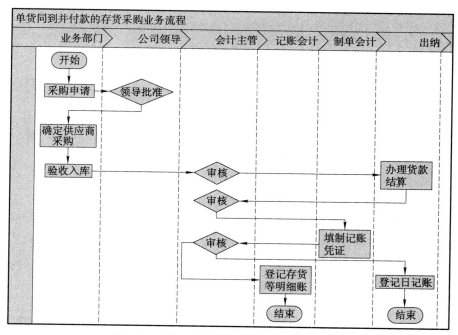

图3-8　单货同到并付款的存货采购业务流程

　　　根据企业内部会计制度规定，原材料采用实际成本核算，发出原材料的实际成本采用移动加权平均法确定，因此，在每收入一批原材料时都要重新计算一次加权平均单价。

$$存货移动加权平均单价 = \frac{以前结存存货总成本 + 本批收入存货实际成本}{以前结存存货数量 + 本批收入存货数量}$$

　　业务 12：赊购业务（单货同到，款未付）核算——采购 X 成型板和封边条

　　1. 记账会计根据发票（附表 12-1、附表 12-2）填制材料入库单（附表 12-3）中的实际成本。

　　2. 会计主管审核发票和材料入库单。

　　3. 制单会计根据发票和材料入库单填制记账凭证。

　　4. 会计主管审核记账凭证。

　　5. 记账会计根据审核无误的记账凭证及其所附的原始凭证，登记"应交税费——应交增值税"和"应付账款"、"原材料"等的明细账，并在"原材料"明细账中计算该批入库原材料的移动加权平均单价。

　　单货同到款未付的存货采购业务流程如图 3-9 所示。

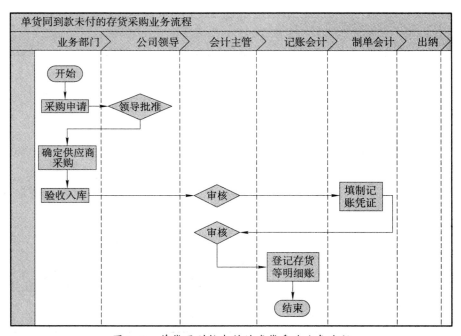

图 3-9　单货同到款未付的存货采购业务流程

【学习评价】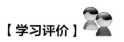

首先，由组长组织进行组内成员互相评价；然后，再进行教师评价。小组成员评价和教师评价各占＿%和＿%，将考核得分填入表3-2中的考核得分栏目中。

表3-2   评 价 表

考核项目		权重	考核内容及评分标准	考核得分		
				小组评价	教师评价	综合得分
专业技能	原始凭证填制	20	各种原始凭证填制齐全、正确，每处错误扣____分，每少一张扣____分			
	记账凭证编制	25	手工记账凭证填制和计算机录入完整、正确，每处错误扣____分，每少一张扣____分			
	各种账簿登记	15	手工账簿登记完整、正确，计算机记账正确，每处错误扣____分			
职业素养	组织纪律	20	服从组长安排，不旷工、不迟到早退、不中途离开现场，不做与项目无关的事情			
	沟通协作	10	分工合理，按规定流程进行操作，进行有效沟通			
	工作态度	5	工作积极主动、认真负责、恪守诚信、追求严谨			
	工作效率	5	保持良好工作环境，有效利用各种工具，按时完成任务、质量高			
合 计						

学习子情境3.3   收发存货（一）、无形资产购进核算

【情境引例】

业务 13：*2010 年 12 月 3 日，材料入库*

采购员李蓉接到神龙建材厂销售员的电话："你好，是星辉公司的李蓉吧，我是神龙建材厂的销售经理丁家辉啊。"

"你好，是不是我们上次订的货到了？"上个月李蓉在神龙建材厂订购了 3 200 张 X 成型板，到现在还没发货，李蓉一直惦记着这批货什么时候能

到，所以下意识地就问这批货的事情。

"是啊，不好意思啊，这批货加工得有点慢，刚完成，我下午就把货送过去。"丁家辉表示歉意。"好的。"李蓉觉得该厂速度太慢，嘴上虽然没有说什么，但心里已经不打算再跟该厂订货了。

下午，货物抵达公司，李蓉清点数量无误后开出收货单，通知设计质检部检验；设计质检部李玲检验合格，通知仓库办理入库；仓库接到入库通知，办理了入库手续，将入库单（财务联）传递给财务记账。

业务 14：2010 年 12 月 3 日，生产领用原材料

销售员最关心的就是车间的生产进度了，销售订单能否完成，关键得看车间能不能按订单的要求及时完工。

为了保证生产顺利进行，12 月 3 日，截材车间（一车间）主任李林和封边打孔车间主任徐蓉分别填写了一式三联的材料领用单，截材车间（一车间）需要领用 X 成型板 7 000 张（其中 A 产品用 2 000 张，B 产品用 5 000 张），单价为 156 元 / 张；封边打孔车间（二车间）需要领用封边条 400 盘（其中 A 产品用 160 盘，B 产品用 240 盘），单价为 130 元 / 盘。

李林和徐蓉将填写完的材料领用单交给仓库办理材料出库，仓库办理完出库后在领料单上签字，一联返还给领料部门，一联留存，一联交给财务部进行账务处理。

业务 15：2010 年 12 月 3 日，生产领用原材料

12 月 3 日，组装车间（三车间）需要领用 A 产品配件 2 000 套，B 产品配件 2 000 套。组装车间主任高月填写了一式三联的材料领用单交给仓库办理材料出库，仓库办理完出库后在领料单上签字，一联返还给领料部门，一联留存，一联交给财务部门进行账务处理。

业务 16：2010 年 12 月 6 日，销售领用包装箱

12 月 6 日，销售部门的余静为包装产品，填写了领用单，到仓库来办理领用手续，申请领用 4 500 个包装箱。材料库管员刘霞签字后，发出 4 500 个包装箱，并将其中一联返还给销售部门，财务联转交给财务部门。

业务 17：2010 年 12 月 8 日，产品完工入库

产品经过截材、封边、打孔和组装，12 月 8 日，本月第一批产品完工了。组装车间主任高月打电话给成品库管员谢宏："老谢吧，我们这有批产品完工了，需要办理入库。"

"好的，高主任，我这就叫人过去。"仓库的活别看杂，但在企业里面责任重大，日常管理一点也不能疏漏，不但要负责清点数量，还需要懂一些日常的保养知识。老谢是这个企业里最早的一批员工，也算是个"老人"了，在他的打理下，仓库管理井井有条，这么多年从来没发生过责任事故。

这批共生产完工了 A 产品 2 000 张，B 产品 2 000 个，完工后这些产品已经陆续搬运到成品库。当日，组装车间主任高月亲自去仓库填写入库单，办理了入库手续。

业务 18：2010 年 12 月 8 日，购买非专利技术

随着人们生活水平的不断提高，质量更好和外观设计更新颖的产品，将会受到市场的欢迎，当然这部分产品的价格也会更高。

在一次家具展销会上，孙鸿看到了一套设计新颖别致的家具方案，这是崇海设计有限公司一个名叫王崇海的年轻设计师设计的。这套方案外观独特，一下就打动了孙鸿。孙鸿找到王崇海，当即表示要购买这套设计方案。王崇海跟孙鸿进行了商谈，同意以非专利技术的方式转让自己的设计方案，双方签订合同估价为 50 000 元人民币，星辉公司获得该设计方案 5 年的独家使用权。应孙鸿的邀请，王崇海还同意做星辉公司的设计顾问。

回到公司后，孙鸿就安排财务把购买非专利技术款汇给崇海设计有限公司（开户行：建行星海市支行营业部，账户：1100 1085 3000 5169 7272），出纳邹红当天就去银行办理了电汇，手续费 50 元，直接从账户中扣除。

【工作任务】

1. 会计主管审核每笔业务的原始凭证，分工填写需财务部门填制的原始凭证并登记有关备查簿，交主管审核签字。

2. 会计人员填制记账凭证，交主管审核签字，会计人员将记账凭证录入财务软件系统。

3. 会计登记相关明细账，出纳登记银行存款日记账。

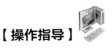

【操作指导】

业务 13：收入存货核算——材料入库

1. 记账会计根据购料的增值税专用发票填制材料入库单（附表 13-1）中的实际成本。

2. 会计主管审核材料入库单。

3. 制单会计根据审核无误的材料入库单填制材料入库业务的记账凭证。

4. 会计主管审核记账凭证。

5. 记账会计根据审核无误的记账凭证及其所附的材料入库单登记"在途物资"、"原材料"等的明细账，并在"原材料"明细账中计算该批入库原材料的移动加权平均单价。

单到货未到，以后存货验收入库时的业务流程如图 3-10 所示。

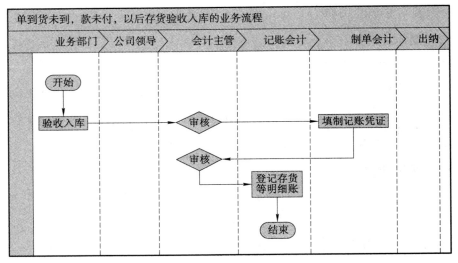

图 3-10　单到货未到，以后存货验收入库时的业务流程

业务 14：发出存货核算——生产领用原材料（截材车间）

1. 记账会计填写领料单（附表 14-1 ~ 附表 14-4）。根据原材料明细账中当前的移动加权平均单价，计算填写领料单中的总成本。

领料单是记录材料发出领用的一种一式多联的内部自制原始凭证，其中一联留存仓库作为登记材料保管账的依据，一联退给领用部门，一联会计记账联交财会部门据以入账。

根据企业内部会计制度规定，由于发出原材料的实际成本是采用移动加权平均法确定的，因此，会计部门在取得领料单后，记账会计按照移动加权平均法，根据原材料明细账中当前的移动加权平均单价，计算填写领料单中的总成本，即在领料单中填列单位成本和金额，确定领料实际成本。

　　某发出原材料单位成本：按照该原材料明细账中当前的移动加权平均单价确定。

　　本批某发出原材料实际成本 = 本批发出该原材料数量 × 该原材料当前移动加权平均单价

　　2. 会计主管审核领料单。

　　3. 制单会计根据审核无误的领料单填制记账凭证。

　　4. 会计主管审核记账凭证。

　　5. 记账会计根据审核无误的记账凭证及其所附的领料单，登记"原材料"和"生产成本"明细账。

　　材料费用核算业务流程如图 3-11 所示。

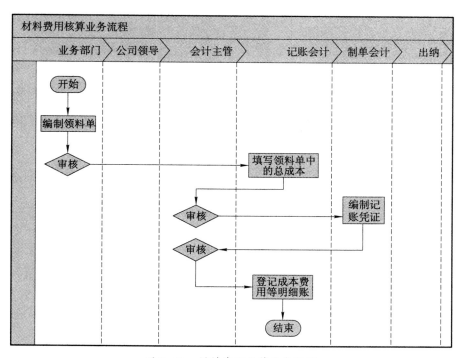

图 3-11　材料费用核算业务流程

业务 15：发出存货核算——生产领用原材料（组装车间）

1. 记账会计填写领料单（附表 15-1、附表 15-2）。根据原材料明细账中当前的移动加权平均单价，计算填写领料单中的总成本。

2. 会计主管审核领料单。

3. 制单会计根据审核无误的领料单填制记账凭证。

4. 会计主管审核记账凭证。

5. 记账会计根据审核无误的记账凭证及其所附的领料单，登记"原材料"和"生产成本"的明细账。

材料费用核算业务流程如图 3-11 所示。

业务 16：发出存货核算——销售领用包装箱

1. 记账会计填制包装物领用单（附表 16-1）。根据周转材料——包装物明细账中当前的移动加权平均单价，计算填写领料单中的总成本。

包装物领用单是记录包装物发出领用的一种一式多联的内部自制原始凭证，其中一联留存仓库作为登记包装物保管账的依据，一联退给领用部门，一联会计记账联交财会部门据以入账。

根据企业内部会计制度规定，由于发出包装物的实际成本是采用移动加权平均法确定的，发出存货实际成本的计算方法是：

发出存货实际成本 = 当前移动加权平均单价 × 发出数量

因此，会计部门在取得包装物领用单后，记账会计按照移动加权平均法，根据周转材料——包装物明细账中当前的移动加权平均单价，在包装物领用单中填列单位成本，计算和填列总成本，确定领用包装物实际成本。

2. 会计主管审核包装物领用单。

3. 制单会计根据包装物领用单填制记账凭证。

4. 会计主管审核记账凭证。

5. 记账会计根据审核无误的记账凭证及其所附的包装物领用单，登记"周转材料"和"销售费用"的明细账。

领用包装箱的业务流程如图 3-12 所示。

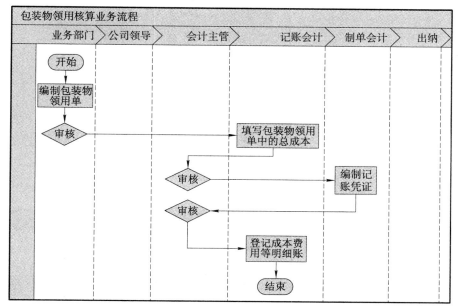

图 3-12　包装物领用核算业务流程

业务 17：收入存货核算——产品完工入库

1. 会计主管审核产成品入库单（附表 17-1）。

2. 记账会计根据审核无误的产成品入库单登记"库存商品"明细账。

注意事项

　　根据企业内部会计制度规定，产成品按实际成本进行核算，完工产成品成本采用品种法计算，生产费用采用约当产量法在完工产品和月末在产品之间分配；发出产成品成本采用全月一次加权平均法确定。因此，月末才能计算并结转入库产成品的实际成本和发出产成品的实际成本。

　　因此，产成品的收入、发出，平时不需结转收入和发出产成品的成本，只需在库存商品明细账中，根据产成品入库单和产成品出库单登记收入和发出的数量，不登记金额。

　　由此，本业务只需根据产成品入库单在"库存商品"明细账中登记入库产品数量，待月末再计算并结转本月完工入库产成品的成本。

业务 18：购买无形资产核算——购买非专利技术

1. 会计主管审核发票、付款报告书（附表 18-1）。

2. 出纳根据审核无误的发票、付款报告书，填制电汇凭证和银行收费凭条，到开户银行办理汇款。汇款后，取得电汇凭证的回单联（附表 18-2）和银行收费凭条客户回单联（附表 18-3），并据以登记银行付款结算凭证登记簿。

3. 会计主管审核电汇凭证回单联和银行收费凭条客户回单联。

4. 制单会计根据审核无误的付款报告书、发票（附表18-4）、电汇凭证回单联和银行收费凭条客户回单联填制记账凭证。

5. 会计主管审核记账凭证。

6. 出纳根据审核无误的记账凭证及其所附的原始凭证登记银行存款日记账。

7. 记账会计根据记账凭证登记"无形资产"的明细账。

注意事项　　　　　*无形资产的残值为零。*

汇兑结算方式（付款方）业务流程如图3-13所示。

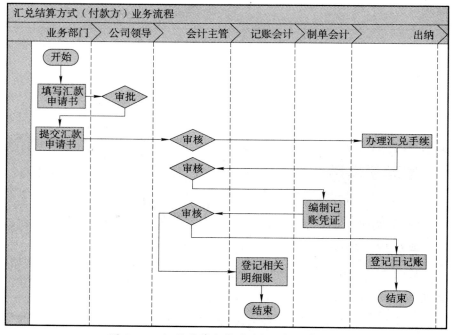

图 3-13　汇兑结算方式（付款方）业务流程

【学习评价】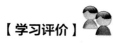

首先，由组长组织进行组内成员互相评价；然后，再进行教师评价。小组成员评价和教师评价各占__%和__%，将考核得分填入表3-3中的考核得分栏目中。

表3-3　　　　　　　　　　　　　　　　　　评　价　表

考核项目		权重	考核内容及评分标准	考核得分		
				小组评价	教师评价	综合得分
专业技能	原始凭证填制	20	各种原始凭证填制齐全、正确，每处错误扣____分，每少一张扣____分			
	记账凭证编制	25	手工记账凭证填制和计算机录入完整、正确，每处错误扣____分，每少一张扣____分			
	各种账簿登记	15	手工账簿登记完整、正确，计算机记账正确，每处错误扣____分			
职业素养	组织纪律	20	服从组长安排，不旷工、不迟到早退、不中途离开现场，不做与项目无关的事情			
	沟通协作	10	分工合理，按规定流程进行操作，进行有效沟通			
	工作态度	5	工作积极主动、认真负责、恪守诚信、追求严谨			
	工作效率	5	保持良好工作环境，有效利用各种工具，按时完成任务、质量高			
合　　计						

学习子情境 3.4　采购与付款、销售与收款核算

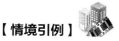

【情境引例】

业务 19：2010 年 12 月 9 日，销售 A 产品

12 月 3 日，销售员余静接到翔辉有限责任公司业务员张小米的电话，订购 1 000 张 A 产品，余静向其报价 310 元/张，因为以前有过业务联系，对方没有表示异议，双方约定 5 天后对方公司过来提货。

12 月 9 日，张小米来到星辉公司，余静接待。稍事休息后张小米问：
"我们订的 A 产品今天就能装车吧，我可是把银行汇票都带过来了啊。""没问题，我们马上就办。"余静热情地答应。

余静填写了一张发票申请单，来到财务部，把发票申请单交给公司的记账会计李明。李明审查了一下，开具了销售专用发票，交给余静说："你带人到邹红那里交款就可以了"。

余静再带着张小米来到出纳处，张小米把银行汇票交给出纳邹红。

余静又陪着小张来到仓库去提货。余静把发货单交给管理员谢宏，谢宏看了下发货单说："没问题，货都已经备好了，我叫人帮你们装车。"余静盯着仓库把货都装上了翔辉公司的车才放心地离去。

下班前，邹红把银行汇票交存银行。

业务 20：2010 年 12 月 9 日，销售 B 产品

兴海有限责任公司是本地一家中型贸易企业，是星辉公司的一个稳定客户。12 月 3 日，双方签订了一份销售合同，约定 12 月 10 日前星辉公司向其供应 1 000 个 B 产品，单价 650 元，采用货到付款、用委托收款方式结算，由星辉公司负责送货，运费由兴海公司承担。销售部余静联系了天纵运输有限公司，负责将 B 产品运到兴海公司，谈好运费是 2 000 元，运输公司开好运输发票一同带来。

12 月 9 日，余静填写了发票申请单，到财务部将发票申请单交给记账会计李明，为其开具了销售发票。

余静又到出纳处，将签好字的支票领用单交给邹红，办理用于支付运费的支票。邹红审核了签章手续后，开具了一张转账支票交给余静。

余静再通知运输车辆过来装货，并带着发货单到仓库提货，装货完毕将运费支票直接交给运输人员带回。

按合同规定，财务部邹红到银行办理委托收款手续，填写了委托收款凭证，收款金额包括销售货款和代垫运输费用，并向银行提交了增值税专用发票和运费发票。

业务 21：2010 年 12 月 9 日，采购 X 成型板

根据采购计划的安排，12 月 9 日，公司决定再向光明家具厂订购一批 X 成型板。采购员李蓉拨通了光明家具厂的销售经理丁家辉的电话："你好，丁经理，我是星辉公司的李蓉啊，我们还需要 1 000 张 X 成型板，价格还是按 156 元一张计算，你看行不行啊？"

"没问题，只是最近原料供应紧张，需要过两天才能发货，你们可以先将货款付清，我把合同和发票都准备好，等货一到，我马上就给你发货。"李蓉请示一下经理回答道："那好吧，你下午派个人过来办下手续，不过一定要优先对我们发货哦。"

李蓉放下电话，填好支票申请单，找到王英和孙总签字。

下午光明家具厂派了一位销售员带着合同和发票过来，双方签字后，李蓉将发票送交财务，并到出纳邹红处开具转账支票一张。对方把支票取走，双方约定3日内交货。

业务22：2010年12月10日，销售B产品

12月2日，星辉公司与天地有限责任公司签订了一份购销合同。合同中约定：天地公司购买星辉公司B产品500个，单价650元，在10日之内供货，提货方式为对方提货，1个月以内天地公司结清货税款，结款方式采用商业汇票。

12月10日，销售员了解下库存数据以后，打电话给天地公司的业务员张新宇："你好，我是星辉公司的销售员余静啊，你们2日定的货今天可以提货了。""好的，我下午过去提货，我开好商业汇票带去，麻烦您开好发票我顺便带回来。"张新宇回答道。

"好的，我马上通知仓库准备发货。"余静撂下电话，就开了一张发货单，通知仓库的老谢准备发货。

余静又打电话给财务部李明："小李吧，我是余静啊，我们2日有个合同，今天客户过来提货，顺便要把发票带回去，麻烦你给开下发票好吧，发票申请我已经开好了。""嗯，好的，我查下合同就给你开，你让他们下午过来取吧。"李明查了下合同后，根据合同金额开了一张增值税专用发票。

下午，天地公司的张新宇过来，余静先带他到财务部，把商业汇票交给了会计李明，然后再把开好的增值税专用发票取走。随后余静带他到仓库提货。余静把发货单交给谢宏，谢宏根据发货单的产品和数量发出商品，张新宇带着配送人员装好车。

业务23：2010年12月10日，收到委托收款（收回销货款）

12月9日，因为向兴海有限责任公司销售B产品，办理了委托银行收款。兴海有限责任公司在收到其开户银行寄来的委托收款凭证及债务证明后，经审查无误同意付款。

12月10日，公司出纳邹红接到银行通知，这笔委托收款的货款已划拨到账，当日邹红到银行取回托收凭证的收款通知单。

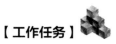

1. 会计主管审核每笔业务的原始凭证，分工填写需财务部门填制的原始凭证并登记有关备查簿，交主管审核签字。

2. 会计人员填制记账凭证，交主管审核签字，会计人员将记账凭证录入财务软件系统。

3. 会计登记相关明细账，出纳登记银行存款日记账。

4. 编制科目汇总表，登记总分类账。

【操作指导】

业务 19：现销业务（发货、开发票、收到银行汇票）核算——销售 A 产品

1. 记账会计根据经审批的发票申请，开具增值税专用发票（附表 19-1）。

2. 出纳收到销售部门交来的银行汇票第二、三联（附表 19-2），登记银行收款结算凭证登记簿，填制进账单，将收到的银行汇票第二、三联连同进账单（附表 19-3）送到银行办理进账手续。办理完转账手续，银行柜员将进账单的回单联给出纳带回备查。银行为本企业转账收妥银行汇票款后，将进账单收账通知联给本企业据以入账。

3. 会计主管审核增值税专用发票记账联、进账单收账通知联、产成品出库单（附表 19-4）。

4. 制单会计依据审核无误的增值税专用发票记账联和银行进账单收账通知联填制记账凭证。

5. 会计主管审核记账凭证。

6. 出纳根据审核无误的记账凭证及其所附的原始凭证登记银行存款日记账。

7. 记账会计根据产成品出库单登记"库存商品"明细账，根据审核无误的记账凭证登记"主营业务收入"明细账和"应交税费——应交增值税"明细账。

一般销售业务流程如图 3-7 所示，取得银行汇票结算方式业务流程如图 3-14 所示。

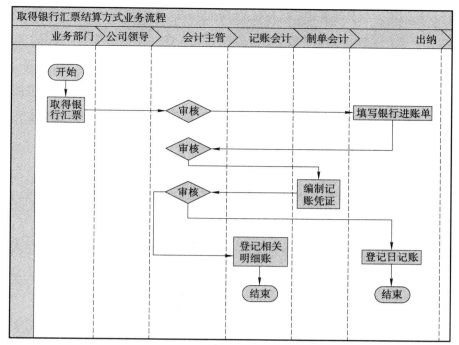

图 3-14　取得银行汇票结算方式业务流程

注意事项

"应交税费——应交增值税"明细账要在"应交税费——应交增值税"明细账的"销项税额"栏登记。

业务 20：销售业务（发货、开发票、办理委托收款，发生代垫运费）核算——销售 B 产品

1. 记账会计根据经审批的发票申请，开具增值税专用发票（附表 20-1）。

2. 记账会计根据运费发票（附表 20-2），填制运费垫支凭证（附表 20-3）。

3. 会计主管审核付款报告书（附表 20-4）、运费发票、运费垫支凭证。

4. 出纳根据审核后的付款报告书、运费发票和经过审批的支票付款申请书，签发转账支票（附表 20-5）垫付运费，并登记支票登记簿。

5. 出纳凭销售合同、增值税专用发票第二、三联抵扣联和发票联、运费发票填制托收凭证（附表 20-6），到银行办理委托收款手续，委托银行向购货方收取销货款和垫付的运费。办理委托收款后，银行柜员将托收凭证第一联受理回单给出纳带回据以入账。

6. 出纳根据托收凭证受理回单、增值税专用发票、运费发票，登记银行收款结算凭证登记簿。

7. 会计主管审核增值税专用发票记账联、托收凭证受理回单联、产成品出库单（附表 20-7）、转账支票存根。

8. 制单会计根据审核无误的增值税专用发票记账联、托收凭证受理回单联，填制销售产品的记账凭证；根据审核无误的付款报告书、运费垫支凭证、转账支票存根，填制垫付运费的记账凭证。

9. 会计主管审核记账凭证。

10. 出纳根据审核无误的垫付运费的记账凭证及其所附的原始凭证登记银行存款日记账。

11. 记账会计根据产成品出库单登记"库存商品"明细账；根据审核无误的销售产品的记账凭证和垫付运费的记账凭证，登记"应收账款"、"主营业务收入"和"应交税费——应交增值税"明细账。

一般销售业务流程如图 3-7 所示，委托收款结算方式业务流程如图 3-15 所示。

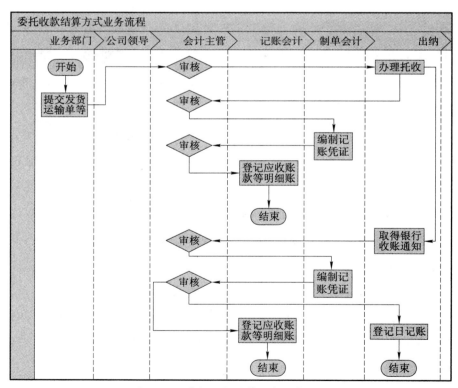

图 3-15　委托收款结算方式业务流程

业务 21：采购业务（单到货未到，转账支票付款）核算——采购 X 成型板

1. 会计主管审核付款报告书（附表 21-1）、发票（附表 21-2、附表 21-3）。

2. 出纳根据审核无误的付款报告书、发票和经过审批的支票付款申请书，签发转账支票（附表 21-4）支付货款，登记支票登记簿。

3. 会计主管审核转账支票存根。

4. 制单会计根据审核无误的付款报告书、发票和转账支票存根填制记账凭证。

5. 会计主管审核记账凭证。

6. 出纳根据审核无误的记账凭证及其所附的原始凭证，登记银行存款日记账。

7. 记账会计根据记账凭证及其所附的原始凭证，登记"在途物资"和"应交税费——应交增值税"的明细账。

单到货未到，款已付的存货采购业务流程如图 3-16 所示，开具支票业务流程如图 3-3 所示。

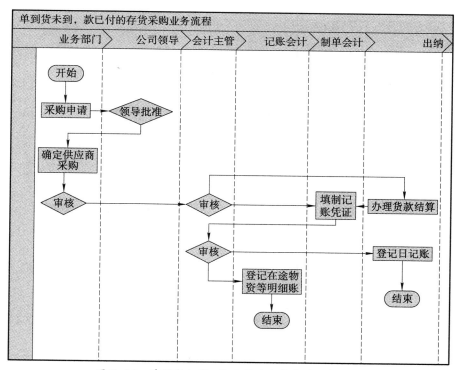

图 3-16　单到货未到，款已付的存货采购业务流程

业务 22：销售业务（发货、开发票、收到商业汇票）核算——销售 B 产品

1. 记账会计根据经审批的发票申请，开具增值税专用发票（附表 22-1）。

2. 出纳收到销售部门交来的商业承兑汇票（附表 22-2）后登记应收票据备查簿。

3. 会计主管审核增值税专用发票记账联、商业承兑汇票、产成品出库单（附表 22-3）。

4. 制单会计依据增值税专用发票记账联和商业承兑汇票复印件（商业承兑汇票不作原始凭证）填制记账凭证。

5. 会计主管审核记账凭证。

6. 记账会计根据商品出库单登记库存商品明细账。

7. 记账会计根据产成品出库单登记"库存商品"明细账；根据审核无误的记账凭证及所附的原始凭证，登记"应收票据"、"主营业务收入"和"应交税费——应交增值税"等的明细账。

一般销售业务流程如图 3-7 所示，商业汇票结算方式（收款方）业务流程如图 3-17 所示。

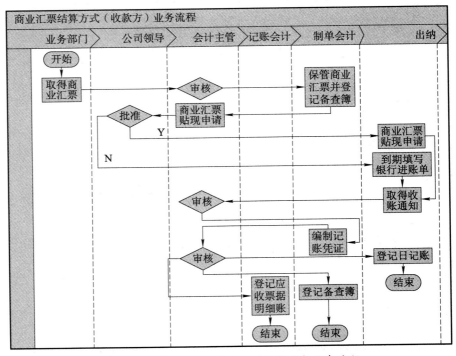

图 3-17　商业汇票结算方式（收款方）业务流程

业务 23：收回销货款核算——收到委托收款

1. 会计主管审核托收凭证收款通知（附表 23-1）。

2. 出纳根据委托收款凭证（收款通知）登记银行收款结算凭证登记簿。

3. 制单会计根据托收凭证收款通知填制收回货款的记账凭证。

4. 会计主管审核记账凭证。

5. 出纳根据审核无误的记账凭证及所附的托收凭证收款通知登记银行存款日记账。

6. 记账会计根据审核无误的记账凭证登记"应收账款"明细账。

委托收款结算方式业务流程如图 3-15 所示。

编制科目汇总表，登记总分类账

1. 制单会计登记"T"形账户。

制单会计根据记账凭证逐笔登记"T"形账户，并结出发生额。

2. 制单会计根据"T"形账户发生额编制科目汇总表。

制单会计将"T"形账户的发生额过入科目汇总表，并分别结出借方金额和贷方金额的合计数，然后检查借方金额合计与贷方金额合计是否相等。

3. 会计主管审核科目汇总表并登记总分类账。

会计主管在审核科目汇总表无误后，根据科目汇总表登记总分类账。

期末登记总账业务流程如图 3-18 所示。

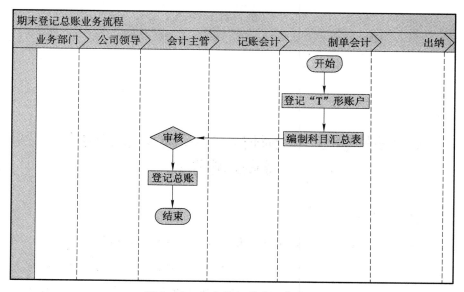

图 3-18　期末登记总账业务流程

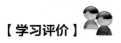

【学习评价】

首先，由组长组织进行组内成员互相评价；然后，再进行教师评价。小组成员评价和教师评价各占__%和__%，将考核得分填入表3-4中的考核得分栏目中。

表3-4　　　　　　　　　　　　　评　价　表

考核项目		权重	考核内容及评分标准	考核得分		
				小组评价	教师评价	综合得分
专业技能	原始凭证填制	20	各种原始凭证填制齐全、正确，每处错误扣____分，每少一张扣____分			
	记账凭证编制	25	手工记账凭证填制和计算机录入完整、正确，每处错误扣____分，每少一张扣____分			
	各种账簿登记	15	手工账簿登记完整、正确，计算机记账正确，每处错误扣____分			
职业素养	组织纪律	20	服从组长安排，不旷工、不迟到早退、不中途离开现场，不做与项目无关的事情			
	沟通协作	10	分工合理，按规定流程进行操作，进行有效沟通			
	工作态度	5	工作积极主动、认真负责、恪守诚信、追求严谨			
	工作效率	5	保持良好工作环境，有效利用各种工具，按时完成任务、质量高			
合　　计						

学习子情境 3.5　预付货款采购与采购退回、核销坏账核算

【情境引例】

业务 24：2010 年 12 月 11 日，采购 A 产品和 B 产品配件

为了完成采购和生产计划，王英决定再向大通人和家具厂订购一批 A 产品和 B 产品配件。12 月 10 日，双方签订了购销合同，合约约定星辉公司

向大通人和家具厂购买 A 产品配件 2 000 套，单价 50 元 / 套，B 产品配件 2 000 套，单价 40 元 / 套，送货方式为对方送货上门，付款方式为电汇。

12 月 11 日，大通人和家具厂的销售人员马诚如打电话给星辉公司的采购员李蓉："李蓉吧，你好，我是马诚如啊，你们订的货今天可以送过去了。""好的，我马上通知仓库收货，麻烦您把发票开好带过来。""没问题。"很快，马诚如就把 2 000 套 A 产品配件和 2 000 套 B 产品配件送到星辉公司。

采购员李蓉清点商品后填写入库单，通知质检部门的李玲检验商品。李玲检验完后交由成品库管员谢宏办理入库手续。谢宏办理完入库手续后，在入库单上签字，再将财务联转交给财务部李明。

李蓉填写了"付款报告书"，找到王英和孙鸿签字后，交给出纳邹红。邹红查看了合同和收到的发票后，核实了付款金额，去银行办理了电汇，银行扣除了电汇手续费 200 元。

业务 25：2010 年 12 月 11 日，材料入库并部分退货

因为生产急需，采购员李蓉一直担心向光明家具厂订购的 X 成型板 1 000 张能不能及时到货。12 月 11 日一早李蓉就给光明家具厂的销售经理丁家辉打了个电话："丁经理，您好，我是星辉公司的李蓉啊，请问我们那批 X 成型板现在能发货吗？我们这边生产告急了。"

"你好，放心吧，你是我们的老客户了，我正要给你打电话呢，我们刚到的货，我马上安排给你们送过去吧。"

下午，板材到达星辉公司，李蓉清点数量没有问题，再通知质检部李玲检验。不过这回李玲发现有 2 张板材变形严重无法使用，出具了检验报告交李蓉处理，其余的板材开具材料入库单，一联通知仓库谢宏入库，一联通知财务进行会计处理。

李蓉联系丁经理，根据合同约定，将 2 张不合格板材进行退货处理。

丁经理对发生的板材变形问题表示歉意，爽快地同意了退货。

业务 26：2010 年 12 月 11 日，预付部分货款（购买 X 成型板）

12 月 11 日，公司再次向光明家具厂订购 6 000 张 X 成型板，双方签订合同，价格为 156 元 / 张，预付 30% 的货税款，用支票结算；其余货款 3 日内付清，结算方式为银行承兑汇票。

李蓉拿着孙总签字后的支票申请单和预付货款收据，找到出纳邹红，邹红开具了一张转账支票，交给李蓉。李蓉把支票交给对方的业务员，双方约定，在交货的时候，货物和余款两清。

业务 27：2010 年 12 月 11 日，申请银行汇票（用于购买 X 成型板）

为了保证原材料供应的质量和速度，公司决定再发展一家供应商，把采购对象瞄准了另一家板材家具厂——红光家具厂。12 月 11 日，跟红光家具厂签订购销合同，订购 X 成型板 1 700 张，价格为 156 元/张，合同约定 3 日内交货，对方负责送货，运费由星辉公司负责，结算方式为银行汇票。

当日，李蓉填写好付款报告书，并找王英和总经理孙鸿签字后，交给出纳邹红办理付款事项。

邹红根据合同金额和付款报告书，填写"银行汇票申请书"申请通过银行付款，金额为 320 000 元，填完后去开户银行办理银行汇票的签发。

银行审核无误后，当即签发一张付款金额为 320 000 元的银行汇票。邹红把银行签发的银行汇票带回公司，准备办理到货后支付货款。

业务 28：2010 年 12 月 11 日，采购 X 成型板（单货同到，银行汇票已付，发生运杂费）

2010 年 12 月 11 日，采购部李蓉接到红光家具厂通知由业务员陈晓强今天送货过来。

李蓉收到货物后清点数量与合同一致，开具入库单，通知质检人员李玲检验。李玲检验没有质量问题，将入库单交仓库办理入库手续，仓库签好字后，将财务联交财务部记账会计李明处。

红光家具厂雇用了"好运来"运输公司来运输，运费 1 200 元，搬运人员的劳务费 800 元，合计运输费为 2 000 元，运输公司开具了运费发票。

陈晓强将货物的发票及运输发票一并交给李蓉，由于合同约定，运费由本公司负担，李蓉填写了付款报告书，找王英和孙鸿签字。

李蓉带陈晓强到财务部会计主管周宏宇审核后到记账会计李明处办理财务手续，先将发票交给记账会计李明，再把付款报告书交给邹红。邹红根据付款内容和金额开具了一张转账支票，连同前日签发的银行承兑汇票作为结算货款一并交给陈晓强。

当日，对方到银行兑现，银行将款项划拨到对方账户，并将转讫后的汇票转给星辉公司。

业务 29：2010 年 12 月 12 日，取得红字发票（采购退货）

12 月 12 日，财务部李明收到快递，里面是 12 月 11 日光明家具厂发生的 2 张不合格板材退货的红字发票。

业务 30：2010 年 12 月 13 日，采购 X 成型板

12 月 13 日，采购员李蓉接到光明家具厂销售经理丁家辉的电话，通知他 6 000 张板材今天可以到货，希望今天可以结清剩余 70% 货税款。

下午，光明家具厂把 6 000 张板材送到公司，发票随货到达。李蓉收到发票和货物后，根据合同数量清点货物。质检人员李玲进行质量检验，没有发现质量问题，交仓库办理入库手续，仓库办理入库后填写了入库单。

李蓉填写"付款报告书"申请付款，找到王英和孙鸿签字后。李蓉到财务部将发票、付款申请书交给财务主管周宏宇审核后，将发票交给会计李明，到出纳邹红处申请付款。邹红核对了付款报告书和合同以后，填写了"银行承兑汇票申请书"后，去开户银行办理商业汇票。

银行审核单据无误后，当即签发了一张承兑期为 1 个月的银行承兑汇票，银行收取 1‰ 的手续费，直接从账户中扣除。

业务 31：2010 年 12 月 13 日，收到退货款

12 月 13 日，出纳邹红收到银行传递过来的"收账通知单"，收到光明家具厂给予的退货税款支票，通知前面发生的退货税款已经收到。

业务 32：2010 年 12 月 13 日，发生坏账予以核销

德星装饰公司是星辉公司以前的一个客户，年初的时候，星辉公司曾经卖给对方一批 B 产品，但因为对方称自己资金周转不灵，货款一直拖欠没有结清。12 月 13 日，办公室接到法院的通知，德星公司因为经营不善，资不抵债，已经宣布破产，企业法人戴宏伟至今下落不明。其实，孙鸿对德星公司已经有所预感，已经及时终止了两个合同的发货。鉴于这种情况，会计主管申请进行坏账处理，孙鸿表示同意。

业务 33：2010 年 12 月 13 日，银行汇票多余款退回

12 月 13 日，出纳邹红接到银行通知，向红光家具厂购料时采用的银行汇票结算完毕，银行汇票金额为 320 000 元，付款金额合计为 310 284 元，银行退回汇票未支付的剩余款项，已划到企业账户。

【工作任务】

1. 会计主管审核每笔业务的原始凭证，分工填写需财务部门填制的原始凭证并登记有关备查簿，交主管审核签字。

2. 会计人员填制记账凭证，交主管审核签字，会计人员将记账凭证录入财务软件系统。

3. 会计登记相关明细账，出纳登记银行存款日记账。

【操作指导】

业务 24：现购业务（单货同到并付款，电汇付款）核算——采购 A 产品和 B 产品配件

1. 记账会计根据发票填写材料入库单中的实际成本。

2. 会计主管审核付款报告书（附表 24-1）、发票（附表 24-2、附表 24-3）、材料入库单（附表 24-4）。

3. 出纳根据审核无误的付款报告书、发票、材料入库单，填制电汇凭证（附表 24-5）和银行收费凭条（附表 24-6），到开户银行办理汇款。汇款后，取得电汇凭证的回单联和银行收费凭条客户回单联，并据以登记银行付款结算凭证登记簿。

4. 会计主管审核电汇凭证回单联和银行收费凭条客户回单联。

5. 制单会计根据审核无误的付款报告书、发票、材料入库单、电汇凭证回单联和银行收费凭条客户回单联填制记账凭证。

6. 会计主管审核记账凭证。

7. 出纳根据审核无误的记账凭证及其所附的原始凭证，登记银行存款日记账。

8. 记账会计根据审核无误的记账凭证及其所附的原始凭证，登记"应交税费——应交增值税"、"原材料"等的明细账，并在"原材料"明细账中计算该批入库原材料的移动加权平均单价。

单货同到并付款的存货采购业务流程如图 3-8 所示，汇兑结算方式（付款方）业务流程如图 3-13 所示。

业务 25：采购退货业务核算——材料入库并部分退货

1. 记账会计根据发票填写材料入库单（附表 25-1）中的实际成本。

2. 会计主管审核材料入库单。

3. 制单会计根据材料入库单填制材料入库的记账凭证。

4. 会计主管审核记账凭证。

5. 记账会计根据记账凭证及其所附的材料入库单，登记"待处理财产损溢"、"在途物资"、"原材料"等的明细账，并在"原材料"明细账中计算该批入库原材料的移动加权平均单价。

单到货未到，以后存货验收入库时的业务流程如图 3-10 所示。

业务 26：采购业务核算——预付货款

1. 会计主管审核付款报告书和预付货款的收据。

2. 出纳根据购货合同、付款报告书（附表 26-1）、预付货款的收据（附表 26-2），签发转账支票（附表 26-3）预付货款，登记支票登记簿。

3. 会计主管审核转账支票存根。

4. 制单会计根据付款报告书、预付货款的收据和转账支票存根填制预付货款的记账凭证。

5. 会计主管审核记账凭证。

6. 出纳根据审核无误的记账凭证及其所附的原始凭证登记银行存款日记账。

7. 记账会计根据审核无误的记账凭证，登记"预付账款"明细账。

8. 开具支票业务流程如图 3-3 所示。

业务 27：采购业务核算——银行汇票（用于采购 X 成型板）办理

1. 出纳依据审批的材料采购申请单填写银行汇票申请书（附表 27-1）办理银行汇票，登记银行付款结算凭证登记簿。

2. 会计主管审核银行汇票申请书的回单。

3. 制单会计根据审核无误的银行汇票申请书回单填制申请银行汇票的记账凭证。

4. 会计主管审核记账凭证。

5. 出纳根据审核无误的记账凭证及其所附的原始凭证登记银行存款日记账。

6. 记账会计根据审核无误的记账凭证登记"其他货币资金"明细账。

银行汇票结算方式业务流程如图 3-19 所示。

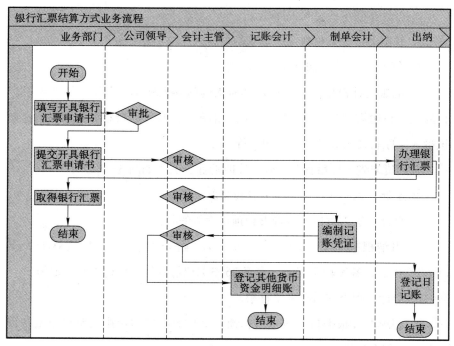

图 3-19　银行汇票结算方式业务流程

业务 28：采购业务（单货同到，银行汇票已付，发生运杂费）核算——采购 X 成型板

1. 记账会计根据增值税专用发票、运费发票填写材料入库单中的实际成本。

根据增值税有关税法规定，购进货物中支付运输费用的，按照运输费用结算单据上注明的运输费用金额和 7% 的扣除率计算的进项税额：运输费用的进项税额 = 运输费用金额 × 扣除率。

2. 会计主管审核付款报告书（附表 28-1）、增值税专用发票（附表 28-2、附表 28-3）、运费发票（附表 28-4）和材料入库单（附表 28-5）。

3. 出纳根据付款报告书、运费发票和经过审批的支票付款申请书，签发转账支票支付运费，登记支票登记簿；根据付款报告书、增值税专用发票和材料入库单和支付给供货方的银行汇票的第二、三联（附表 28-6），登记银行付款结算凭证登记簿。

4. 会计主管审核转账支票存根。

5. 制单会计根据审核无误的付款报告书、增值税专用发票、运费发票、转账支票存根和材料入库单填制记账凭证。

6. 会计主管审核记账凭证。

7. 记账会计根据审核无误的记账凭证及其所附的原始凭证，登记"应交税费——应交增值税"和"其他货币资金"、"原材料"等的明细账，并在"原材料"明细账中计算该批入库原材料的移动加权平均单价。

单货同到并付款的存货采购业务流程如图 3-8 所示，银行汇票结算方式业务流程如图 3-19 所示，开具支票业务流程如图 3-3 所示。

业务 29：采购退货业务核算——取得红字发票

1. 出纳到主管税务机关，办理开具红字增值税专用发票通知单（附表 29-1），并交销售方开具红增值税专用发票。

根据《增值税专用发票使用规定》有关规定，发生购货退回，出纳到主管税务机关，填报一式两联"开具红字增值税专用发票申请单"，第一联由购买方留存；第二联由购买方主管税务机关留存。申请单应加盖一般纳税人财务专用章。

主管税务机关审核申请单后，出具一式三联"开具红字增值税专用发票通知单"，通知单第一联由购买方主管税务机关留存；第二联由购买方送交销售方留存；第三联由购买方留存。通知单应加盖主管税务机关印章。

销售方凭购买方提供的"开具红字增值税专用发票申请单"开具红字专用发票，在防伪税控系统中以销项负数开具。

2. 会计主管审核开具红字增值税专用发票通知单、销售方开具的红字增值税专用发票第二、三联抵扣联（附表 29-2）和发票联（附表 29-3）。

3. 制单会计根据审核无误的"开具红字增值税专用发票通知单"、"红字增值税专用发票"的第三联发票联，填制退货业务的记账凭证。

4. 会计主管审核记账凭证。

5. 记账会计根据审核无误的记账凭证及所附的原始凭证，登记"应付账款"、"应交税费——应交增值税"、"待处理财产损溢"等明细账。

注意事项

登记"应交税费——应交增值税（进项税额）"明细账时用红字登记。

业务 30：采购业务（单货同到，付尾款，开出银行承兑汇票）核算——采购 X 成型板（预付货款采购）

1. 记账会计根据发票填写材料入库单中的实际成本。

2. 会计主管审核付款报告书（附表 30-1）、发票（附表 30-2、附表 30-3）、材料入库单（附表 30-4）。

3. 出纳填制银行承兑汇票，并办理向银行申请承兑的手续。出纳根据购销合同和审核后的付款报告书、发票、材料入库单，填制银行承兑汇票，并向开户银行信贷部门申请承兑。银行信贷部门按照有关规定和审批程序，对出票人的资格、资信、购销合同和汇票记载的内容进行审查，审查通过同意承兑后，承兑银行与出票人签订承兑协议（附表 30-5）。

4. 出纳填制费用报销单，申请支付银行承兑手续费，经审批同意后，填制银行收费凭条（附表 30-6），向银行支付承兑手续费。

5. 出纳根据银行承兑的银行承兑汇票（附表 30-7）登记应付票据备查簿。

6. 会计主管审核银行承兑汇票、费用报销单（附表 30-8）、银行收费凭条。

7. 制单会计根据付款报告书、发票、银行承兑汇票、材料入库单填制采购材料的记账凭证，根据费用报销单、银行收费凭条填制支付承兑手续费的记账凭证。

8. 会计主管审核记账凭证。

9. 出纳根据审核无误的支付承兑手续费的记账凭证及其所附的原始凭证，登记银行存款日记账。

10. 记账会计根据审核无误的采购材料的记账凭证及其所附的原始凭证，登记"应交税费——应交增值税"和"应付票据"、"原材料"等的明细账，并在"原材料"明细账中计算该批入库原材料的移动加权平均单价。

11. 记账会计根据审核无误的支付承兑手续费的记账凭证登记"财务费用"明细账。

单货同到款未付的存货采购业务流程如图 3-20 所示。

银行承兑汇票结算方式的业务流程参见商业汇票结算方式（付款方）业务流程，如图 3-21 所示。

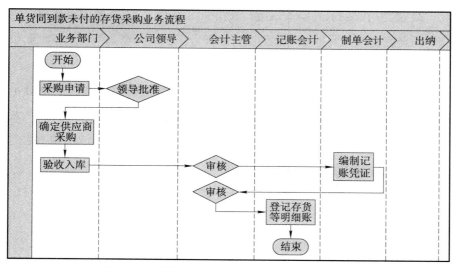

图 3-20 单货同到款未付的存货采购业务流程

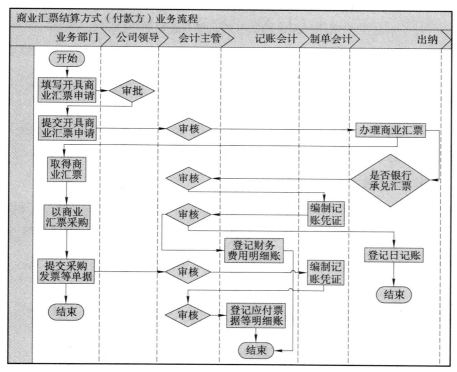

图 3-21 商业汇票结算方式（付款方）业务流程

业务 31：采购退货业务核算——收到退货款

1. 出纳根据收到的转账支票（附表 31-1），登记银行收款结算凭证登记簿。

2. 出纳对收到的转账支票进行背书（附表 31-2），并填制进账单，将收到的转账支票连同进账单送到银行办理进账手续。至票款转入本企业账户，银行将进账单的第三联收账通知联交给本企业据以入账。

3. 收到银行转来的进账单第三联收账通知联后（附表 31-3），会计主管审核进账单收账通知联。

4. 制单会计根据审核无误的收据、进账单收账通知联，填制记账凭证。

5. 会计主管审核记账凭证。

6. 出纳根据审核无误的记账凭证及其所附的进账单收账通知联，登记银行存款日记账。

7. 记账会计根据收回退货款的记账凭证登记"应收账款"明细账。

取得支票业务流程如图 3-4 所示。

业务 32：核销坏账业务核算

1. 会计主管提出坏账损失确认申请，报有关领导审批。

2. 制单会计根据经审批的坏账损失确认通知（附表 32-1），填制确认坏账损失的记账凭证。

3. 会计主管审核记账凭证。

4. 记账会计根据审核无误的确认坏账损失的记账凭证登记"坏账准备"和"应收账款""管理费用"的明细账。

核销坏账业务流程如图 3-22 所示。

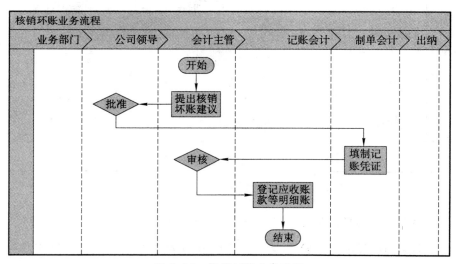

图 3-22　核销坏账业务流程

当期按应收款项计算应提取的坏账准备金额大于本科目的贷方余额，应按其差额提取坏账准备。提取"坏账准备"时，计入"管理费用"。

业务33：银行汇票多余款退回

1. 会计主管审核银行汇票第四联多余款收账通知。

2. 出纳根据银行汇票多余款收账通知（附表33-1），登记银行付款结算凭证登记簿。

3. 制单会计根据审核无误的银行汇票多余款收账通知填制记账凭证。

4. 出纳根据审核无误的记账凭证及其所附的原始凭证，登记银行存款日记账。

5. 记账会计根据审核无误的记账凭证，登记"其他货币资金"明细账。

取得银行汇票尾款业务流程如图3-23所示。

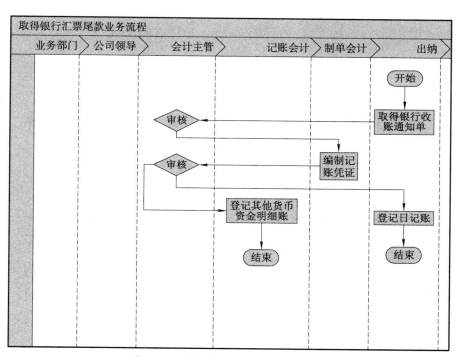

图3-23 取得银行汇票尾款业务流程

【学习评价】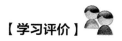

首先，由组长组织进行组内成员互相评价；然后，再进行教师评价。小组成员评价和教师评价各占__%和__%，将考核得分填入表3-5中的考核得分栏目中。

表3-5 评 价 表

考核项目		权重	考核内容及评分标准	考核得分		
				小组评价	教师评价	综合得分
专业技能	原始凭证填制	20	各种原始凭证填制齐全、正确,每处错误扣____分,每少一张扣____分			
	记账凭证编制	25	手工记账凭证填制和计算机录入完整、正确,每处错误扣____分,每少一张扣____分			
	各种账簿登记	15	手工账簿登记完整、正确,计算机记账正确,每处错误扣____分			
职业素养	组织纪律	20	服从组长安排,不旷工、不迟到早退、不中途离开现场,不做与项目无关的事情			
	沟通协作	10	分工合理,按规定流程进行操作,进行有效沟通			
	工作态度	5	工作积极主动、认真负责、恪守诚信、追求严谨			
	工作效率	5	保持良好工作环境,有效利用各种工具,按时完成任务、质量高			
合 计						

学习子情境 3.6 收发存货(二)、对外捐款核算

【情境引例】

业务 34:2010 年 12 月 14 日,**生产领用材料**

星辉公司的板材投放都是在截材车间一次投入,因此板材都是由截材车间领料。12 月 14 日,截材车间为生产领用 X 成型板 7 700 张,其中 A 产品需耗用 2 200 张,B 产品需耗用 5 500 张。车间主任李林填写一式三联的领料单,一联留存,一联交仓库办理出库,库存出库后将财务联交财务部门。

配件都是封边打孔车间一次投入,因此配件都是由封边打孔车间领料。12 月 14 日,封边打孔车间领用 A 产品配件 2 200 套,B 产品配件 2 200 套,封边条 440 盘,其中 A 产品需耗用 176 盘,B 产品需耗用 264 盘。车间主任徐蓉填写一式三联的领料单,一联留存,一联交仓库办理出库,库存出库后将财务联交财务部门。

业务 35:2010 年 12 月 15 日,**销售领用包装物**

销售部门的余静为包装产品,填写了领用单,到仓库来办理领用手续,

申请领用 4 800 个包装箱。材料库管员刘霞签字后，发出 4 800 个包装箱，并将其中一联返还给销售部门，财务联转交给财务部门。

业务 36：2010 年 12 月 19 日，产品完工入库

产品最后经过裁剪、封边、打孔后，就可以交组装车间装配了；装配完之后，就可完工入库。12 月 19 日，一批产品入库，其中 A 产品 2 200 张，B 产品 2 200 个。组装车间主任高月填写一式三联的产品入库单，一联留存，一联交仓库办理入库，仓库入库后将财务联交财务部门。

业务 37：2010 年 12 月 19 日，向希望工程捐款

孙鸿知道，做企业不光需要积累资本和攫取利润，在业绩有保障的前提下，还需要尽一份社会责任。因此，孙鸿会定期以企业名义对外进行公益性捐赠。从某种程度上来看，对公益事业进行捐赠不仅是尽到企业的社会责任，也是对企业形象的一个正面宣传。有时候，从事公益事业，比单纯的商业广告更能让普通百姓接受企业及其产品。

12 月 19 日，星海市当地媒体组织了一次向希望工程捐款的慈善晚会，孙鸿在晚会上代表星辉公司向希望工程捐款 50 000.00 元，以转账支票的方式兑现，当地的媒体对此事进行了广泛的报道。

【工作任务】

1. 会计主管审核每笔业务的原始凭证，分工填写需财务部门填制的原始凭证并登记有关备查簿，交主管审核签字。

2. 会计人员填制记账凭证，交主管审核签字，会计人员将记账凭证录入财务软件系统。

3. 会计登记相关明细账，出纳登记银行存款日记账。

【操作指导】

业务 34：发出存货——生产领用材料

1. 记账会计填写领料单（附表 34-1～附表 34-4）。根据原材料明细账中当前的移动加权平均单价，计算填写领料单中的总成本。

2. 会计主管审核领料单。

3. 制单会计根据审核无误的领料单填制记账凭证。

4. 会计主管审核记账凭证。

5. 记账会计根据审核无误的记账凭证及其所附的领料单，登记"原材料"和"生产成本"明细账。

材料费用核算业务流程如图 3-11 所示。

业务 35：发出存货——销售领用包装物

1. 记账会计填写包装物领用单（附表 35-1）。根据原材料明细账中当前的移动加权平均单价，计算填写包装物领用单中的总成本。

2. 会计主管审核包装物领用单。

3. 制单会计根据审核无误的包装物领用单填制记账凭证。

4. 会计主管审核记账凭证。

5. 记账会计根据审核无误的记账凭证及其所附的包装物领用单，登记"周转材料"和"销售费用——包装费"明细账。

材料费用核算业务流程如图 3-11 所示。

业务 36：收入存货核算——产品完工入库

1. 会计主管审核产成品入库单（附表 36-1）。

2. 记账会计根据审核无误的产成品入库单登记"库存商品"明细账。

业务 37：对外捐款业务核算——向希望工程捐款

1. 会计主管审核付款报告书（附表 37-1）和捐款发票。

2. 出纳根据审核无误的付款报告单、捐款发票（附表 37-2）和经过审批的支票付款申请书，签发转账支票（附表 37-3）支付捐款，登记支票登记簿。

3. 会计主管审核转账支票存根。

4. 制单会计根据审核无误的费用报销单、捐款发票和转账支票存根填制记账凭证。

5. 会计主管审核记账凭证。

6. 出纳根据审核无误的记账凭证及其所附的原始凭证，登记银行存款日记账。

7. 记账会计根据记账凭证，登记"营业外支出"明细账。

开具支票业务流程如图 3-3 所示。

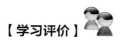

【学习评价】

首先，由组长组织进行组内成员互相评价；然后，再进行教师评价。小组成员评价和教师评价各占___%和___%，将考核得分填入表3-6中的考核得分栏目中。

表3-6 评 价 表

考核项目		权重	考核内容及评分标准	考核得分		
				小组评价	教师评价	综合得分
专业技能	原始凭证填制	20	各种原始凭证填制齐全、正确，每处错误扣____分，每少一张扣____分			
	记账凭证编制	25	手工记账凭证填制和计算机录入完整、正确，每处错误扣____分，每少一张扣____分			
	各种账簿登记	15	手工账簿登记完整、正确，计算机记账正确，每处错误扣____分			
职业素养	组织纪律	20	服从组长安排，不旷工、不迟到早退、不中途离开现场，不做与项目无关的事情			
	沟通协作	10	分工合理，按规定流程进行操作，进行有效沟通			
	工作态度	5	工作积极主动、认真负责、恪守诚信、追求严谨			
	工作效率	5	保持良好工作环境，有效利用各种工具，按时完成任务、质量高			
合 计						

学习子情境 3.7 分期收款与预收货款销售、销售退回、现金折扣核算

【情境引例】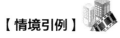

业务 38：2010 年 12 月 20 日，销售 B 产品

12 月 13 日，星辉公司与翔辉有限责任公司签订销售合同，向其销售 B 产品 500 个，单价 650 元，双方约定一周内发货，对方自行提货，结算方式为支票结算。

12 月 20 日，仓库通知销售，货源充足可以发货，销售员余静打电话通知翔辉公司的业务员毕大海："大海吧，我是星辉公司的余静，你们要的那

批货可以提货了，你看什么时候方便过来。"

"好的，我一会儿就过来，我将支票开好，你把发票开好，我顺便过去取回来。"

"嗯，没问题。"余静一方面开具产品发货单，通知仓库准备发货，一方面办好发票申请，并跟财务的记账会计李明打好招呼，让其开好增值税专用发票，李明根据合同内容开好了发票。

下午，毕大海拿着提货单和转账支票找到余静过来提货，余静先带毕大海去财务办理手续，把转账支票交给出纳邹红，再到记账会计李明处取走增值税专用发票。

随后，拿着发货单，找到成品库管员谢宏请求出库，谢宏核对提货单内容后，清点货物并发出 B 产品 500 个。

当日下班前，出纳邹红将收到的转账支票送存银行。

业务 39：2010 年 12 月 20 日，销售原材料

隆裕家具厂是星辉公司的兄弟企业，隆裕家具厂的老总丁茂盛和星辉公司的孙鸿个人私交也很好。虽然双方是互相竞争关系，但双方在市场和原料方面经常互通有无。

12 月 8 日一早，孙鸿接到丁茂盛的电话："孙老弟，老兄我有事相求啊。"

"老兄有什么事情尽管吩咐，我能办到的尽量办到。"

"最近南方大雪，我原先订购的一批板材滞留在南方，一时半会儿过不来啊，我这有好几个订单，现在都停工待料了，能不能支援一批 X 成型板啊。价格嘛，我可以出较高的价钱。"

"这样啊，我最近的材料也受到影响。这样吧，我过几天通知仓库给你发货，具体细节你过来一趟咱们详谈好吧。"

"没问题。"当天，丁茂盛亲自过来，两家公司很快就签订了购销合同，隆裕家具厂采购星辉公司 1 000 张 X 成型板，价格为 200 元 / 张，采用支票结算，隆裕家具厂自提货物。

12 月 20 日，星辉公司向隆裕家具厂发出货物，并开具增值税专用发票。同日，收到对方开具的转账支票，出纳邹红当日将支票送存银行。

业务 40：2010 年 12 月 20 日，支付广告费

孙鸿自从购买了设计师王崇海的那套新颖外观设计方案后，决定强化企业的品牌实力，他安排营销副总王英在本地电视台加强品牌宣传力度。

12月17日，向星海市电视台支付了广告费10 000元，用转账支票的方式付讫。

业务41：2010年12月20日，销售B产品（分期收款销售）

2010年12月20日，星辉公司和天地有限责任公司签订购销合同，星辉公司向天地公司销售B产品600个，单价650元，双方约定，货物一次发货，货税款分两次收取，发货当日收取货款60%，余款10日内付清。

销售员余静已经通知仓库发货，对方当日就将货物全部提走，财务开出增值税专用发票，交对方提货人员带走。

同日，星辉公司的出纳邹红收到天地公司开具的转账支票。下班前，邹红将其送存银行。

业务42：2010年12月20日，销售B产品（预收货款，发货、开票）

2010年12月20日，星辉公司和大自然有限责任公司签订购销合同，由星辉公司向大自然公司销售B产品50个，单价650元。合同约定，大自然公司预付10 000元货款作为定金，余款在发出货物后10日内结清。收到定金后，星辉公司发出货物，并开具发票，星辉公司负责送货，运费由大自然公司负担。

12月20日，出纳邹红收到银行通知，大自然公司通过信汇方式预付的货款已经到账。

根据合同约定，星辉公司发出B产品50个给大自然公司。星辉公司联系了一家叫天纵的运输公司送货到大自然公司，发生运费500元，开具了运输发票，星辉公司开具了一张转账支票支付了运杂费。

销售部余静随车送货，将货物发票和代垫运费发票一并交给对方。

业务43：2010年12月20日，收到委托收款并发生现金折扣

11月30日，星辉公司与大自然有限责任公司签订购销合同，合同货税总金额为444 000，双方约定发货后30日内付款，如果20日内付款，享受1%的现金折扣，星辉公司向开户银行提交委托收款凭证，签订合同当日已经发货。

12月20日，出纳邹红收到银行传递过来的托收凭证的收账通知，通知这笔货款已经到账，因为付款日期不超过 20 天，对方享受 1% 的现金折扣。

业务 44：2010 年 12 月 20 日，销售退回

销售部余静去通锦市出差参加一个家具展销会，途中接到翔辉公司业务员毕大海的电话："余静吧，我是翔辉的毕大海啊。"

"你好，请问有什么事情吗？""不好意思啊，我们订购的你们的那批 B 产品啊，有几个柜子变形了，我们老总对这批产品有点不放心啊，所以想退货。"

"哦，我正在外地出差呢，这样，我派个技术员过去看看啊，如果真是质量问题是可以退货的。"挂断电话，余静马上跟设计质检部的李玲联系，让李玲去一趟翔辉公司。李玲回来报告指明确实属于公司的质量问题。

根据合同相关条款约定，余静同意退货处理，对方将 500 个 B 产品全部退回。

财务根据退货情况开具红字增值税专用发票，并签发了一张转账支票退回货款。

业务 45：2010 年 12 月 20 日，补收货款

2010 年 12 月 20 日，出纳邹红接到银行的收账通知，销售给大自然有限责任公司的 50 个 B 产品的补付货款已经通过信汇的方式到账，邹红到银行取来信汇凭证（收账通知）。

业务 46：2010 年 12 月 20 日，销售产品（赊销，给予现金折扣）

12 月 20 日，星辉公司跟大自然公司签订购销合同，由星辉公司向大自然公司提供 A 产品 2 700 张，B 产品 2 600 个。合同约定，10 日内星辉公司向大自然公司发货，大自然公司自行提货，星辉公司为了加快销售货款回收，给予大自然公司现金折扣条件为 2/10，1/20，$n/30$。

12 月 20 日，大自然公司将全部货物提走，星辉公司记账会计李明开具增值税专用发票。

【工作任务】

1. 会计主管审核每笔业务的原始凭证，分工填写需财务部门填制的原始凭证并登记有关备查簿，交主管审核签字。

2. 会计人员填制记账凭证，交主管审核签字，会计人员将记账凭证录入财务软件系统。

3. 会计登记相关明细账，出纳登记银行存款日记账。

4. 编制科目汇总表，登记总分类账。

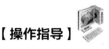

【操作指导】

业务 38：现销业务（发货、开发票、收到转账支票）核算——销售 B 产品

1. 记账会计根据经审批的发票申请，开具增值税专用发票。

2. 出纳收到销售部门交来的转账支票（附表 38-1），登记银行收款结算凭证登记簿，并进行转账支票背书（附表 38-2），填写进账单，将收到的转账支票连同进账单送到银行办理进账手续。

3. 会计主管审核增值税专用发票记账联、进账单收账通知联、产成品出库单（附表 38-3）。

4. 制单会计依据审核无误的增值税专用发票记账联（附表 38-4）和银行进账单收账通知联（附表 38-5）填制记账凭证。

5. 会计主管审核记账凭证。

6. 出纳根据审核无误的记账凭证及其所附的原始凭证登记银行存款日记账。

7. 记账会计根据产成品出库单登记"库存商品"明细账，根据审核无误的记账凭证登记"主营业务收入"明细账和"应交税费——应交增值税"明细账。

一般销售业务流程如图 3-7 所示，取得支票业务流程如图 3-4 所示。

业务 39：销售原材料核算

1. 记账会计根据经审批的发票申请开具增值税专用发票。

2. 记账会计填写领料单（附表 39-1）。根据原材料明细账中当前的移动加权平均单价，计算填写领料单中的总成本。

3. 出纳收到销售部门交来的转账支票（附表 39-2），登记银行收款结算凭证登记簿，并进行转账支票背书（附表 39-3），填写进账单，将收到的转账支票连同进账单送到银行办理进账手续。

4. 会计主管审核增值税专用发票记账联（附表 39-4）、进账单收账通知联（附表 39-5）、领料单。

5. 制单会计根据审核无误的增值税专用发票记账联和银行进账单收账通知联填制实现销售的记账凭证；根据审核无误的领料单填制结转销售材料成本的记账凭证。

6. 会计主管审核记账凭证。

7. 出纳根据审核无误的实现销售的记账凭证及其所附的原始凭证登记银行存款日记账。

8. 记账会计根据审核无误的实现销售的记账凭证，登记"其他业务收入"明细账和"应交税费——应交增值税"的明细账；根据审核无误的结转销售材料成本的记账凭证及其所附的原始凭证，登记"其他业务成本"、"原材料"的明细账。

一般销售业务流程如图 3-7 所示，取得支票业务流程如图 3-4 所示，材料费用核算业务流程如图 3-11 所示。

注意事项　销售"原材料"取得的收入属于"其他业务收入"。

业务 40：支付广告费核算

1. 会计主管审核付款报告书和广告费发票。

2. 出纳根据付款报告书（附表 40-1）、广告费发票（附表 40-2）和经过审批的支票付款申请书，签发转账支票（附表 40-3）支付广告费，登记支票登记簿。

3. 会计主管审核转账支票存根。

4. 制单会计根据付款报告书、发票和转账支票存根填制记账凭证。

5. 会计主管审核记账凭证。

6. 出纳根据审核无误的记账凭证及其所附的原始凭证，登记银行存款日记账。

7. 记账会计根据审核无误的记账凭证，登记"销售费用"明细账。

开具支票业务流程如图 3-3 所示。

业务 41：分期收款销售业务核算——销售 B 产品（分期收款销售）

1. 记账会计根据经审批的发票申请，按收取货款的 60% 开具增值税专用发票。

2. 会计主管审核增值税专用发票记账联、产成品出库单（附表 41-1）。

3. 制单会计依据审核无误的 60% 货款的增值税专用发票记账联（附表41-2）填制销售产品的记账凭证。

4. 会计主管审核记账凭证。

5. 记账会计根据产成品出库单登记"发出商品"、"库存商品"明细账；根据审核无误的销售产品的记账凭证，登记"主营业务收入"明细账、"应交税费——应交增值税"和"应收账款"的明细账。

分期收款销售业务的流程参见一般销售业务流程，如图 3-7 所示。

业务 42：2010 年 12 月 20 日，预收货款销售业务核算——预收货款及发货

1. 出纳根据收到的信汇凭证收账通知（附表42-1），预收货款（附表42-2），并登记银行收款结算凭证登记簿。

2. 记账会计根据经审批的发票申请，开具增值税专用发票（附表42-3）。

3. 记账会计根据运费发票（附表42-4），填制运费垫支凭证（附表42-5）。

4. 会计主管审核付款报告书（附表42-6）、运费发票、运费垫支凭证。

5. 出纳根据审核后的付款报告书、运费发票和经过审批的支票付款申请书，签发转账支票（附表42-7）垫付运费，并登记支票登记簿。

6. 会计主管审核信汇凭证收账通知、增值税专用发票记账联、产成品出库单（附表42-8）、转账支票存根。

7. 制单会计根据审核无误的信汇凭证收账通知填制预收货款的记账凭证；根据审核无误的增值税专用发票记账联，填制销售产品的记账凭证；根据审核无误的付款报告书、运费垫支凭证、转账支票存根，填制垫付运费的记账凭证。

8. 会计主管审核记账凭证。

9. 出纳根据审核无误的预收货款的记账凭证和垫付运费的记账凭证及其所附的原始凭证，登记银行存款日记账。

10. 记账会计根据审核无误的预收货款的记账凭证、销售产品的记账凭证和垫付运费的记账凭证，登记"预收账款"、"主营业务收入"和"应交税费——应交增值税"明细账；根据产成品出库单登记"库存商品"明细账。

预收货款销售业务流程参见一般销售业务流程如图 3-7 所示。汇兑结算方式（收款方）业务流程如图 3-24 所示，开具支票业务流程如图 3-3 所示。

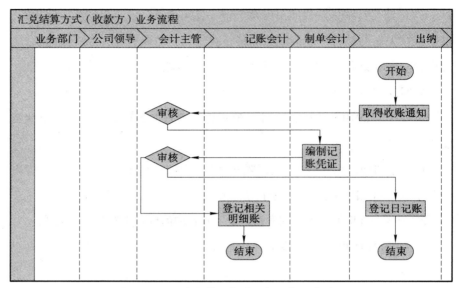

图 3-24　汇兑结算方式（收款方）业务流程

业务 43：现金折扣赊销业务核算——收到委托收款并发生现金折扣

1. 出纳收到托收凭证收账通知（附表 43-1）后，登记银行收款结算凭证登记簿。

2. 会计主管审核托收凭证收账通知。

3. 制单会计根据托收凭证收账通知填制记账凭证。

4. 会计主管审核记账凭证。

5. 出纳根据审核无误的记账凭证及其所附原始凭证，登记银行存款日记账。

6. 记账会计根据审核无误的记账凭证，登记"应收账款"和"财务费用"明细账。

委托收款结算方式业务流程如图 3-15 所示。

业务 44：销售退回业务核算——销售退回 B 产品

1. 记账会计根据审核后的红字产成品出库单、开具红字增值税专用发票通知单（附表 44-1），开具红字增值税专用发票（附表 44-2）。

2. 会计主管审核付款报告书（附表 44-3）、开具红字增值税专用发票通知单、红字增值税专用发票、红字产成品出库单（附表44-4）。

3. 出纳根据审核后的付款报告书、开具红字增值税专用发票通知单、红字增值税专用发票和经过审批的支票付款申请书，签发转账支票（附表44-5）退回销售退货款，并登记支票登记簿。

4. 会计主管审核转账支票存根。

5. 制单会计根据审核无误的付款报告书、开具红字增值税专用发票通知单、红字增值税专用发票、转账支票存根，填制销售退回的记账凭证。

6. 会计主管审核记账凭证。

7. 出纳根据审核无误的记账凭证及其所附原始凭证，登记银行存款日记账。

8. 记账会计根据产成品出库单登记"库存商品"明细账，根据审核无误的记账凭证登记"主营业务收入"、"应交税费——应交增值税"明细账。

销售退回业务流程如图3-25所示，开具支票业务流程如图3-3所示。

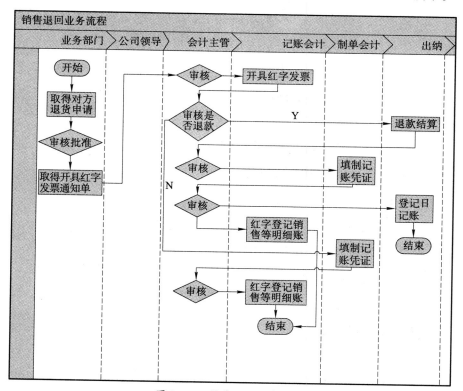

图3-25 销售退回业务流程

业务 45：销售业务核算——补收货款

1. 出纳根据收到的信汇凭证收账通知（附表 45-1），登记银行收款结算凭证登记簿。

2. 会计主管审核信汇凭证收账通知。

3. 制单会计根据审核无误的信汇凭证收账通知填制补收货款的记账凭证。

4. 会计主管审核记账凭证。

5. 出纳根据审核无误的记账凭证及其所附原始凭证，登记银行存款日记账。

6. 记账会计根据审核无误的记账凭证登记"预收账款"明细账。

汇兑结算方式（收款方）业务流程如图 3-24 所示。

业务 46：赊售业务（发货、开票、款未收，给予现金折扣）核算

1. 记账会计根据经审批的发票申请，开具增值税专用发票。

2. 会计主管审核增值税专用发票记账联、产成品出库单（附表 46-1、附表 46-2）。

3. 制单会计根据审核无误的增值税专用发票（附表 46-3）填制记账凭证。

4. 记账会计根据产成品出库单登记"库存商品"明细账，根据审核无误的记账凭证登记"主营业务收入"、"应交税费——应交增值税"和"应收账款"明细账。

一般销售业务流程如图 3-7 所示。

编制科目汇总表，登记总分类账

1. 制单会计登记"T"形账户。

2. 制单会计根据"T"形账户发生额编制科目汇总表。

3. 会计主管审核科目汇总表并登记总分类账。

期末登记总账业务流程如图 3-18 所示。

【学习评价】

首先，由组长组织进行组内成员互相评价；然后，再进行教师评价。小组成员评价和教师评价各占__%和__%，将考核得分填入表 3-7 中的考核得分栏目中。

表3-7

评 价 表

考核项目		权重	考核内容及评分标准	考核得分		
				小组评价	教师评价	综合得分
专业技能	原始凭证填制	20	各种原始凭证填制齐全、正确，每处错误扣____分，每少一张扣____分			
	记账凭证编制	25	手工记账凭证填制和计算机录入完整、正确，每处错误扣____分，每少一张扣____分			
	各种账簿登记	15	手工账簿登记完整、正确，计算机记账正确，每处错误扣____分			
职业素养	组织纪律	20	服从组长安排，不旷工、不迟到早退、不中途离开现场，不做与项目无关的事情			
	沟通协作	10	分工合理，按规定流程进行操作，进行有效沟通			
	工作态度	5	工作积极主动、认真负责、恪守诚信、追求严谨			
	工作效率	5	保持良好工作环境，有效利用各种工具，按时完成任务、质量高			
合 计						

学习子情境 3.8 其他业务核算

【情境引例】

业务 47：2010 年 12 月 21 日，报销差旅费

12 月 21 日，余静参加完展销会回到公司，报销差旅费，共发生差旅费 2 500 元。余静填好差旅费报销单，附出差相关费用票据，办理完审批手续 后交给出纳邹红。因为期初余静预支了 5 000 元的差旅费，余静将未花完的 多余款项交回给出纳邹红。

业务 48：2010 年 12 月 21 日，提取现金备用

星辉公司实行备用金制度，对于一些日常零星的开支，比如差旅费报销 等开支，直接从备用金中支付。余静出差报销差旅费后，备用金已经不足， 当日，出纳邹红开出现金支票一张，到银行提取 3 000 元现金补充备用金。

业务 49：2010 年 12 月 21 日，商业票据贴现

最近公司资金有点短缺。孙鸿想在下个月进一步开拓市场、扩充产能， 估计需要一笔流动资金，不过银行刚对公司贷款，估计再贷款比较困难。有什么办法再融一笔资金呢？孙鸿比较头疼。

今天他把财务副总周宏宇叫到自己办公室："老周，我最近计划一笔投资，估计咱们的资金会紧张，我又不想动用现在的运营资金，你有没有什么办法？"

周宏宇扶了扶眼镜说："孙总，可以这样，我们手里有些商业票据，如果我们急需用钱的话，可以申请向银行贴现，这样，银行能马上划给我们一笔资金，只是需要支付一些贴现费。"

"老周啊，你不愧是财务高手啊，好的，就按你说的办。"孙鸿面露一丝兴奋。

"好的，孙总。"周宏宇离开孙总办公室后，指示出纳邹红到银行去办理贴现。

邹红到银行填写贴现凭证，申请将12月10日天地有限责任公司未到期的商业承兑汇票进行贴现，年贴现率为2.5%。银行审核商业汇票合法无误后，填写贴现利率和金额，在贴现凭证第四联加盖"转讫"章后交给星辉公司作为收账通知，同时将实付贴现金额转入星辉公司账户。星辉公司根据开户银行转回的贴现凭证第四联，按实付贴现金额作银行存款收款凭证。

业务50：2010年12月21日，分期支付购货款

12月21日一大早，出纳邹红就办理好了12月3日应付东方建材厂的货款事宜。按合同规定到货验收合格后，二周内给付合同总价款的20%，今天到期开具转账支票一张，金额为281 080.8元。

业务51：2010年12月22日，销售自用计算机

公司准备更新一些计算机，原来老的计算机需要处置。12月22日，计划先将设计质检部的计算机出售给西圣废品收购有限公司，取得销售收入500元。财务开具发票，现金收讫。

业务52：2010年12月25日，委托银行收取电话费

12月25日，银行通知，星海市电信局委托银行收取本期的通信费用12 000元已经从账户上自动扣除。下午，出纳邹红到银行取来银行开具的代收费业务发票和托收凭证付款通知。

业务53：2010年12月25日，以设备对外投资

星辉公司与瑞祥家具厂决定建立联营关系之后，双方落实了一些联营的细节问题。最近，瑞祥的老总卢宏伟就催着孙鸿能不能尽快支援一些设备，他那些老设备已经快运转不下去了，手里的一些订单也交不了货。经过董事会决议批准，星辉公司以机器设备单排打孔机对瑞祥家具厂进行投资，协议价为 32 333.41 元，投资额占甲方有表决权资本的 1%。12 月 25 日，双方签订投资协议，并完成设备的交割。假设该对外投资设备计税价格与投资协议价相同。

业务 54：2010 年 12 月 25 日，接受捐赠

12 月 25 日，接受光明家具厂捐赠的 X 成型板 300 张。当日，板材经质量检验合格后已经办理入库。同日，对方开具了增值税专用发票。

业务 55：2010 年 12 月 27 日，财产清查

孙鸿对公司的资产管理非常重视，根据自己的经验，他们这种公司的经营如果出现问题，无非两个原因：一是因为产品和市场问题，二是因为内部的管理问题。而在内部管理上，资产的管理尤其重要。为此，孙鸿要求由财务部牵头，每个月都要进行财产清查，以保证公司资产的安全。

12 月 27 日，财务部牵头各部门组织进行财产清查。经盘查，发现部分 X 成型板被水浸泡，发生毁损 10 张。经过调查，原因是仓库雇用的临时保管员刘霞管理不当所致，公司确定由其进行赔偿。

业务 56：2010 年 12 月 27 日，取得出租专利权的租金收入

为了尽快为新产品打开市场，孙鸿在购买了王崇海的外观设计方案后，马上组织生产了一批样品，在电视台进行广告。

这次广告策划不仅吸引了一般消费者，还吸引了同行业的关注，星海市平湖家具有限责任公司就是其中一家。这家公司的老总胡树民对这个设计非常感兴趣，马上跟孙鸿接洽，要求能用这个外观设计生产产品。

公司以技术转让的方式出租该外观设计专利权，同意平湖家具公司使用该外观设计进行生产，生产期限为 1 年，转让价格为 50 000 元。平湖家具公司开出转账支票一张，出纳邹红当日将该转账支票送存银行。

【工作任务】

1. 会计主管审核每笔业务的原始凭证，分工填写需财务部门填制的原始凭证并登记有关备查簿，交主管审核签字。

2. 会计人员填制记账凭证，交主管审核签字，会计人员将记账凭证录入财务软件系统。

3. 会计登记相关明细账，出纳登记银行存款日记账。

【操作指导】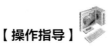

业务 47：报销差旅费业务核算

1. 会计主管审核差旅费报销单（附表 47-1）及所附的有关差旅费票据。

2. 出纳根据审核差旅费报销单及所附的有关差旅费票据，办理差旅费报销业务。

根据企业内部会计制度规定，采购员采用定额备用金制度，其他人员出差预支差旅费，回公司后一次结清。因此，出纳根据审核差旅费报销单及所附的有关差旅费票据，办理差旅费报销业务。根据期初余额，由于销售员余静原预借差旅费 5 000 元，发生差旅费 2 500，报销的差旅费金额为 2 500 元，故其多余的出差借款 2 500 元应退回交给出纳。出纳收妥退回的多余出差借款，为余静开具收据。

3. 会计主管审核收回多余出差借款的收据（附表 47-2）。

4. 制单会计根据审核无误的差旅费报销单和相关的票据填制报销差旅费的记账凭证，根据审核无误的收据填制收回多余出差借款的记账凭证。

5. 会计主管审核记账凭证。

6. 出纳根据审核无误的收回多余出差借款的记账凭证，登记现金日记账。

7. 记账会计根据审核无误的报销差旅费的记账凭证和收回多余出差借款的记账凭证，登记"管理费用"、"其他应收款"的明细账。

费用报销业务流程如图 3-2 所示。

业务 48：提取备用金业务核算

1. 出纳填制支票付款申请书，经部门主管和单位主管领导审批后，签发现金支票（附表 48-1）并背书，并登记支票登记簿。

2. 会计主管审核现金支票存根。

3. 制单会计根据审核无误的现金支票存根填制记账凭证。

4. 出纳根据审核无误的记账凭证及其所附的现金支票存根，登记现金日记账和银行存款日记账。

开具支票业务流程如图 3-3 所示。

业务 49：商业汇票贴现业务核算

1. 出纳填写贴现凭证，持此贴现凭证和天地有限责任公司开出的未到期商业承兑汇票到银行办理贴现事宜。银行审核贴现凭证和商业承兑汇票无误后，填写贴现凭证中的贴现率、贴现利息和贴现金额。办妥贴现后，根据银行所给的贴现凭证收账通知（附表49-1）登记应收票据备查簿。

2. 会计主管审核贴现凭证收账通知。

3. 制单会计依据审核无误的贴现凭证收账通知填制记账凭证。

4. 会计主管审核记账凭证。

5. 出纳根据审核无误的记账凭证及其所附的贴现凭证收账通知，登记银行存款日记账。

6. 记账会计根据审核无误的记账凭证，登记"财务费用"、"应收票据"的明细账。

商业汇票贴现的业务流程参见商业汇票结算方式（付款方）业务流程，如图3-21所示。

业务50：分期支付购货款业务核算

1. 会计主管审核付款报告书（附表50-1）。

2. 出纳根据审核后的付款报告书，签发转账支票（附表50-2）支付货税款，并登记支票登记簿。

3. 会计主管审核转账支票存根。

4. 制单会计根据审核无误的付款报告书和转账支票存根填制记账凭证。

5. 会计主管审核记账凭证。

6. 出纳根据审核无误的记账凭证及其所附的转账支票存根，登记银行存款日记账。

7. 记账会计根据审核无误的记账凭证，登记"应付账款"明细账。

开具支票业务流程如图3-3所示。

业务51：出售固定资产业务核算——销售自用计算机

1. 会计主管审核固定资产清理单（附表51-1）。

2. 记账会计根据审核后的固定资产清理单和经审批的发票（附表51-2）申请开具发票。

3. 出纳收妥计算机出售的现金收入后，在发票上加盖"现金收讫"章。

4. 会计主管审核发票。

5. 制单会计根据审核无误的固定资产清理单填制固定资产清理的记账凭证，根据审核无误的发票填制出售固定资产的记账凭证。

6. 会计主管审核记账凭证。

7. 出纳根据审核无误的出售固定资产的记账凭证及其所附的发票，登记现金日记账。

8. 记账会计根据审核无误的固定资产清理记账凭证和出售固定资产记账凭证及其所附的原始凭证，登记"管理费用"、"固定资产"、"累计折旧"、"固定资产清理"的明细账。

9. 制单会计根据固定资产清理明细账的目前余额，填制结转固定资产清理净损益的记账凭证。

10. 会计主管审核记账凭证。

11. 记账会计根据审核无误的结转固定资产清理净损益的记账凭证，登记"固定资产清理"、"营业外收入"或"营业外支出"的明细账。

固定资产处置业务流程如图 3-26 所示。

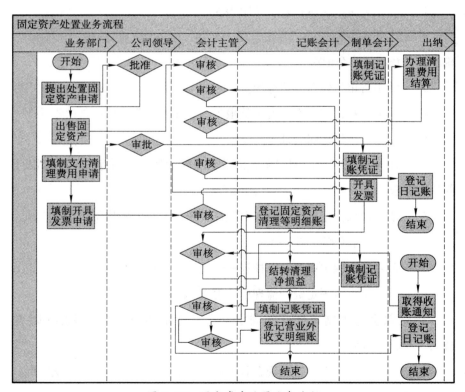

图 3-26　固定资产处置业务流程

业务 52：支付电话费业务核算

1. 会计主管审核银行代收费业务专用发票（附表 52-1）和托收凭证付款通知（附表 52-2）。

2. 制单会计根据审核无误的银行代收费业务专用发票和托收凭证付款通知，填制支付电话费的记账凭证——付款报告书（附表 52-3）。

3. 会计主管审核记账凭证。

4. 出纳根据审核无误的记账凭证及其所附的原始凭证，登记银行存款日记账。

5. 记账会计根据审核无误的记账凭证，登记"管理费用"明细账。

委托收款结算方式（付款）业务流程如图 3-27 所示。

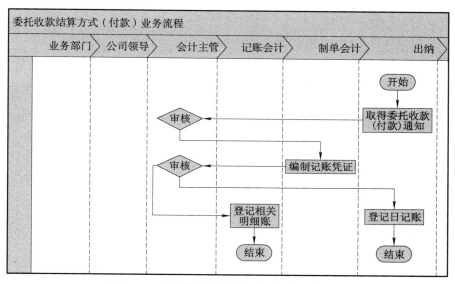

图 3-27　委托收款结算方式（付款）业务流程

业务 53：长期股权投资业务核算——以设备对外投资

1. 会计主管审核长期投资协议（附表 53-1）、固定资产清理单（附表 53-2）。

2. 制单会计根据审核无误的固定资产清理单填制固定资产清理的记账凭证和以设备对外投资的记账凭证。

填制以设备对外投资的记账凭证时应注意：

◎ 根据《中华人民共和国增值税暂行条例》规定，以购进设备对外投资应视同销售货物，按计税价格计算增值税销项税额。

◎ 根据企业会计准则有关规定，以设备对外投资，取得的长期股权投资，应按投资合同或协议约定的价值作为初始投资成本，借记"长期股权投资"账户；对投出的固定资产，按固定资产净值，贷记"固定资产清理"账户；按转出的设备的计税价格计算增值税销项税额，贷记"应交税费——应交增值税（销项税额）"账户；借贷方的差额，贷记"营业外收入"或借记"营业外支出"等账户。

3. 会计主管审核记账凭证。

4. 记账会计根据审核无误的固定资产清理记账凭证和以设备对外投资记账凭证及其所附的原始凭证，登记"管理费用"、"固定资产"、"累计折旧"、"固定资产清理"、"长期股权投资"、"应交税费——应交增值税"、"营业外收入"或"营业外支出"等的明细账。

以设备对外投资业务流程参见固定资产处置业务流程、联营投资及证券投资业务流程，如图 3-26、图 3-28 所示。

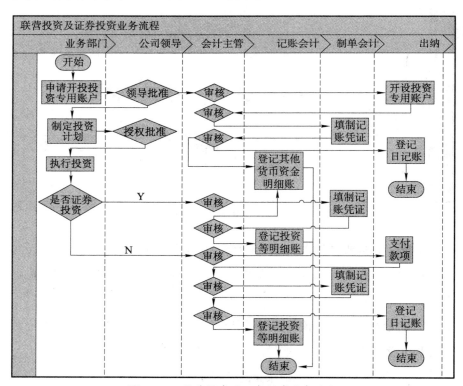

图 3-28　联营投资及证券投资业务流程

业务 54：接受捐赠业务核算

1. 记账会计根据发票（附表 54-1、附表 54-2）填制材料入库单（附表 54-3）中的实际成本。

2. 会计主管审核发票和材料入库单。

3. 制单会计根据审核无误后的发票、材料验收单填制记账凭证。

4. 会计主管审核记账凭证。

5. 记账会计根据审核无误的记账凭证及其所附的原始凭证，登记"应交税费——应交增值税"和"营业外收入"、"原材料"等的明细账，并在"原材料"明细账中计算该批入库原材料的移动加权平均单价。

接受捐赠业务流程如图 3-29 所示。

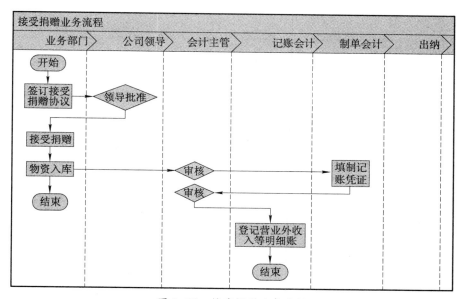

图 3-29　接受捐赠业务流程

业务 55：财产清查业务核算

1. 记账会计填写财产清查报告单（附表 55-1）中盘亏的数量和金额。

记账会计根据盘亏原材料的明细账确定盘亏原材料当前的移动加权平均单价，按照盘亏的数量与当前的移动加权平均单价确定盘亏原材料的实际成本。

盘亏原材料的实际成本 = 盘亏数量 × 当前该材料的移动加权平均单价

2. 会计主管审核财产清查报告单及处理意见（附表 55-2）。

3. 制单会计根据审核无误的财产清查报告单填制材料盘亏的记账凭证，根据审批后的盘亏处理意见（附表 55-3）填制保管员赔偿盘亏损失的记账凭证。

填制保管员赔偿盘亏损失的记账凭证时应注意：根据《中华人民共和国增值税暂行条例》规定，非正常损失的购进货物及相关的应税劳务，进项税额不得从销项税额中抵扣，该盘亏原材料属于保管不当造成的，属于非正常损失，因此，应将已抵扣盘亏原材料的增值税进项税额转出。

4. 会计主管审核记账凭证。

5. 记账会计根据审核无误的材料盘亏的记账凭证及其所附的财产清查报告单，登记"待处理财产损溢"、"原材料"等的明细账；根据保管员赔偿盘亏损失的记账凭证及其所附的盘亏处理意见，登记"其他应收款"、"待处理财产损溢"和"应交税费——应交增值税"等的明细账。

财产清查业务流程如图 3-30 所示。

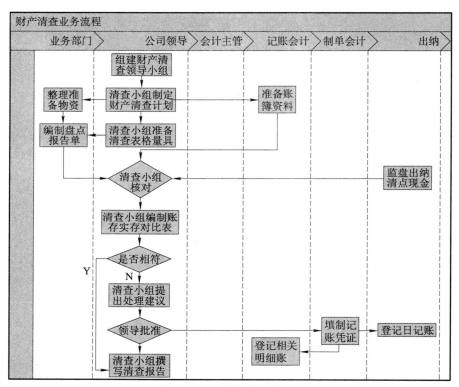

图 3-30　财产清查业务流程

业务 56：无形资产出租收入核算——取得出租专利权的租金收入

1. 记账会计根据经审批的发票申请开具发票。

2. 出纳收到业务部门交来的转账支票（附表 56-1），登记银行收款结算凭证登记簿，并进行转账支票背书（附表56-2），填写进账单，将收到的转账支票连同进账单送到银行办理进账手续。

3. 会计主管审核发票记账联、进账单收账通知联（附表56-3）。

4. 制单会计根据审核无误的发票记账联（附表56-4）、进账单收账通知联填制取得无形资产租金的记账凭证。

5. 会计主管审核记账凭证。

6. 出纳根据审核无误的记账凭证及其所附的原始凭证登记银行存款日记账。

7. 记账会计根据审核无误的记账凭证，登记"其他业务收入"明细账。

取得支票业务流程如图3-4所示。

【学习评价】

首先，由组长组织进行组内成员互相评价；然后，再进行教师评价。小组成员评价和教师评价各占__%和__%，将考核得分填入表3-8中的考核得分栏目中。

表3-8   评 价 表

考核项目		权重	考核内容及评分标准	考核得分		
				小组评价	教师评价	综合得分
专业技能	原始凭证填制	20	各种原始凭证填制齐全、正确，每处错误扣____分，每少一张扣____分			
	记账凭证编制	25	手工记账凭证填制和计算机录入完整、正确，每处错误扣____分，每少一张扣____分			
	各种账簿登记	15	手工账簿登记完整、正确，计算机记账正确，每处错误扣____分			
职业素养	组织纪律	20	服从组长安排，不旷工、不迟到早退、不中途离开现场，不做与项目无关的事情			
	沟通协作	10	分工合理，按规定流程进行操作，进行有效沟通			
	工作态度	5	工作积极主动、认真负责、恪守诚信、追求严谨			
	工作效率	5	保持良好工作环境，有效利用各种工具，按时完成任务、质量高			
合 计						

学习情境4

成本核算

【工作任务与学习子情境】

工作任务

水电费核算

修理费核算

固定资产折旧费核算

职工工资核算

工会经费与职工教育经费核算

社会保险和住房公积金核算

职工福利费核算

职工培训费核算

分配辅助生产费用核算

分配制造费用核算

计算并结转本月完工产品成本核算

计算并结转本月已销产品成本核算

学习子情境

水电费、修理费、计提折旧核算

职工薪酬核算

分配辅助生产费用和制造费用核算

计算与结转完工产品成本和已销产品成本核算

学习子情境 4.1　水电费、修理费、计提折旧核算

【情境引例】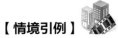

业务 57：2010 年 12 月 28 日，支付并分摊水费

财务部出纳邹红先后收到银行开具的自来水公司委托银行收款的通知书、自来水公司开具的增值税专用发票，本月用水 12 000 吨，合计支出水费 7 200 元。

根据车间的水表计量：一车间消耗 2 000 吨，二车间消耗 3 000 吨，三车间消耗 3 000 吨，机修车间消耗 2 000 吨，管理部门消耗 2 000 吨。水费按部门实际耗用进行分摊。

业务 58：2010 年 12 月 28 日，支付并分摊电费

出纳邹红收到本市电力公司委托银行收款的通知书及电力公司开具的增值税专用发票，支付本月电费 15 000 元（30 000 千瓦时），款项已经从账户上划拨出去。

电费按部门实际消耗量进行分摊，根据电表的数据统计：一车间耗电 12 000 千瓦时，二车间耗电 15 000 千瓦时，三车间耗电 500 千瓦时，机修车间耗电 2 000 千瓦时，管理部门耗电 500 千瓦时。

业务 59：2010 年 12 月 29 日，机修车间购买修理材料进行维修

机修车间别看不是主生产车间，但在生产中的作用却不容小视，它的职责主要是为主生产车间的正常生产提供有力的保障，包括切割机器的维护、刀片的更换、润滑油的更换等。

12 月 29 日，机修车间主任田平申请购买材料款 1 800 元，并申请开具转账支票一张，该材料购买后直接用于修理。随后到市晓光配件厂购买工具修理材料 800 元，购买固定资产修理材料 1 000 元，田平将支票付给市晓光配件厂并取得发票。回来后田平携带发票到财务处报销。

业务 60：2010 年 12 月 31 日，计提固定资产折旧

12 月 31 日，财务部对本期固定资产进行折旧计算及计提。

【工作任务】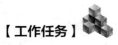

1. 会计主管审核每笔业务的原始凭证，填制原始凭证交主管审核签字，

登记有关备查簿。

◎ 审核发票、各部门用水量记录和托收凭证付款通知，编制和审核各部门用水分配表，登记银行付款结算凭证登记簿。

◎ 审核发票、各部门用电量记录和托收凭证付款通知，编制和审核各部门用电分配表，登记银行付款结算凭证登记簿。

◎ 审核付款报告书和修理材料购货发票，填制与审核转账支票，登记支票登记簿。

◎ 编制和审核固定资产折旧计算表。

2. 会计人员填制记账凭证，交会计主管审核签字，会计人员将记账凭证录入财务软件系统。

3. 会计登记相关明细账，出纳登记银行存款日记账。

【操作指导】

业务 57：水费核算——支付并分摊水费

1. 会计主管审核增值税专用发票（附表 57-1、附表 57-2）、各部门用水量记录和托收凭证付款通知。

2. 出纳根据审核无误的增值税专用发票、托收凭证付款通知（附表 57-3）登记银行付款结算凭证登记簿。

3. 记账会计根据各部门用水量记录（附表 57-4）和增值税专用发票编制各部门用水分配表（附表 57-5）。

某部门水费的分配额 = 某部门的用水量 × 水单价（不含增值税）

> **注意事项**
>
> 增值税是价外税，支付的增值税不能计入各部门负担的水费中。
>
> 编制各部门用水分配表，可以利用 Excel 各部门用水分配表（见配套教学资源"证账表模板"部分）进行计算。

4. 会计主管审核各部门用水分配表。

5. 制单会计根据审核无误的增值税专用发票、托收凭证付款通知、各部门用水量记录、各部门用水分配表，填制记账凭证。

填制记账凭证时应注意：生产产品耗用的水费应记入各产品生产成本明细账中的"制造费用"成本项目。

6. 会计主管审核记账凭证。

7. 出纳根据审核无误的记账凭证及所附的增值税专用发票、托收凭证付款通知，登记银行存款日记账。

8. 记账会计根据审核无误的记账凭证及其所附的各部门用水分配表，登记"生产成本"、"制造费用"、"管理费用"、"应交税费——应交增值税"等的明细账。

委托收款结算方式（付款）业务流程如图 3-27 所示。

业务 58：电费核算——支付并分摊电费

1. 会计主管审核增值税专用发票（附表 58-1、附表 58-2）、各部门用电量记录和托收凭证付款通知（附表 58-3）。

2. 出纳根据审核无误的增值税专用发票、托收凭证付款通知登记银行付款结算凭证登记簿。

3. 记账会计根据各部门用电量记录（附表 58-4）和增值税专用发票编制各部门用电分配表（附表 58-5）。

某部门电费的分配额 = 某部门的用电量 × 电单价（不含增值税）

注意事项 增值税是价外税，支付的增值税不能计入各部门负担的电费中。

编制各部门用电分配表，可以利用 Excel 各部门用电分配表（见配套教学资源"证账表模板"部分）进行计算。

4. 会计主管审核增值税专用发票、托收凭证付款通知、各部门用电量记录、各部门用电分配表。

5. 制单会计根据审核无误的增值税专用发票、托收凭证付款通知、各部门用电量记录、各部门用电分配表，填制记账凭证。

填制记账凭证时应注意：由于本企业各产品的生产成本明细账未设置"直接燃料和动力"成本项目，因此，应将生产产品耗用的电费记入各产品生产成本明细账中的"直接材料"成本项目。

6. 会计主管审核记账凭证。

7. 出纳根据审核无误的记账凭证及所附的增值税专用发票、托收凭证付款通知登记银行存款日记账。

8. 记账会计根据审核无误的记账凭证及其所附的各部门用电分配表，登记"生产成本"、"制造费用"、"管理费用"、"应交税费——应交增值税"等的明细账。

委托收款结算方式（付款）业务流程如图 3-27 所示。

业务 59：修理费核算——机修车间购买修理材料进行维修

1. 会计主管审核付款报告书和发票。

机修车间维修人员根据购买修理材料的发票（附表 59-1、附表 59-2）填写付款报告书（附表 59-3），并经部门主管和公司主管领导审批后，将付款报告书及所附的发票交会计主管审核。经会计主管审核后，机修车间维修人员持付款报告书及所附的发票到出纳处办理费用报销，并填写支票支付申请书申请转账支票支付修理材料款，报部门主管、公司主管和会计主管审批。

2. 出纳根据审核后的付款报告书、发票和经过审批的支票支付申请书，签发转账支票（附表 59-4），并登记支票登记簿。

3. 会计主管审核转账支票存根。

4. 制单会计根据审核无误的付款报告书、发票和转账支票存根填制记账凭证，生产车间工具修理材料费记入"生产成本——辅助生产成本"；根据企业会计准则规定，企业日常的固定资产修理费用应当在发生时记入当期损益，因此，本业务的生产车间固定资产修理材料费记入"管理费用"。

5. 会计主管审核记账凭证。

6. 出纳根据审核无误的记账凭证及所附的原始凭证，登记银行存款日记账。

7. 记账会计根据审核无误的记账凭证及其所附的原始凭证，登记"生产成本——辅助生产成本"、"管理费用"明细账。

开具支票业务流程如图 3-3 所示。

业务 60：固定资产折旧费核算——计提固定资产折旧

1. 记账会计编制固定资产折旧计算表。

按照本企业财务制度规定，固定资产折旧采用年限平均法计提，根据固定资产卡片中的固定资产原值计算折旧额，计算公式为：

某固定资产月折旧额 = 某固定资产原值 × 某固定资产月折旧率

或： 某固定资产月折旧额 = 某固定资产原值 × （1- 预计净残值率）÷
预计可使用月份数

编制固定资产折旧计算表（附表 60-1）时应注意：

◎ 根据各部门固定资产登记簿中各类固定资产月初固定资产原值，分别按部门和固定资产类别填列"月初原值"栏。

◎ 由于11月末的固定资产清单（见表2-10）中已给出各部门各项固定资产的月折旧额，故表中可不计算和填写折旧率，可以根据11月末固定资产清单中的各部门各项固定资产的"本月计提折旧"数，分别按部门和固定资产类别汇总填列"本月应提折旧额"栏。

固定资产折旧额的计算，可以利用 Excel 固定资产折旧计算表（见配套教学资源"证账表模板"部分）或财务软件固定资产模块进行。

2. 会计主管审核固定资产折旧计算表。

3. 制单会计根据审核无误的固定资产折旧计算表填制记账凭证。

4. 会计主管审核记账凭证。

5. 记账会计根据审核无误的记账凭证及其所附的原始凭证，登记"生产成本——辅助生产成本"、"制造费用"、"管理费用"、"累计折旧"等的明细账。

计提固定资产折旧业务流程如图4-1所示。

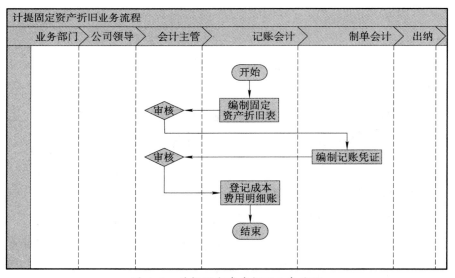

图4-1　计提固定资产折旧业务流程

首先，由组长组织进行组内成员互相评价；然后，再进行教师评价。小组成员评价和教师评价各占__%和__%，将考核得分填入表4-1中的考核得分栏目中。

表4-1   评 价 表

考核项目		权重	考核内容及评分标准	考核得分		
				小组评价	教师评价	综合得分
专业技能	各种费用分配表及其他原始凭证填制	30	各种原始凭证填制齐全、正确，每处错误扣____分，每少一张扣____分 采用了成本核算软件或用Excel进行成本核算，没有采用扣____分			
	记账凭证编制	20	手工记账凭证填制和计算机录入完整、正确，每处错误扣____分，每少一张扣____分			
	各种账簿登记	10	手工账簿登记完整、正确，计算机记账正确，每处错误扣____分			
职业素养	组织纪律	20	服从组长安排，不旷工、不迟到早退、不中途离开现场，不做与项目无关的事情			
	沟通协作	10	分工合理，按规定流程进行操作，进行有效沟通			
	工作态度	5	工作积极主动、认真负责、恪守诚信、追求严谨			
	工作效率	5	保持良好工作环境，有效利用各种工具，按时完成任务、质量高			
合　　计						

学习子情境4.2　职工薪酬核算

【情境引例】

业务61：2010 年 12 月 31 日，分配工资费用

12 月 31 日，根据以下工资表计算并分配本月各部门的工资。其中车间工人的工资按照消耗的工时进行分配。消耗工时统计如下：

一车间耗用 1 500 工时（A 产品耗用 700 工时；B 产品耗用 800 工时），二车间耗用 1 500 工时（A 产品耗用 700 工时；B 产品耗用 800 工时），三

车间耗用 2 000 工时（A 产品耗用 900 工时；B 产品耗用 1 100 工时）

业务 62：2010 年 12 月 31 日，**计提工会经费和职工教育经费**

根据本期的工资情况，计提工会经费和职工教育经费。

业务 63：2010 年 12 月 31 日，**计提社会保险和住房公积金**

根据工资情况，计提本月单位应负担的职工社会保险和住房公积金。

业务 64：2010 年 12 月 31 日，**发放工资**

星辉公司的工资是直接通过银行代发打到职工个人工资账户的。发放工资看起来是件小事，但涉及每位职工的切身利益，也涉及公司员工生产经营的积极性，因此公司一向比较重视员工的工资和福利的发放问题，从来没有拖欠过职工的工资，财务对工资的计算也是谨慎处理、精确到位。

12 月 31 日，计算完工资后，财务部出纳邹红先填写"付款报告书"申请支付工资。孙鸿和周宏宇签字后，邹红按照银行规定的格式填写了工资结算表，并根据实发工资总额签发了一张转账支票，然后去银行办理工资支付手续，进行工资款项的划转，并结转各项代扣款项。

业务 65：2010 年 12 月 31 日，**缴纳社会保险费和住房公积金**

星辉公司社会保险的缴费方式采用委托银行扣款的方式。12 月 31 日，财务收到银行扣款的电子回单，通知企业款项已经划拨完毕，出纳邹红到银行将电子回单取回。同日，邹红到星海市住房公积金中心缴纳职工住房公积金。

业务 66：2010 年 12 月 31 日，**购买副食品发放给职工**

快到年底了，按照惯例，公司每年都要给职工发放一些节日礼品，依据往年的规格，今年还是买些干果、副食等。办公室主任周莉负责操办这事，周莉填写付款报告书申请购买资金，签字手续办完后，交给出纳，邹红审核后签发了转账支票一张。周莉早就联系好了星星食品批发公司并购买了 50 000 元的副食品，星星食品批发公司的销售经理王宏利当日就将商品和发票送到，周莉将支票交给了王宏利。副食品送到后已经发放给各部门。

业务 67：2010 年 12 月 31 日，**支付职工培训费**

财会及税收法规的政策性很强，又经常发生变化，因此，根据财政局的要求，财务人员需要每年组织参加一定学时的继续教育，这也是财务人员办好业务的基本要求。最近，公司邀请星海市后继教育培训中心的老师过来举办了几次财务及税收最近法规的讲座，全体财务人员认真地学习了财会和税收最新的法规和文件。

12月31日，星辉公司开具转账支票支付 3 000 元培训费给星海市后继教育培训中心。

【工作任务】

1. 会计主管审核每笔业务的原始凭证，分工填写需财务部门填制的原始凭证并登记有关备查簿，交主管审核签字。

◎ 编制和审核工资表、工资结算汇总表、工资费用分配表。

◎ 编制和审核工会经费及职工教育经费分配表。

◎ 编制和审核社会保险费分配表和住房公积金分配表。

◎ 填制付款报告书，审核付款报告书及其所附的工资结算汇总表和工资结算表，填制和审核转账支票，登记支票登记簿。

◎ 审核银行电子回单、住房公积金汇缴款书。

◎ 审核借款单、填制和审核转账支票、登记支票登记簿；审核费用报销单及其所附的发票和福利费发放表，编制和审核福利费分配表。

◎ 审核职工培训费的费用报销单、行政事业单位收费发票，填制和审核转账支票，登记支票登记簿。

2. 会计人员填制记账凭证，交会计主管审核签字，会计人员将记账凭证录入财务软件系统。

3. 会计登记相关明细账，出纳登记银行存款日记账。

【操作指导】

业务 61：职工工资核算——分配工资费用

1. 出纳根据考勤表、产量记录、职工工资卡、有关部门的扣款通知单等编制工资结算表。

工资结算表（附表 61-1）应根据企业实际情况分栏目设置各项目，其中应付工资、代扣款项和实发工资为固定项目。工资结算表一般每月一张，一般一式三份，一份按职工姓名裁成"工资条"；一份作为人力资源部进行工资统计的依据；一份作为工资结算和支付的凭证，并据以进行工资结算的汇总核算。

工资结算表的编制方法是：

（1）计算和填列应付工资。

根据人力资源部门出具的员工考勤表、职工工资卡和生产统计出具的产量记录等记录职工的出勤、完成工作量、职务、职称、工龄、基本工资及岗位津贴等情况，填列基本工资、奖金、岗位津贴等，并计算每位职工的应付工资。

$$应付工资 = 基本工资 + 奖金 + 岗位津贴 + 加班加点工资 -$$
$$病事假缺勤扣款$$

（2）计算和填列代扣款项。

根据有关部门转来的"扣款通知单"计算填列各项代扣款项。代扣款项是职工个人负担、由企业代扣代缴的费用，如个人所得税、社会保险、住房公积金、职工借款等。代扣款项应在发放工资时从应付工资中扣除并予以结转。

① 社会保险费用和住房公积金的计算方法：

$$职工个人负担的某项社会保险费缴费金额 = 缴费基数 \times 个人缴费比例$$
$$职工个人负担的住房公积金 = 缴费基数 \times 个人缴纳比例$$

缴费基数：根据企业内部会计制度有关规定，社会保险费和住房公积金缴费基数按上年度缴费职工月平均工资（上年度缴费职工月平均工资与本月工资相同）确定。

缴纳比例：根据社会保险和住房公积金有关法规、企业内部会计制度的规定，由职工个人承担的养老保险、医疗保险、失业保险、住房公积金分别按本人上年月平均工资总额的 8%、2%、0.2%、12% 计算。

② 个人所得税的计算方法：

根据个人所得税法规定，工资、薪金所得个人所得税按九级超额累进税率计算，由企业代扣代缴。计算个人所得税的工资固定抵扣额为 2 000 元。职工个人承担的住房公积金和养老保险、医疗保险、失业保险等社会保险，在国家规定比例的部分能够在个人所得税前扣除。

$$工资、薪金所得月应纳税额 = 月应纳税所得额 \times 适用税率 - 速算扣除数$$
$$工资、薪金所得月应纳税所得额 = 月工资、薪金所得 - 2 000$$
$$月工资、薪金所得 = 月应付工资 - 住房公积金 - 社会保险金$$

工资、薪金所得适用超额累进税率，税率为5%～45%共九级超额累进税率，如表1-4所示。

（3）计算和填列实发工资。

$$实发工资 = 应付工资 - 代扣款项$$

编制工资结算表，各位职工工资的计算，可以利用Excel工资结算表（见配套教学资源"证账表模板"部分）或财务软件工资模块进行。

2. 工资结算表编制好后，交人力资源负责人、会计主管审核签字。审核无误后，交单位主管审批。工资结算表经审批通过后，即可凭以发放工资。

3. 记账会计根据审核无误的工资结算表，编制工资结算汇总表。

工资结算汇总表的编制方法是：将工资结算表中各位职工的各项工资、代扣款，分别按部门汇总填列到工资结算汇总表的相应项目中。

编制工资结算汇总表，可以利用Excel工资结算汇总表（见配套教学资源"证账表模板"部分）或财务软件工资模块进行计算。

4. 会计主管审核工资结算汇总表。

5. 记账会计根据审核无误的工资结算汇总表编制工资费用分配表。

作为一种费用，应付给职工的工资应按照其用途分配计入各种产品成本及有关费用账户中，工资结算汇总表所列各车间、部门的应付工资就是分配工资费用的依据。

工资费用分配表的编制方法是：

（1）根据工资结算汇总表各部门工资确定应借账户名称和成本项目。

（2）根据本月"工资结算汇总表"（附表61-2）、"应付工资"栏内数据填列到工资费用分配表"分配金额"栏相应各行。

（3）根据本月"产品生产工时统计表"（附表61-3）在"基本生产成本"各车间小计行的"分配标准"栏填列生产各车间工时数。

（4）根据各车间生产工人工资和生产工时，在各产品间分配生产工人工资，计算并填写各车间各产品工资费用分配率和分配额。

$$某车间生产工人工资分配率 = 该车间生产工人工资合计 ÷ 该车间生产工时合计$$

$$某车间某产品应分配的生产工人工资 = 该车间该产品生产工时 × 某车间生产工人工资分配率$$

编制工资费用分配表，可以利用 Excel 工资费用分配表（见配套教学资源"证账表模板"部分）或财务软件工资模块进行计算。

6. 会计主管审核工资费用分配表（附表 61-4）。

7. 制单会计根据审核无误的工资费用分配表填制记账凭证。

8. 会计主管审核记账凭证。

9. 记账会计根据审核无误的记账凭证及其所附的工资结算汇总表和工资费用分配表，登记"生产成本"、"制造费用"、"管理费用"、"应付职工薪酬"等的明细账。

工资计算、分配的业务流程参见工资计算、分配和支付业务流程，如图 4-2 所示。

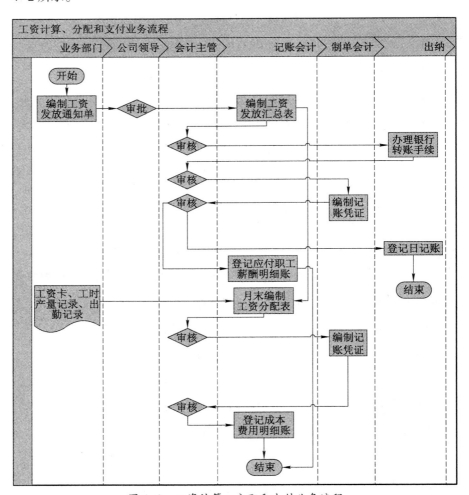

图 4-2　工资计算、分配和支付业务流程

注意事项

业务 62：工会经费与职工教育经费核算——计提工会经费和职工教育经费

1. 记账会计根据工资费用分配表和计提比例，编制工会经费及职工教育经费分配表（附表 62-1）。

企业提取的工会经费和职工教育经费，应当根据职工提供服务的受益对象，直接作为成本（费用）列支。工会经费按照国家规定比例提取并拨缴工会，其提取比例一般按职工工资总额的 2% 提取。职工教育经费按照国家规定的比例提取，专项用于企业职工后续职业教育和职业培训，其提取比例一般按职工工资总额的 2.5% 提取。

工会经费及职工教育经费分配表的编制方法是：

（1）根据工资费用分配表确定并填列应借账户和成本项目。

（2）将工资费用分配表"分配金额"栏各行工资分配数填列到"工资总额"栏的相应各行中。

（3）将 2%、2.5% 分别填列到表中工会经费及职工教育经费的"计提比例"栏的相应各行中。

（4）分别计算工会经费和职工教育经费的计提金额，计提金额＝工资总额 × 计提比例。

编制工会经费及职工教育经费分配表，可以利用 Excel 工会经费及职工教育经费分配表（见配套教学资源"证账表模板"部分）进行计算。

2. 会计主管审核工会经费及职工教育经费分配表。

3. 制单会计根据审核无误的工会经费及职工教育经费分配表填制记账凭证。

4. 会计主管审核记账凭证。

5. 记账会计根据审核无误的记账凭证及其所附的工会经费及职工教育经费分配表，登记"生产成本"、"制造费用"、"管理费用"、"应付职工薪酬"等的明细账。

计提工会经费和教育经费业务流程如图 4-3 所示。

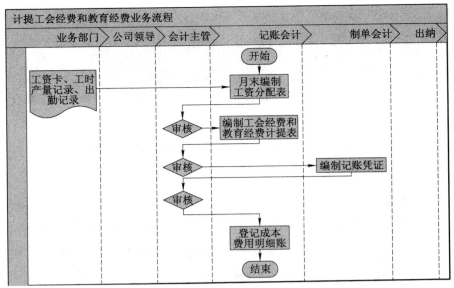

图 4-3　计提工会经费和教育经费业务流程

业务 63：计提社会保险和住房公积金

1. 记账会计根据工资费用分配表和缴费比例编制社会保险费分配表（附表 63-1）和住房公积金分配表（附表 63-2）。

企业应当依法为职工缴纳基本医疗保险、基本养老保险、失业保险、工伤保险、生育保险等社会保险费和住房公积金，所需费用直接作为成本（费用）列支。

社会保险费和住房公积金要按职工工资的一定比例计提，社会保险费用和住房公积金的计算方法是：

单位负担的某项社会保险费缴费金额 = 缴费基数 × 单位缴费比例

单位负担的住房公积金 = 缴费基数 × 单位缴费比例

社会保险费和住房公积金的缴费基数：按上年度缴费职工月平均工资（上年度缴费职工月平均工资与本月工资相同）确定，即按本月职工的工资总额确定。

单位负担的"社会保险费分配表"和"住房公积金分配表"的编制方法是：

（1）根据工资费用分配表确定并填列应借账户和成本项目。

（2）将工资费用分配表"分配金额"栏各行工资分配数填列到"工资总额"栏的相应各行中。

（3）根据不同险种、住房公积金的单位缴费比例的规定填列计提比例。

由单位承担并缴纳的养老保险、医疗保险、失业保险、工伤保险、生育保险、住房公积金分别按上年度缴费职工月平均工资的 20%、10%、1%、1%、0.8%、12% 计算。

（4）分别计算单位负担的不同险种、住房公积金的计提金额，计提金额 = 工资总额 × 计提比例。

编制"社会保险费分配表"和"住房公积金分配表"，可以利用 Excel "社会保险费分配表"和"住房公积金分配表"（见配套教学资源"证账表模板"部分）进行计算。

2. 会计主管审核社会保险费分配表和住房公积金分配表。

3. 制单会计根据审核无误的社会保险费分配表填制计提社会保险费的记账凭证，根据审核无误的住房公积金分配表填制计提住房公积金的记账凭证。

4. 会计主管审核记账凭证。

5. 记账会计根据审核无误的计提社会保险费的记账凭证和计提住房公积金的记账凭证及其所附的原始凭证，登记"生产成本"、"制造费用"、"管理费用"、"应付职工薪酬"等的明细账。

各种社会保险、住房公积金计提和缴纳业务流程如图 4-4 所示。

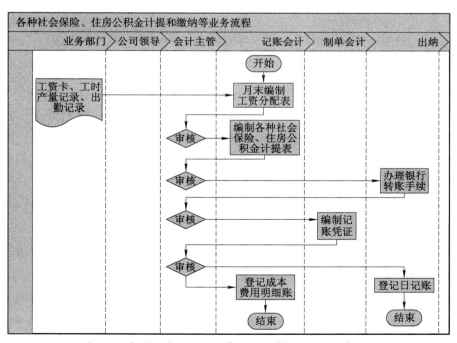

图 4-4 各种社会保险、住房公积金计提和缴纳业务流程

业务 64：发放工资

1. 出纳根据工资结算汇总表、工资结算表，填制付款报告书（附表64-1）申请支付本月工资，并报会计主管、公司主管领导审批签字。经审批同意后，出纳据此填写支票支付申请书申请转账支票支付工资，报会计主管、公司主管领导审批。

2. 出纳填写银行规定格式的代发工资结算表，根据经过审批的付款报告书及其所附的工资结算汇总表、工资结算表和经审批支票支付申请书，签发转账支票（附表64-2），填进账单，连同代发工资结算表送公司开户银行，通过银行代发职工工资，将工资转入职工个人工资账户，并登记支票登记簿。

3. 会计主管审核转账支票存根和进账单收账通知（附表64-3）。

4. 制单会计根据审核无误的付款报告书、工资结算汇总表、工资结算表、转账支票存根和进账单收账通知，填制发放工资的记账凭证和结转各种代扣款项的记账凭证。

5. 会计主管审核记账凭证。

6. 出纳根据审核无误的发放工资的记账凭证及所附的转账支票存根登记银行存款日记账。

7. 记账会计分别根据审核无误的发放工资和结转各种代扣款项业务的记账凭证及其所附的原始凭证，登记"应付职工薪酬"、"其他应付款"、"应交税费"等的明细账。

发放工资的业务流程参见工资计算、分配和支付业务流程，如图4-2所示。

业务 65：社会保险和住房公积金核算——交纳社会保险费和住房公积金

1. 会计主管审核同城特约委托收款凭证（附表65-1、附表65-2）、住房公积金汇缴款书（附表65-3）、社会保险专用基金票据（附表65-4、附表65-5）。

2. 制单会计根据审核无误的社会保险专用基金票据、同城特约委托收款凭证、住房公积金汇缴款书填制记账凭证。

根据原始凭证判断，支付的社会保险费和缴纳住房公积金包括单位负担和个人负担的两部分，因此，在填制记账凭证时应注意：支付的个人负担的社会保险费和住房公积金冲减"其他应付款"账户，支付的单位负担的社会保险费和住房公积金冲减"应付职工薪酬"账户。

3. 会计主管审核记账凭证。

4. 出纳根据审核无误的记账凭证及所附的同城特约委托收款凭证、住房公积金汇缴款书，登记银行存款日记账。

5. 记账会计根据记账凭证及所附的原始凭证，登记"应付职工薪酬"、"其他应付款"等的明细账。

各种社会保险、住房公积金缴纳等业务流程如图 4-4 所示。

业务 66：职工福利费核算——购买副食品发放给职工

1. 办公室秘书根据预算填写购买食品申请书，并填写借款单（附表 66-1）、"支票支付申请书"申请转账支票（附表 66-2）支付食品款，报部门主管、公司主管领导和会计主管审批。

2. 出纳根据经过审批的购买食品申请书、借款单和支票支付申请书，填制转账支票，并登记支票登记簿。

3. 会计主管审核转账支票存根。

4. 办公室秘书根据购买食品的发票（附表 66-3、附表 66-4）和福利费发放表填写费用报销单（附表 66-5），并经部门主管、公司主管领导审批后，将费用报销单及其所附的发票和福利费发放表交会计主管审核。经会计主管审核后，办公室人员持费用报销单及其所附的发票和福利费发放表（附表 66-5）到出纳处办理费用报销。

5. 记账会计根据福利费发放表编制福利费分配表（附表 66-6）。

编制福利费分配表，可以利用 Excel 福利费分配表（见配套教学资源"证账表模板"部分）进行计算。

6. 会计主管审核福利费分配表。

7. 制单会计根据审核无误的借款单填制购买食品借款的记账凭证，根据审核无误的费用报销单、转账支票存根、购买副食品的发票、福利费发放表、福利费分配表填制购买和发放食品的记账凭证。

8. 会计主管审核记账凭证。

9. 出纳根据审核无误的记账凭证及所附的原始凭证，登记银行存款日记账。

10. 记账会计根据审核无误的记账凭证及所附的原始凭证，登记"生产成本"、"制造费用"、"管理费用"、"应付职工薪酬"等的明细账。

开具支票业务流程如图 3-3 所示。

业务 67：职工培训费核算——支付职工培训费

1. 会计主管审核费用报销单（附表 67-1）、行政事业单位收费发票（附表 67-2）。

办公室秘书根据财务人员职工培训费的行政事业单位收费发票填写费用报销单，并经部门主管和公司主管领导审批后，将费用报销单及所附的行政事业单位收费发票交会计主管审核。经会计主管审核后，办公室秘书持费用报销单及所附的行政事业单位收费发票到出纳处办理费用报销，并填写支票支付申请书申请转账支票（附表 67-3）支付职工培训费，报部门主管、公司主管和会计主管审批。

2. 出纳根据经审核费用报销单、行政事业单位收费发票和经过审批的支票支付申请书，填制转账支票，并登记支票登记簿。

3. 会计主管审核转账支票存根。

4. 制单会计根据审核无误的费用报销单、行政事业单位收费发票、转账支票存根，填制记账凭证。

5. 会计主管审核记账凭证。

6. 出纳根据审核无误的记账凭证及其所附的原始凭证，登记银行存款日记账。

7. 记账会计根据审核无误的记账凭证及其所附的原始凭证，登记应付职工薪酬明细账。

开具支票业务流程如图 3-3 所示。

【学习评价】

首先，由组长组织进行组内成员互相评价；然后，再进行教师评价。小组成员评价和教师评价各占__%和__%，将考核得分填入表 4-2 中的考核得分栏目中。

考核项目		权重	考核内容及评分标准	考核得分		
				小组评价	教师评价	综合得分
专业技能	各种费用分配表及其他原始凭证填制	20	各种原始凭证填制齐全、正确，每处错误扣＿＿分，每少一张扣＿＿分 采用了成本核算软件或用Excel进行成本核算，没有采用扣＿＿分			
	记账凭证编制	25	手工记账凭证填制和计算机录入完整、正确，每处错误扣＿＿分，每少一张扣＿＿分			
	各种账簿登记	15	手工账簿登记完整、正确，计算机记账正确，每处错误扣＿＿分			
职业素养	组织纪律	20	服从组长安排，不旷工、不迟到早退、不中途离开现场，不做与项目无关的事情			
	沟通协作	10	分工合理，按规定流程进行操作，进行有效沟通			
	工作态度	5	工作积极主动、认真负责、恪守诚信、追求严谨			
	工作效率	5	保持良好工作环境，有效利用各种工具，按时完成任务、质量高			
合　计						

学习子情境 4.3 　分配辅助生产费用和制造费用核算

【情境引例】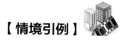

业务 68：2010 年 12 月 31 日，分配辅助生产费用

期末，财务的工作往往比较繁忙，很多业务都压在期末集中处理，比如成本处理、月末对账和结账等，工作量大，所以经常加班加点，稍不留神就会出现差错。为了加强期末工作的管理，财务部经理周宏宇专门召开了财务部门期末工作的碰头会，布置了期末工作的一些任务，并要求大家加强责任和质量意识，克服困难，做好期末工作处理。

为了正确进行成本计算，首先需要进行辅助生产费用分配。辅助生产费用按照工时分配，根据机修车间的记录，共耗用工时 500 工时，其中机修车间给一车间提供修理 100 工时，给二车间提供修理 100 工时，给三车间提供

修理 100 工时，厂部提供修理 200 工时。

业务 69：2010 年 12 月 31 日，分配制造费用

根据期末工作的安排，本期制造费用汇集完毕，财务部记账会计李明进行制造费用分配，制造费用按产品耗用工时分配。

【工作任务】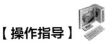

1. 会计人员编制辅助生产成本分配表、制造费用分配表，交会计主管审核签字。

2. 会计人员填制记账凭证，交会计主管审核签字，会计人员将记账凭证录入财务软件系统。

3. 会计登记相关明细账。

【操作指导】

业务 68：分配辅助生产费用核算

1. 记账会计根据辅助生产成本明细账和机修工时耗用量表（附表 68-1），采用直接分配法编制辅助生产成本分配表（附表 68-2）。

根据企业会计制度规定，辅助生产费用采用直接分配法分配。直接分配法是将各辅助生产成本明细账中归集的费用总额，不考虑各辅助生产车间之间相互提供的劳务（或产品），直接分配给辅助生产部门以外的各受益产品、车间或部门。采用直接分配法分配辅助生产费用的计算方法是：

某辅助生产费用直接分配率 = 该辅助生产车间归集的费用 ÷ 该辅助生产车间对外提供的劳务总量

辅助生产车间外部受益对象应负担的辅助生产费用 = 该受益对象接受的劳务量 × 辅助生产费用直接分配率

辅助生产成本分配表的编制方法是：

（1）在辅助生产成本明细账中计算和登记生产费用合计。

（2）根据辅助生产成本明细账生产费用合计数填写"待分配费用"金额。

（3）根据机修工时耗用量表，按照机修车间以外各部门机修工时耗用量，确定并填写"提供劳务数量"。

（4）"待分配费用"除以"提供劳务数量"，计算并填写"费用分配率

（单位成本）"。

（5）根据机修工时耗用量表中的受益部门确定并填写应借账户各受益部门。

（6）根据机修工时耗用量表填写应借账户各受益部门的"耗用数量"。

（7）根据"耗用数量"和"费用分配率（单位成本）"的乘积，计算并填写应借账户各受益部门的"分配金额"，尾差计入最后一项。

（8）计算并填写合计金额。

编制辅助生产成本分配表，可以利用 Excel 辅助生产成本分配表（见配套教学资源"证账表模板"部分）进行计算。

2. 会计主管审核辅助生产成本分配表。

3. 制单会计根据审核无误的辅助生产成本分配表填制记账凭证。

4. 会计主管审核记账凭证。

5. 记账会计根据审核无误的记账凭证及所附的辅助生产成本分配表，登记"制造费用"、"管理费用"、"生产成本"等明细账。

辅助生产费用分配流程如图 4-5 所示。

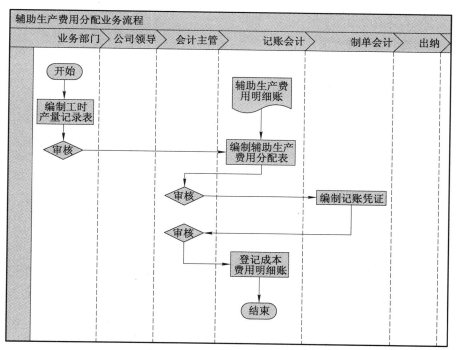

图 4-5 辅助生产费用分配流程

由于辅助生产成本明细账采用专用多栏式明细账，只有"借方发生额"栏和按规定成本项目开设的"直接材料"、"直接人工"、"制造费用"等专栏，因此分配辅助生产费用时，应在借方发生额栏及各成本项目栏中用红字登记。

业务 69：分配制造费用核算

1. 记账会计根据制造费用明细账和车间生产工时统计表编制制造费用分配表（附表 69-1～附表 69-3）。

按照本企业财务制度规定，制造费用按产品耗用工时分配，因此，月末各车间所发生的制造费用在各产品之间按实际生产工时比例进行分配。

制造费用分配表编制步骤是：

（1）根据制造费用明细账当前的借方余额数，确定本月应分配的制造费用，并将其填列到表中的"分配金额"列的合计行。

（2）根据车间生产工时统计表，将各产品的实际工时填列到表中的"分配标准"列。

（3）按实际生产工时比例分配的方法，计算制造费用的分配率及各产品应负担的制造费用分配额。

制造费用分配率 = 制造费用总额 ÷ 产品实际（或定额）生产总工时

某种产品应分配的制造费用 = 该种产品实际（或定额）生产工时 × 制造费用分配率

编制制造费用分配表，可以利用 Excel 制造费用分配表（见配套教学资源"证账表模板"部分）进行计算。

2. 会计主管审核制造费用分配表。

3. 记账会计根据审核无误的制造费用分配表填制记账凭证。

4. 会计主管审核记账凭证。

5. 记账会计根据审核无误的记账凭证及所附的制造费用分配表登记"生产成本"、"制造费用"明细账。

制造费用分配业务流程如图 4-6 所示。

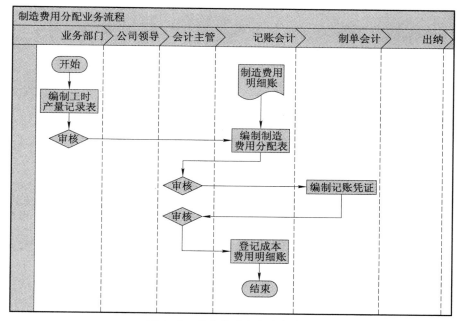

图 4-6　制造费用分配业务流程

登记制造费用明细账时应注意：

制造费用分配后，月末无余额，因此，在借或贷栏填写"平"字，并在余额栏填写"0"。由于制造费用明细账采用的是多栏式明细账，分配制造费用时，制造费用账户发生的为贷方发生额，因此在登记"借方金额分析"栏各费用项目栏金额时，应用红字登记，表示与借方相反方向的贷方金额，反映对借方金额的结转。

登记生产成本明细账时应注意：

分配的制造费用应记入相应产品生产成本明细账中"制造费用"成本项目中。

【学习评价】

首先，由组长组织进行组内成员互相评价；然后，再进行教师评价。小组成员评价和教师评价各占__%和__%，将考核得分填入表4-3中的考核得分栏目中。

表4-3   评　价　表

考核项目		权重	考核内容及评分标准	考核得分		
				小组评价	教师评价	综合得分
专业技能	各种费用分配表及其他原始凭证填制	30	各种原始凭证填制齐全、正确，每处错误扣＿＿＿分，每少一张扣＿＿＿分 采用了成本核算软件或用Excel进行成本核算，没有采用扣＿＿＿分			
	记账凭证编制	15	手工记账凭证填制和计算机录入完整、正确，每处错误扣＿＿＿分，每少一张扣＿＿＿分			
	各种账簿登记	15	手工账簿登记完整、正确，计算机记账正确，每处错误扣＿＿＿分			
职业素养	组织纪律	20	服从组长安排，不旷工、不迟到早退、不中途离开现场，不做与项目无关的事情			
	沟通协作	10	分工合理，按规定流程进行操作，进行有效沟通			
	工作态度	5	工作积极主动、认真负责、恪守诚信、追求严谨			
	工作效率	5	保持良好工作环境，有效利用各种工具，按时完成任务、质量高			
合　　计						

学习子情境 4.4　计算与结转完工产品成本和已销产品成本核算

【情境引例】

业务 70：2010 年 12 月 31 日，计算并结转本月完工产品成本

计算本月完工产品成本，并结转完工产品成本，根据车间对完工程度的估算，本月在产品完工程度一车间为 30%，二车间为 60%，三车间为 80%，经盘点在产品账实相符，在产品 20% 停留在一车间，20% 停留在二车间，60% 停留在三车间。（提示：期初在产品数量＋本期增加数量－本期完工数量＝期末在产品数量）

12 月计划生产量、实际投产量、完工数量资料如表 4-4 所示。

产品名称	计划产量	实际投产量	本月完工数量
A产品	4 200	4 200	4 200
B产品	4 200	4 200	4 200

业务 71：2010 年 12 月 31 日，计算并结转本月已销产品成本

财务部记账会计李明根据产品出库汇总表计算并结转本期已销产品的销售成本并填写发出产品计算表。

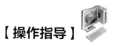

【工作任务】

1. 会计编制完工产品与月末在产品成本分配表、完工产品成本汇总表，交主管审核签字。

2. 会计计算发出产品加权平均单价，填制产品出库汇总表、发出产品成本计算表，交主管审核签字。

3. 会计人员填制记账凭证，交会计主管审核签字，会计人员将记账凭证录入财务软件系统。

4. 会计登记相关明细账。

【操作指导】

业务 70：计算并结转本月完工产品成本

1. 记账会计根据基本生产成本明细账、月末在产品盘存表（附表70-1～附表70-3）、产成品入库单，采用约当产量法编制完工产品与月末在产品成本分配表（附表70-4、附表70-5）。

按照本企业财务制度规定，产品成本采用品种法计算，月末，采用约当产量法将生产费用在完工产品与未完工产品之间进行分配，编制完工产品与月末在产品成本分配表。

某产品的完工产品与月末在产品成本分配表的编制方法是：

（1）结转本月完工产品成本之前，应先结出并登记各产品基本生产成本明细账的生产费用合计数。

（2）根据某产品基本生产成本明细账的期初余额和当前各成本项目本

月发生额、生产费用合计数，在该产品完工产品与月末在产品成本分配表中分别填列各成本项目的"月初在产品成本"和"本月生产费用"、"生产费用合计"。

（3）根据产成品入库单填列"完工产品产量"。

（4）根据"月末在产品盘存表"、投料比例、完工程度，计算并填列"月末在产品约当产量"。

某产品直接材料月末在产品约当产量 = 月末在产品数量 × 投料比例

$$某产品直接人工、制造费用月末在产品约当产量 = 月末在产品数量 × 完工程度$$

本公司投料比例：按照会计制度规定，原材料在产品开始生产时一次投入。

本公司在产品完工程度：本月在产品完工程度一车间为30%，二车间为60%，三车间为80%，在产品20%停留在一车间，20%停留在二车间，60%停留在三车间。

（5）根据约当产量法计算原理，分别计算各成本项目的单位成本。

单位产品某成本项目单位成本（费用分配率）

$$= \frac{期初在产品该成本项目成本 + 本月发生该成本项目生产费用}{完工产品产量 + 月末在产品约当产量}$$

（6）根据计算确定的单位成本，分别计算某产品的完工产品成本和月末在产品成本。

完工产品某成本项目成本 = 单位产品该项目单位成本 × 完工产品产量

月末在产品某成本项目成本 = 单位产品该项目单位成本 × 月末在产品约当产量

或者 = 该项目费用累计 − 该项目完工产品成本

2. 会计主管审核各产品完工产品与月末在产品成本分配表。

3. 记账会计编制根据各产品"完工产品与月末在产品成本分配表"、"产成品入库单"，汇总编制"完工产品成本汇总表"（附表70-6）。

4. 会计主管审核完工产品成本汇总表。

5. 制单会计根据审核无误的完工产品成本汇总表、各产品的完工产品与月末在产品成本分配表及产成品入库单、月末盘存表，填制记账凭证。

6. 会计主管审核记账凭证。

7. 记账会计根据审核无误的记账凭证及所附的原始凭证，登记"生产成本"、"库存商品"等的明细账。

（1）库存商品明细账的登记方法是：根据完工产品成本汇总表，结出各产品库存商品明细账中收入的数量、单价和金额等的本月合计数，其中的单价根据"完工产品成本汇总表"中的各产品的单位成本确定。

（2）基本生产成本明细账的登记方法是：由于基本生产成本明细账采用专用多栏式明细账，只有"借方发生额"栏和按规定成本项目开设的"直接材料"、"直接人工"、"制造费用"等专栏，因此结转本月完工产品成本时，应在借方发生额栏及各成本项目栏中用红字登记，同时登记月末在产品成本。

产品成本计算业务流程如图 4-7 所示。

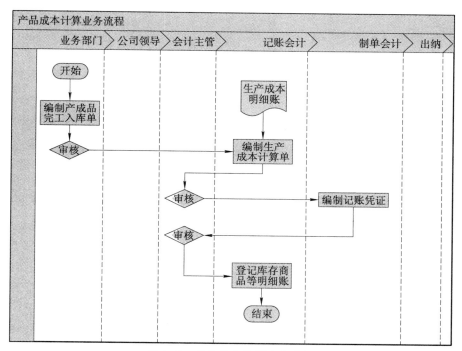

图 4-7　产品成本计算业务流程

业务 71：计算并结转本月已销产品成本

1. 记账会计根据库存商品明细账的记录，采用全月一次加权平均法，在库存商品明细账中计算并登记发出产品加权平均单价。

全月一次加权平均法也叫加权平均法，是指以本月收入全部存货数量加月初存货数量作为权数，去除本月收入全部存货成本加月初存货成本的和，计算出存货的加权平均单位成本，从而确定存货的发出成本和库存成本的方法。

发出产品加权平均单价的计算步骤是：

（1）在各产品库存商品明细账的"本月合计"行，计算并登记贷方发出产品数量合计数。

（2）在各产品库存商品明细账中，计算和登记某发出产品的加权平均单价、发出商品成本、月末结存商品成本及单价。

$$\text{某种发出产品加权平均单价} = \frac{\text{月初结存产品实际成本} + \text{本月收入产品实际成本}}{\text{月初结存产品数量} + \text{本月收入产品数量}}$$

$$\text{月末结存产品实际成本} = \text{月末库存产品数量} \times \text{加权平均单价}$$

$$\text{本月发出产品实际成本} = \text{本月发出产品数量} \times \text{加权平均单价}$$

或

$$= \text{月初结存产品实际成本} + \text{本月收入产品实际成本} - \text{月末结存产品实际成本}$$

2. 记账会计根据审核无误的产成品出库单填制产品出库汇总表（附表71-1）。

3. 会计主管审核产品出库汇总表。

4. 记账会计根据库存商品明细账、产成品出库单和产品出库汇总表编制发出产品成本计算表（附表71-2）。

在结转完工产品成本时，由于在库存商品明细账中已经确定发出产成品的加权平均单价，并且已经计算登记了每种产品各批发出产品的实际成本，因此，可以根据库存商品明细账、产品出库单和产品出库汇总表编制发出产品成本计算表。

5. 会计主管审核发出产品成本计算表。

6. 制单会计根据审核无误的发出产品成本计算表、产品出库汇总表和产成品出库单填制记账凭证。

7. 会计主管审核记账凭证。

8. 记账会计根据审核无误的记账凭证及所附原始凭证，登记"主营业务成本"明细账。

产品成本计算业务流程如图4-8所示。

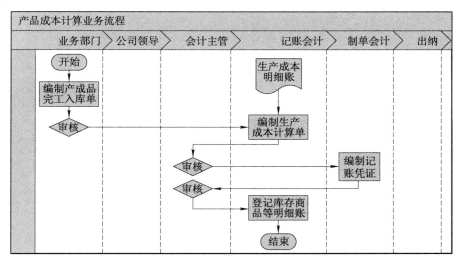

图 4-8 产品成本计算业务流程

【学习评价】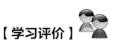

首先，由组长组织进行组内成员互相评价；然后，再进行教师评价。小组成员评价和教师评价各占__%和__%，将考核得分填入表 4-5 中的考核得分栏目中。

表4-5
评 价 表

考核项目		权重	考核内容及评分标准	考核得分		
				小组评价	教师评价	综合得分
专业技能	各种成本计算表及其他原始凭证填制	30	各种原始凭证填制齐全、正确，每处错误扣____分，每少一张扣____分 采用了成本核算软件或用Excel进行成本核算，没有采用扣____分			
	记账凭证编制	15	手工记账凭证填制和计算机录入完整、正确，每处错误扣____分，每少一张扣____分			
	各种账簿登记	15	手工账簿登记完整、正确，计算机记账正确，每处错误扣____分			
职业素养	组织纪律	20	服从组长安排，不旷工、不迟到早退、不中途离开现场，不做与项目无关的事情			
	沟通协作	10	分工合理，按规定流程进行操作，进行有效沟通			
	工作态度	5	工作积极主动、认真负责，恪守诚信、追求严谨			
	工作效率	5	保持良好工作环境，有效利用各种工具，按时完成任务、质量高			
合　　计						

学习情境5

期末会计事项处理

【 工作任务与学习子情境 】

工作任务   学习子情境

摊销无形资产价值核算

长期借款利息核算

应收款项减值核算   期末账项调整与财
                                          务成果核算
应交税费核算

利润核算

利润分配核算

对账——账证核对、账账核对、账实核对

结账——对总分类账、明细分类账、日记   期末对账与结账

账进行月结、年结，将年末余额

结转下年

学习子情境 5.1 期末账项调整与财务成果核算

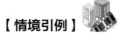

【情境引例】

业务 72：2010 年 12 月 31 日，**摊销无形资产价值**

根据财务制度规定和无形资产明细账资料，财务部记账会计李明对本期无形资产进行摊销。

业务 73：2010 年 12 月 31 日，**计提本月应负担的长期借款利息**

根据财务制度规定、借款备查簿和长期借款明细账资料，财务部记账会计李明计提本月应负担的长期借款利息。

业务 74：2010 年 12 月 31 日，**计提坏账准备**

根据往年的应收账款及坏账的发生情况估计，公司决定对本期应收账款按 5%的坏账率计提本年度的坏账准备。

业务 75：2010 年 12 月 31 日，**计算本期各种应交税金**

计算本月应交增值税，并结转本月应交未交增值税；计算本月出租专利权取得的收入应交的营业税；根据本月应交增值税和营业税计算本月应交城市维护建设税及应交教育费附加；计算应交房产税、车船税、土地增值税和印花税。根据各种税金计算结果填写税收申报书。

业务 76：2010 年 12 月 31 日，**结转期间损益**

为了正确反映本期的盈利状况，记账会计李明将本月各损益类账户发生额结转到"本年利润"账户。

业务 77：2010 年 12 月 31 日，**计算并结转企业所得税**

计算并结转本月应交企业所得税并编制企业所得税计算表。

业务 78：2010 年 12 月 31 日，**利润分配**

到了年底，股东们最关心的还是今年是不是有盈利以及利润的分配问题。利润分配问题对企业来说是个需要多方面权衡的问题，分配得少，损害股东的权益，股东们会有意见，分配得多，又会造成资金积累过少，影响企业的持续发展。所以这个问题如果处理不好，可能会影响企业长远经营和健康发展。

年底，孙鸿召开了一次董事会，会上讨论了明年的经营计划以及今年的利润分配情况。根据孙鸿的提议，由于企业已经开始逐步走出困境，随着大的经济环境的改善，明年预计会迎来一个快速的增长期。由于国家对中小企业信贷控制的进一步放宽，企业的融资环境也会不断改善。基于这样比较乐观的业绩判断，同时由于本年度不错的经营业绩，应该扩大对股东分红，因此孙鸿决定扩大本年度的利润分配比例，除了按国家规定的按全年净利润的10％提取法定盈余公积以外，按净利润的50％向投资者分配现金红利。董事会本次会议对此提议一致通过。

同日，财务部根据利润分配决议进行会计处理。

业务 79：2010 年 12 月 31 日，结转本年利润

年终，记账会计李明将本年利润转入"利润分配——未分配利润"账户中。

业务 80：2010 年 12 月 31 日，结转利润分配有关明细账户余额

年终，记账会计李明将利润分配有关明细账户的余额转入"利润分配——未分配利润"账户中。

【工作任务】

1. 编制和审核无形资产摊销计算表，填制和审核记账凭证，登记"管理费用"明细账、"其他业务成本"、"累计摊销"明细账。

2. 编制和审核长期借款利息计算表，填制和审核记账凭证，登记"财务费用"明细账、"长期借款"明细账。

3. 编制和审核坏账准备计提表，填制和审核记账凭证，登记"资产减值损失"、"坏账准备"明细账。

4. 填制和审核应交增值税计算表、应交营业税计算表、应交城市维护建设税及教育费附加计算表、应交房产税、车船税、土地增值税和印花税计算表，填制和审核记账凭证，登记"营业税金及附加"、"管理费用"、"应交税费"明细账。

5. 结计损益类账户当前的发生额及余额，填制和审核记账凭证，登记"本年利润"、"主营业务收入"、"其他业务收入"、"营业外收入"、"主营业务成本"、"其他业务成本"、"营业税金及附加"、"销售费用"、"管理费用"、"财务费用"、"资产减值损失"、"营业外支出"等的明细账。

6. 编制和审核企业所得税计算表，填制和审核记账凭证，登记"应交税费"、"所得税费用"、"本年利润"明细账。

7. 编制和审核利润分配计算表，填制和审核记账凭证，登记"利润分配"、"盈余公积"、"应付股利"明细账。

8. 结计本年净利润和净损失，结计利润分配明细账发生额，分别填制和审核记账凭证，登记"本年利润"、"利润分配"明细账。

9. 编制科目汇总表，登记总分类账。

10. 采用财务软件操作，包括定义自动转账凭证、结转处理（定义自动生成、期间损益结转生成、对应结转生成）。

【操作指导】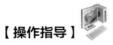

（一）采用手工操作

业务 72：摊销无形资产价值核算

1. 记账会计编制无形资产摊销计算表（附表 72-1）。按照本企业财务制度规定，无形资产摊销采用直线法摊销，根据明细账中无形资产原值计算摊销额，计算公式为：

无形资产摊销额 = 无形资产原值 ÷（无形资产预计使用年限 × 12）

2. 会计主管审核无形资产摊销计算表，主要审核无形资产原值、摊销年限和摊销方法，重点关注摊销年限和摊销方法的正确性。

3. 制单会计根据审核无误的无形资产摊销计算表填制记账凭证，无形资产摊销应当编制转账凭证，摊销金额记入"管理费用"账户的借方，同时记入"累计摊销"账户的贷方。

4. 会计主管审核记账凭证。

5. 记账会计根据审核无误的记账凭证及所附的原始凭证，将管理费用记入多栏式费用明细账、其他业务成本明细账，同时登记累计摊销三栏式明细账。

无形资产摊销业务流程如图 5-1 所示。

注意事项　　根据会计准则规定，当月增加的无形资产，当月起摊销；当月减少的无形资产，当月不摊销。

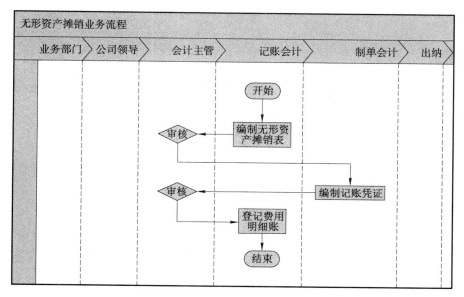

图 5-1　无形资产推销业务流程

业务 73：长期借款利息核算——计提本月应负担的长期借款利息

1. 记账会计编制长期借款利息计算表（附表 73-1）。按照本企业与银行签订的借款合同计算长期借款利息，计算公式为：

$$应计提的利息 = 长期借款本金 \times 借款年利率 \div 12$$

2. 会计主管审核长期借款利息计算表，主要根据借款合同审核借款本金和借款利率的正确性以及计算结果的准确性。

3. 制单会计根据审核无误的长期借款利息计算表填制转账凭证，利息费用记入"财务费用"账户的借方，同时记入"长期借款——应付利息"账户的贷方。

4. 会计主管审核记账凭证。

5. 记账会计根据审核无误的记账凭证及所附的原始凭证，将"财务费用"记入多栏式费用明细账，同时登记长期借款——应付利息三栏式明细账。

期末计提银行借款利息业务流程如图 5-2 所示。

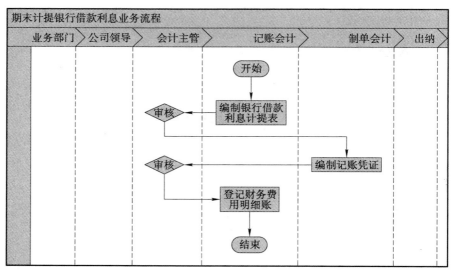

图 5-2　期末计提银行借款利息业务流程

业务 74：应收款项减值核算——计提坏账准备

1. 记账会计对应收账款状况进行分析并编制坏账准备计提表（附表74-1）。按照本企业会计政策应收账款采用余额百分比法计提，计提比率为5%，计算公式是：

$$应计提的坏账准备 = 应收账款余额 \times 5\%$$

2. 会计主管审核坏账准备计提表并报单位负责人批准，主要审核应收账款余额和计提比率的正确性以及计算结果的准确性。

3. 制单会计根据审核无误的坏账准备计提表填制转账凭证，计提的坏账准备记入"资产减值损失"账户借方，同时记入"坏账准备"账户贷方，冲减的坏账准备记入"坏账准备"账户借方，同时记入"资产减值损失"账户贷方。

4. 会计主管审核记账凭证。

5. 记账会计根据审核无误的记账凭证及所附的原始凭证，将"资产减值损失"记入多栏式费用明细账，同时登记坏账准备三栏式明细账。

计提坏账准备业务流程如图5-3所示。

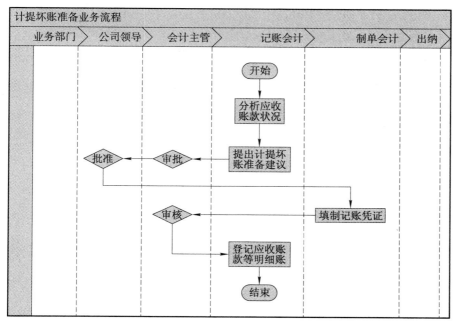

图 5-3　计提坏账准备业务流程

如果企业只对应收账款采用百分比法计提坏账准备，则一般不用设置坏账准备明细账，但如果对预付账款、其他应收款也计提坏账准备，则应当设置明细账。

坏账准备的计提除了采用应收账款余额百分比法外，还可以采用账龄分析法，一般而言账龄分析法要比余额百分比法更科学合理。

业务 75：应交税费核算——计算本期各种应交税费

1. 记账会计编制应交增值税计算表（附表 75-1）、应交营业税计算表（附表 75-2）、应交城市维护建设税及教育费附加计算表（附表 75-3）、应交房产税、车船税、土地增值税和印花税计算表（附表 75-4）等各种税金计算表。

（1）根据税法有关规定、本企业会计制度有关规定和应交增值税明细账资料，编制应交增值税计算表。

（2）根据税法有关规定、本企业会计制度有关规定、本月转让无形资产等业务有关"其他业务收入"总账和明细账的资料，编制应交营业税计算表。

营业税应纳税额 = 营业额（或计税金额）× 税率

（3）根据税法有关规定、本企业会计制度有关规定、应交增值税计算表和应交营业税计算表计算确定的本月应交增值税和应交营业税，编制应交城市维护建设税及教育费附加等计算表。

$$城市维护建设税应纳税额 = （应纳增值税额 + 应纳营业税额 +$$
$$应纳消费税额）\times 税率$$

教育费附加应纳额 =（应纳增值税额 + 应纳营业税额 + 应纳消费税额）× 费率

（4）根据税法有关规定、本企业会计制度有关规定、总账和明细账资料，编制应交房产税、车船税、土地增值税和印花税计算表。

$$房产税年应纳税额 = 房产原值 \times （1 - 30\%）\times 1.2\%$$

$$城镇土地使用税年应纳税额 = 应税土地面积 \times 每平方米年税额$$

根据有关税法规定签订购销合同要缴纳印花税。按照有关税法规定，印花税应按购销金额0.3‰贴花。

2. 会计主管审核应交增值税计算表、应交营业税计算表、应交城市维护建设税及教育费附加计算表、应交房产税、车船税、土地增值税和印花税计算表等各税金计算表，主要审核各税种的正确性以及各项税收计算结果的准确性。

3. 制单会计根据审核无误的应交增值税计算表、应交营业税计算表、应交城市维护建设税及教育费附加计算表、应交房产税、车船税、土地增值税和印花税计算表，分别填制相应的记账凭证。

（1）结转的未交增值税，应记入"应交税费——应交增值税（转出未交增值税）"账户的借方，同时记入"应交税费——未交增值税"账户的贷方。

（2）计算的应交的营业税，应记入"营业税金及附加"、"其他业务成本"账户的借方，同时记入"应交税费"账户的贷方。

（3）计算的城市维护建设税及教育费附加，应分业务种类记入"营业税金及附加"、"其他业务成本"等账户的借方。

（4）计算的应交的房产税、车船税、土地使用税、印花税，应记入"管理费用"账户的借方，同时记入"应交税费"账户的贷方。

4. 会计主管审核记账凭证。

5. 记账会计根据审核无误的记账凭证及其所附的原始凭证，登记"营业税金及附加"、"其他业务成本"、"管理费用"等多栏式费用明细账，登记有关"应交税费"三栏式明细账，登记"应交税费——应交增值税"专用多栏式明细账。

计算本期各种应交税费业务流程，参见纳税申报表编制业务流程，如图5-4所示。

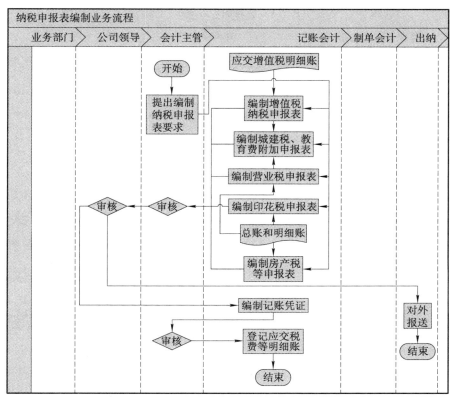

图 5-4　纳税申报表编制业务流程

业务 76：利润核算——结转期间损益

1. 记账会计结计当前损益类账户发生额及余额。

在各损益类账户最后一笔业务下面结计"本月合计"，并在其上下各画一条通栏红线。

2. 制单会计根据结计的各损益类账户明细账中当前的账户余额，填制记账凭证。

（1）根据结计出的主营业务收入、其他业务收入、营业外收入等收益类账户的当前余额，填制结转各收益类账户余额的记账凭证，将各种收入从各收入类账户的借方转入"本年利润"账户的贷方。

（2）根据结计主营业务成本、其他业务成本、营业税金及附加、销售费用、管理费用、财务费用、资产减值损失、营业外支出等费用类账户的当前余额，填制结转各费用类账户余额的记账凭证，将各种费用从各费用类账户的贷方转入"本年利润"账户的借方。

3. 会计主管审核记账凭证。

4. 记账会计分别根据审核无误的结转各收益类账户余额的记账凭证和结转各费用类账户余额的记账凭证，登记"主营业务收入"、"其他业务收入"、"营业外收入"、"主营业务成本"、"其他业务成本"、"营业税金及附加"、"销售费用"、"管理费用"、"财务费用"、"资产减值损失"、"营业外支出"、"本年利润"等的明细账。

结转期间损益业务流程，参见期末账项结转会计业务流程，如图5-5所示。

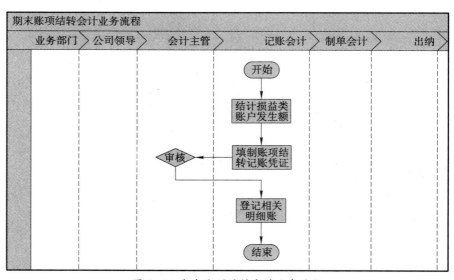

图5-5　期末账项结转会计业务流程

本笔业务的记账凭证后面一般不需要附原始凭证。

登账时，如果是手工记账的话，由于多栏式明细账一般只有借方或贷方，因此，该笔业务登记明细账时在"借方金额分析"栏或"贷方金额分析"栏应该用红笔登记。具体登记方法是：对于多栏式收入类和费用类损益明细账，应先进行本月合计，然后在本月合计下一行登记本业务。登记本业务时，对于多栏式收入类损益明细账，在"贷方金额分析"栏用红笔登记各收入项目的借方发生额；对于费用类损益明细账，在"借方金额分析"栏，用红笔登记各费用项目的贷方发生额。

进行合计，然后用红笔登记其贷方发生额。

业务 77：利润核算——计算并结转企业所得税

1. 记账会计根据企业所得税法和本企业会计制度的有关规定，利用各损益类账户的本月发生额、资产负债表和相关会计账簿记录，计算企业所得税，编制企业所得税计算表（附表 77-1）。

本企业会计制度规定，企业所得税核算采用资产负债表债务法。根据各损益类账户的本月发生额、资产负债表和相关会计账簿记录，记账会计首先应该对企业资产和负债的账面价值与计税基础进行比较，确定暂时性差异，其次确定递延所得税资产和负债，最后确定所得税费用。

本企业会计制度规定，除应收账款外，假设资产、负债的账面价值与其计税基础一致，未产生暂时性差异。

应纳所得税额 = 应纳税所得额 ×25%

= （利润总额 + 纳税调整增加额 – 纳税调整减少额）×25%

2. 会计主管审核企业所得税计算表。主要审核纳税调整项目的合法性以及计算结果的准确性。

3. 制单会计根据审核无误的企业所得税计算表，填制计算本月应交企业所得税的记账凭证和结转所得税的记账凭证。

（1）根据企业所得税计算表应当填制计算本月应交企业所得税的记账凭证，记入"所得税费用"账户的借方，同时记入"应交税费"账户的贷方，如果有递延所得税还应记入"递延所得税"账户的借方或贷方。

（2）然后，再填制一张结转所得税费用的记账凭证，将所得税费用自"所得税费用"账户的贷方转入"本年利润"账户的借方。

4. 会计主管审核记账凭证。

5. 记账会计根据审核无误的计算本月应交企业所得税的记账凭证和结转所得税费用记账凭证，登记"所得税费用"、"应交税费"和"本年利润"等的明细账。

计算并结转企业所得税业务流程，参见所得税申报表编制业务流程，如图 5-6 所示。

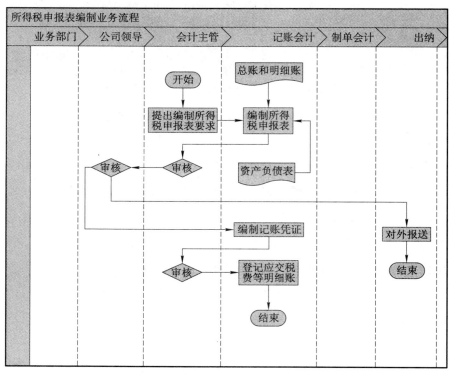

图 5-6　所得税申报表编制业务流程

业务 78：利润分配核算——利润分配

1. 制单会计根据利润分配方案编制利润分配计算表（附表 78-1）。会计主管根据公司利润分配意向和公司章程以及股东决议等资料制定利润分配方案，经公司领导批准后，由制单会计填制利润分配计算表。

2. 会计主管审核利润分配计算表，主要审核利润分配计算表的正确性以及计算结果的准确性。

3. 制单会计根据审核无误的利润分配计算表编制记账凭证，提取的法定盈余公积记入"盈余公积"账户的贷方，向投资者分配的利润记入"应付股利"账户的贷方。

4. 会计主管审核记账凭证。

5. 记账会计根据审核无误的记账凭证，登记"利润分配"、"盈余公积"和"应付股利"明细账。

利润分配业务流程如图 5-7 所示。

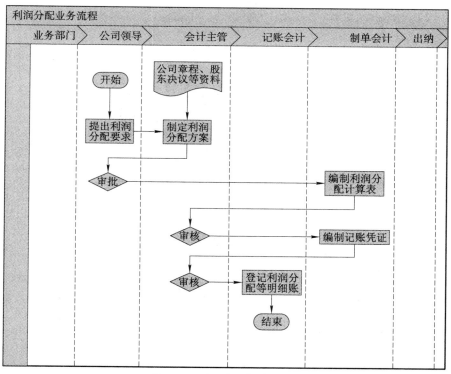

图 5-7 利润分配业务流程

业务 79：利润分配核算——年终结转本年利润

1. 记账会计结计本年净利润和净损失。

2. 制单会计根据结计本年净利润和净损失，编制结转本年利润的记账凭证，将净利润转入"利润分配——未分配利润"账户的贷方（如果是净损失则转入借方）。

3. 会计主管审核记账凭证。

4. 记账会计根据审核无误的记账凭证登记"本年利润"明细账和"利润分配——未分配利润"明细账。

结转本年利润业务流程参见期末结转利润分配明细账业务流程，如图5-8所示。

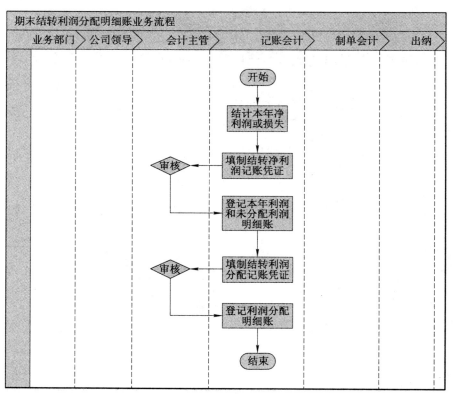

图 5-8　期末结转利润分配明细账业务流程

注意事项　　结转本年利润的记账凭证后面不需要附原始凭证。

业务 80：利润分配核算——结转利润分配有关明细账户余额

1. 记账会计结计利润分配明细账当前余额。

2. 制单会计根据结计的利润分配明细账当前余额，填制结转利润分配明细账余额的记账凭证。将"利润分配——提取盈余公积"、"利润分配——应付股利"的借方余额从贷方转入"利润分配——未分配利润"明细账的借方，从而使得利润分配只有"利润分配——未分配利润"明细账有余额，其他明细账结平。

3. 会计主管审核记账凭证。

4. 记账会计根据审核无误的结转利润分配明细账余额的记账凭证登记"利润分配"明细账。

结转利润分配明细账户余额业务流程参见期末结转利润分配明细账业务流程，如图 5-8 所示。

结转利润分配明细账户余额的记账凭证后面不需要附原始凭证。　　　　**注意事项**

编制科目汇总表，登记总分类账

1. 制单会计登记"T"形账户。

2. 制单会计根据"T"形账户发生额编制科目汇总表。

3. 会计主管审核科目汇总表并登记总分类账。

期末登记总账业务流程如图 3-17 所示。

（二）采用计算机操作

在转账之前，将凭证的摘要、会计科目、借贷方向、金额的计算公式预先存入计算机中。转账时，系统根据预先定义的金额来源计算公式从账簿中取数，自动生成记账凭证。然后，再进行记账，完成相应的结转任务。

1. 定义自动转账凭证

定义自动转账凭证是指设置自动转账分录就是将凭证的摘要、会计科目、借贷方向以及金额计算方法存入计算机中的过程。其中，如何设计金额的计算公式是设置自动转账分录的关键。

2. 结转处理

自动转账分录定义完成后，并未生成记账凭证，需执行转账生成功能，自动生成转账凭证。计算机自动生成凭证时，自动转账分录中的摘要、会计科目、借贷方向直接作为凭证的正文内容；同时，计算机根据金额计算公式自动计算金额并将其结果存入机制凭证的金额栏。

在此生成的记账凭证并未记账，需要与制单人员输入的其他凭证一起进行凭证审核、记账处理后，才能最终反映到会计账簿上，真正完成结转工作。

独立自动转账凭证可以在任何时候用于生成机制凭证，通常一个独立自动转账分录每月只使用一次。相关自动转账凭证与本月的其他核算业务以及自动转账分录之间有一定的联系，相关自动转账分录只能在全部相关的核算业务入账之后按顺序结转，否则计算金额时就会发生差错。

转账生成次序如下：

（1）业务72：摊销无形资产价值。

（2）业务73：计提本月应负担的长期借款利息。

（3）业务74：计提坏账准备。

（4）业务75：计算本期各种应交税金。

（5）业务76：结转期间损益。

（6）业务77：计算并结转企业所得税。

（7）业务78：利润分配。

（8）业务79：结转本年利润。

（9）业务80：结转利润分配有关明细账户余额。

由于自动转账凭证是按照已记账的数据进行计算的，所以先将所有相关未记账凭证记账，然后再进行下一个自动转账凭证的处理，否则生成的转账凭证中的数据会有误。

注意事项　有些转账业务可以采用期间损益结转生成或对应结转生成，操作更加简便。

期间损益结转生成。期间损益结转设置用于在一个会计期间终了时，将损益类科目的余额结转到"本年利润"科目中，从而及时反映企业利润的盈亏情况。

对应结转生成。对应结转不仅可以进行两个科目一对一结转，还可以进行科目的一对多结转。对应结转的科目可以为上级科目，但其下级科目结构必须一致，即具有相同的明细科目，如涉及辅助核算，则对转的两个科目的辅助账类也必须一一对应。

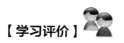

【学习评价】

首先，由组长组织进行组内成员互相评价；然后，再进行教师评价。小组成员评价和教师评价各占__%和__%，将考核得分填入表5-1中的考核得分栏目中。

表5-1
评 价 表

考核项目		权重	考核内容及评分标准	考核得分		
				小组评价	教师评价	综合得分
专业技能	原始凭证填制	15	各种原始凭证填制是否齐全、正确，每错一处减____分，每少一张减____分			
	记账凭证编制	10	记账凭证手工填制和计算机录入是否完整、正确，每错一处减____分，每少一张减____分			
	各种账簿登记	5	手工账簿登记是否完整、正确，计算机记账是否按月进行			
	计算机转账分录	20	计算机转账分录设置是否完整、正确，每少一个减____分，每错一处减____分			
	计算机转账操作	10	计算机转账操作是否正确			
职业素养	组织纪律	20	服从组长安排，不旷工、不迟到早退、不中途离开现场，不做与项目无关的事情			
	沟通协作	10	分工合理，按规定流程进行操作，进行有效沟通			
	工作态度	5	工作积极主动、认真负责、恪守诚信、追求严谨			
	工作效率	5	保持良好工作环境，有效利用各种工具，按时完成任务、质量高			
合　　计						

学习子情境 5.2　期末对账与结账

【情境引例】

业务 81：2010 年 12 月 31 日，对账

为了保证账证相符、账账相符、账实相符，应经常进行对账，在每月月底结账前，财务部门需要再一次进行证、账、实各项数据的核对。账证数据的核对以前需要人工逐个科目逐个数字进行，需要耗费大量的时间和精力，而在计算机的环境下，很多工作已经由计算机来自动处理，程序也简化了很多，财务部门都深感信息化工作对减轻财务人员劳动强度的巨大作用。

业务 82：2010 年 12 月 31 日，结账

在手工账中，每个会计期末都需要进行结账处理，结账实际上就是计算和结转各账簿的本期发生额和期末余额，并终止本期的账务处理工作。

使用计算机进行结账与手工相比简单多了，计算机系统在每次记账时实际上已经结出各账户的余额和发生额，结账主要是对结账月份日常处理的限制，表明该月的数据已经处理完毕，结账由计算机自动完成。

【工作任务】

1. 对账。

（1）账证核对，包括各种账簿与原始凭证、记账凭证核对。

（2）账账核对。

① 总分类账核对：编制总分类账账户发生额及余额表（也称总分类账试算平衡表）。

② 总分类账与其所属的明细分类账核对：编制明细分类账本期发生额与余额对照表与总分类账户核对。

③ 总分类账与日记账核对：将"现金日记账"、"银行存款日记账"的期末余额与总分类账中"库存现金"、"银行存款"账户上的期末余额核对。

将财会部门财产物资明细分类账的期末余额与相应的财产物资保管部门或使用部门的明细分类账、卡上记载的期末结存数额核对。

（3）账实核对。

① 库存现金清查："现金日记账"账面余额与库存现金实际结余数额核对。

② 银行对账：将银行存款日记账同银行对账单核对，编制"银行存款余额调节表"。

③ 实物资产清查：原材料盘点与账簿记录核对。

④ 往来款项对账：向债权、债务的单位或个人寄送往来款项对账单，

进行各种应收、应付款项的明细分类账账面余额与债权、债务的单位或个人核对，编制往来款项清查报告单。

2. 结账。

对总分类账、明细分类账、日记账进行月结、年结，将年末余额结转下年。

3. 建新年度账。

采用财务软件操作，包括银行对账、往来账的核对、部门账核对、试算平衡、结账处理、建立新年度账。

【操作指导】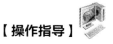

（一）采用手工操作

业务81：对账

1. 记账会计进行账证核对。将各种账簿与原始凭证、记账凭证核对。

2. 记账会计进行账账核对。核对不同会计账簿之间的账簿记录是否相符。

（1）总分类账核对：编制总分类账账户发生额及余额表（也称总分类账试算平衡表），核对全部总分类账的本期发生额和余额。核对方法是：

全部账户的期初借方余额合计数 = 全部账户的期初贷方余额合计数

全部账户的本期借方发生额合计数 = 全部账户的本期贷方发生额合计数

全部账户的期末借方余额合计数 = 全部账户的期末贷方余额合计数

（2）总分类账与其所属的明细分类账核对：编制明细分类账本期发生额与余额对照表，核对总分类账户金额与其所属明细账金额之和是否一致。总分类账与其所属的明细分类账核对的方法是：

某一总账本期发生额 = 其所属明细账本期发生额之和

某一总账余额 = 其所属明细账余额之和

（3）总分类账与日记账核对：核对"库存现金"总账期末余额与现金日记账期末余额是否相符；核对"银行存款"总账期末余额与银行存款日记账期末余额是否相符。

（4）核对财会部门财产物资的明细分类账的期末余额与相应的财产物资保管部门或使用部门的明细分类账、卡上记载的期末结存数额是否相符。

期末总账与明细账核对业务流程如图5-9所示。

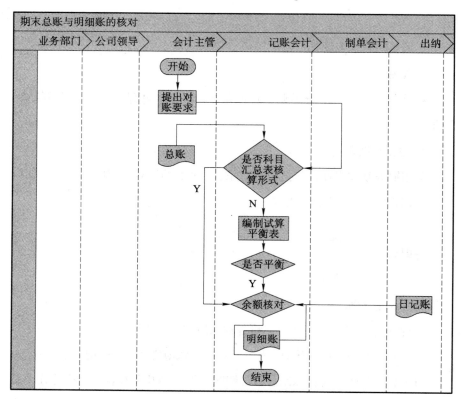

图 5-9　期末总账与明细账核对业务流程

3. 账实核对。账实核对属于财产清查，具体包括货币资金清查、往来款项清查、实物资产清查。货币资金清查又包括现金清查和银行存款清查。

财产清查业务流程如图 3-29 所示。

（1）库存现金清查：主要是通过现金盘点进行。清查人员通过监盘库存现金，填写现金盘点表，然后再将盘点表同现金日记账进行比较，编制现金盘存报告单。

（2）银行存款的清查：主要是通过将银行存款日记账与银行对账单（附表 81-1）进行核对，编制银行存款余额调节表（附表 81-2）进行。操作方法是：

◎ 记账会计取得银行对账单并同银行存款日记账核对。将银行对账单同银行存款日记账逐笔钩对，找出未达账项。

◎ 记账会计编制银行存款余额调节表。

银行存款日记账
调节后的余额 ＝ 日记账余额 ＋ 银行已收企业未收 － 银行已付企业未付

$$\begin{array}{c}\text{银行对账单}\\\text{调节后的余额}\end{array} = \text{对账单余额} + \text{企业已收银行未收} - \text{企业已付银行未付}$$

◎ 会计主管审核银行存款余额调节表。会计主管注意审核银行存款余额调节表编制的正确性，审核后交制单会计保管。

期末银行对账业务流程如图 5-10 所示。

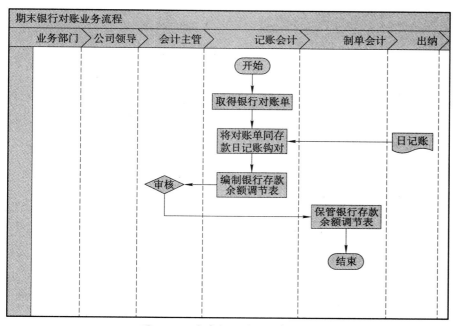

图 5-10　期末银行对账业务流程

（3）实物资产的清查：一般通过盘点或技术估算的方法进行，在清查时需要填写实物资产盘存报告单，然后再编制账存实存对比表。

各种财产物资明细分类账账面余额与该项财产物资的实际结存数额核对相符。

（4）往来款项清查：主要是通过询证的方法进行，也就是向债权、债务单位或个人寄送往来款项对账单（附表81-3），将各种应收、应付款项的明细分类账账面余额与债权、债务单位或个人进行核对，在收到回函以后编制往来款项清查报告单（附表81-4）。

各种应收、应付款项的明细分类账账面余额与债权、债务的单位或个人进行核对，达到相符。

往来款项核对业务流程如图 5-11 所示。

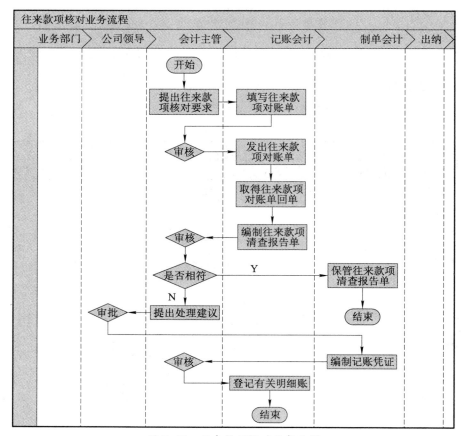

图 5-11　往来款项核对业务流程

4. 制单会计编制记账凭证。在实物资产、库存现金、往来款项账实不符的情况下，清查人员提出处理意见，报经主管领导批准后，制单会计进行账务处理，编制记账凭证。

5. 会计主管审核记账凭证。

6. 记账会计根据审核无误的记账凭证及所附的原始凭证登记相关明细账和日记账。

注意事项　　账证核对一般是在记账过程中完成的，只有在账账不符时，才需要专门进行账证核对。核对可以是顺查，即由凭证到账簿进行检查；也可以是逆查，即由账簿到凭证进行检查。

根据企业内部控制规范要求，银行存款的对账工作和编制银行存款余额调节表工作不能由出纳完成。

在往来款项清查时，如果证实属于无法收回的应收账款，则批准后将其作为坏账处理，冲减坏账准备；对于无法偿还的应付款项则作为营业外收入处理。

业务 82：结账

1. 会计主管对总分类账进行结账，主要包括月结、年结，并将其年末余额结转下年。

（1）月结结账方法：月末，在最后一笔业务行的下面画一条通栏单红线，并在其下一行摘要栏写上"本月合计"，结出本月发生额及余额，并在"本月合计"行的下面再画一条通栏单红线。如果该账户没有余额，只在最后一笔业务行的下面画一条通栏单红线即可。

（2）年结结账方法：年终，在第 12 月份的"本月合计"行的下一行摘要栏写上"本年合计"，结出本年发生额及余额，在"本年合计"行的下面画通栏双红线。

（3）年末余额结转下年的方法：年终，在"本年合计"行的下一行摘要栏写上"结转下年"，将年末余额结转下年，即如果是年末借方余额，将年末借方余额填入贷方栏；如果是年末贷方余额，将年末贷方余额填入借方栏；然后在余额方向栏中填上"平"，在余额栏登记"0"，并将"结转下年"行下面的空白行自右上角至左下角画一条单红线注销，并加盖结账人名章以示负责。

2. 记账会计对明细分类账进行结账，主要包括月结、年结，并将其年末余额结转下年。

明细分类账的月结、年结、结转下年的结账方法与总账基本相同，但由于明细分类账的结账因账户格式、账户用途的不同而不同，如损益类多栏式明细账、制造费用明细账、生产成本明细账，其结账方法可以参见分配制造费用、分配辅助生产费用、结转完工产品成本和期间损益结转等业务的操作指导。

3. 出纳对日记账进行结账，主要包括月结、年结，并将其年末余额结转下年。

日记账的月结、年结、结转下年的结账方法与总账基本相同。

期末结账业务流程如图 5-12 所示。

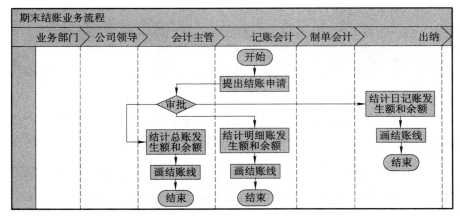

图 5-12 期末结账业务流程

结账分为月结、季结和年结，其标志是画线。其中月结、季结是画通栏单红线，年结是画通栏双红线，又称为封账线。

总账和日记账每年必须更换新的账簿，绝大多数的明细账也必须更换新的账簿，一般只有备查账可以跨年度使用。

对于每月只有一笔发生额的账户，不需要进行本月合计。但如果该账户需要进行本年累计的，仍然需要进行本年累计。

借方多栏式或贷方多栏式账页，结账比较特殊：一般是在登记最后一笔结转业务之前，先进行合计，然后再登记最后一笔业务，在最后一笔业务后面直接画结账线。

实际工作中，年底封账时如果账户有余额，结账人员还应该在余额后面加盖私章，以示负责。

（二）采用计算机处理

1. 银行对账

企业的资金结算业务大部分要通过银行进行结算，但由于企业与银行的账务处理和入账时间不一致，往往会发生双方账面不一致的情况，即所谓"未达账项"。为了能够准确掌握银行存款的实际余额，了解实际可以动用的货币资金数额，同时防止企业记账发生差错，企业必须定期将单位银行存款日记账与银行出具的银行对账单进行核对。

（1）银行对账的期初数据。使用出纳管理系统，如果是首次使用银行对账功能，为保持银行对账信息的连续性，应首先将系统启用前的银行日记账和银行对账单的期初数据录入计算机。

（2）录入银行对账单。要实现计算机自动进行银行对账，在每月月末对账前，必须将银行开出的银行对账单输入系统，存入"银行对账单文件"。

（3）对账。

① 自动对账。自动对账是指由计算机自动进行银行对账。计算机将单位银行存款日记账未达账项与银行对账单按规定的"对账依据"进行自动核对。当银行对账单中一条业务记录和单位日记账中一条记录符合上述条件时，系统才能实现自动核销已达账项。

② 手工对账。手工对账是对自动对账的补充。进行自动对账后，可能还有一些特殊的已达账项还未钩对，而被视作未达账项，这时可通过手工进行钩对。

（4）输出余额调节表。对账完成后，计算机自动整理、汇总未达账项和已达账项，系统自动编制银行存款余额调节表。

2. 往来账款管理

往来账款管理是指对因赊销、赊购商品或提供、接受劳务而发生的将要在一定时期内收回或支付款项的管理。

（1）往来账的核对。对已达往来账应该及时作往来账的核对工作。核对是指将已达账项打上已结清的标记，表示这笔往来业务已结清。采用计算机进行应收应付核对有两种方式，即"自动核对"和"手工核对"。

自动核对。自动核对是指计算机自动将所有已结清的往来业务打上"标记"。自动核对一般是按逐笔、全额等方式进行的。逐笔是指只要两笔一借一贷金额相同，而且往来单位和业务号相同时，系统将这一借一贷业务打上"标记"。全额是指只要贷方某笔或几笔发生额之和同借方几笔或某笔发生额之和相等，而且往来单位和业务号相同时，系统将这几笔业务都打上"标记"。

手工核对。如果某些款项不能自动判断，可以通过手工辅助核对，即按指定键对已达账项打上"标记"。核对分科目、分往来客户/供应商进行。首先选择往来科目，然后选择往来客户/供应商，再选择核对方式，进行核对。

（2）账龄分析。应收账款的账龄分析是往来账款分析的重要内容。账龄是指某一往来业务从发生之日起到目前的时间。账龄分析表反映往来科目下各客户的账款在各个账龄区间内的分布情况，计算出在各账龄区间内的账款占总账款的比例。通过账龄分析表评价客户的信用情况，了解企业销售人员收款工作的效率，以便正确确定企业的销售策略。

（3）生成催款单。催款单是对客户或对本单位职工的欠款催还的管理方式。系统可以根据机内数据自动编制催款单，并打印输出。催款单可以打印所有客户的应收账款或所有职员的其他应收款（备用金）情况，也可以选择某一个客户或某一位职员打印催款单，催款单中可以按条件打印所有的账款和未核销的账款金额。

3. 部门账管理

部门账管理不仅为财会部门深入核算企业内部各部门的收入情况及各项费用的开支情况提供了方便，而且通过部门核算产生的数据，为企业及部门对部门业务的管理和各项费用的控制与管理提供了依据。

（1）核对部门账。这是系统提供的进行部门账自动对账的功能。通过该功能，系统将检查核对部门核算明细账与部门核算总账是否相符、部门核算总账与科目总账是否相符等，并输出核对结果。

（2）部门收支分析表。部门收支分析表是各个部门或部分部门在指定期间内的收入情况或费用开支情况汇总分析的报表，是部门管理的核心内容。统计分析数据可以是发生额、余额或同时有发生额和余额。

假如企业主营业务收入科目的账类已定义为"部门核算账"，同样可以通过本功能方便地输出过去的任一时期内，各个销售部门的销售情况，以便进行销售业绩的考核。

（3）生成部门计划执行报告。部门计划执行报告是各部门的实际执行情况与计划数据的对比分析报表，可以为管理者提供各部门完成计划的情况。

部门计划执行报告主要有两种格式：一种是在某核算科目下各部门的实际发生额与计划数发生额的对比情况；另一种是在某部门下各核算科目的余额与计划数比较情况。使用者在具体使用时可自己选择这两种方式。

4. 试算平衡

试算平衡就是将系统中所设置的所有账户的期末余额按会计平衡公式"借方余额＝贷方余额"进行平衡检验，并输出账户余额表及平衡检验信息。

在进行平衡检验前要进行对账，对各个账簿数据进行核对，主要是核对总账与明细账、总账与辅助账数据是否平衡。

一般说来，实行计算机记账后，只要记账凭证录入正确，计算机自动记账后各种账簿都应是正确、平衡的，但由于非法操作或计算机病毒或其他原因，有时可能会造成某些数据被破坏。因此，为了保证账证相符、账账相符，应经常进行自动对账，并且在每月月底结账前，通过调用试算平衡和对账功能，再一次进行正确性检验。

5. 结账处理

每个会计期末都需要进行结账处理，结账实际上就是计算和结转各账簿的本期发生额和期末余额，并终止本期的账务处理工作。

使用计算机进行结账与手工相比简单多了，计算机总账系统在每次记账时实际上已经结出各账户的余额和发生额，结账主要是对结账月份日常处理的限制，表明该月的数据已经处理完毕，不能再输入。

6. 建立新年度账

一般情况下，企业是持续经营的，因此企业的会计工作是一个连续性的工作。上一会计年度结账后，接下来就是建立新年度账。

【学习评价】

首先，由组长组织进行组内成员互相评价；然后，再进行教师评价。小组成员评价和教师评价各占__%和__%，将考核得分填入表5-2中的考核得分栏目中。

表5-2   评 价 表

考核项目		权重	考核内容及评分标准	考核得分		
				小组评价	教师评价	综合得分
专业技能	对账	30	手工对账操作是否规范、正确			
	结账	20	手工结账操作是否规范、正确			
	计算机对账	5	计算机结账操作是否正确			
	计算机结账	5	计算机结账操作是否正确			
职业素养	组织纪律	20	服从组长安排，不旷工、不迟到早退、不中途离开现场，不做与项目无关的事情			
	沟通协作	10	分工合理，按规定流程进行操作，进行有效沟通			
	工作态度	5	工作积极主动、认真负责、恪守诚信、追求严谨			
	工作效率	5	保持良好工作环境，有效利用各种工具，按时完成任务、质量高			
合 计						

学习情境6

会计报表与纳税申报表编制

【 工作任务与学习子情境 】

工作任务

学习子情境

编制资产负债表

编制利润表 —————————————→ 会计报表编制

编制现金流量表

编制所有者权益变动表

申报增值税

申报企业所得税

申报营业税

申报城市维护建设税

申报教育费附加 —————————————→ 纳税申报

申报车船税

申报印花税

申报土地使用税

申报房产税

申报扣缴个人所得税

偿债能力分析

营运能力分析

盈利潜能分析 —————————————→ 财务分析

发展策略分析

综合财务分析

学习子情境 6.1 会计报表编制

【情境引例】

业务 83：2010 年 12 月 31 日，由制单会计编制资产负债表

业务 84：2010 年 12 月 31 日，由记账会计编制利润表和所有者权益变动表

业务 85：2010 年 12 月 31 日，由会计主管编制现金流量表

【工作任务】

1. 编制资产负债表。

2. 编制利润表。

3. 编制现金流量表。

4. 编制所有者权益变动表。

【操作指导】

在会计报表中，企业名称处填写在工商行政管理部门登记注册的企业全称即星辉家具有限责任公司，单位负责人处填写在工商行政管理部门登记的法人代表，会计负责人处填写分管财务会计工作的企业领导人。会计报表编制的业务流程如图 6-1 所示。

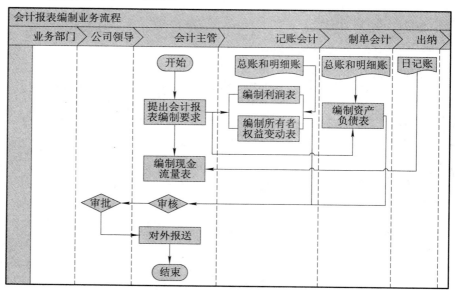

图 6-1　会计报表编制业务流程

按照公司要求，从 2010 年 12 月 1 日开始启用了新的财务软件。为保证会计信息的准确性，前 3 个月采用手工和计算机并行处理方式，以便对新系统进行验证。

财务部主管周宏宇要求大家，这个月既要手工编制资产负债表、利润表、现金流量表和所有者权益变动表，还要计算机编制资产负债表、利润表和现金流量表。编制完成的报表最后交会计主管审核并由经理批准后上报。

财务部为完成编制报表的工作，提前准备了各种总账和明细账、空白报表，单位公章和制表人名章。

业务 83：编制资产负债表

资产负债表是企业财务报表的重要组成内容，是反映企业一定时期财务状况的静态报表。

1. 由制单会计整理已经填制完成的总账及明细账。

2. 编制资产负债表。

资产负债表（格式见配套教学资源）编制包括"年初余额"填列和"期末余额"填列。"年初余额"栏内的各项数字，根据上年末资产负债表的"期末余额"栏内所列数字填列，"期末余额"栏内的各项数字，根据总账及明细账填列。

（1）货币资金，根据"库存现金"、"银行存款"、"其他货币资金"账户期末余额的合计数填列。

（2）应收账款，根据"应收账款"和"预收账款"账户所属各明细账户的期末借方余额合计数减去"坏账准备"账户中有关应收账款计提的坏账准备期末余额后的金额填列。如"应收账款"账户所属明细账户期末有贷方余额的，应在资产负债表"预收账款"账户内填列。

（3）预付账款，根据"预付账款"和"应付账款"账户所属各明细账户的期末借方金额合计数填列。如"预付账款"账户所属明细账户期末有贷方余额的，应在资产负债表"应付账款"项目内填列。

（4）存货，根据"材料采购"、"原材料"、"低值易耗品"、"库存商品"、"周转材料"、"委托加工物资"、"委托代销商品"、"生产成本"等账户的期末余额合计，减去"代销商品款"、"存货跌价准备"账户期末余额后的金额填列。

（5）一年内到期的非流动资产，应根据有关账户的期末余额填列。

（6）长期股权投资，应根据"长期股权投资"账户的期末余额，减去"长期股权投资减值准备"账户的期末余额后的金额填列。

（7）固定资产，根据"固定资产"账户的期末余额，减去"累计折旧"和"固定资产减值准备"账户期末余额后的金额填列。

（8）在建工程，根据"在建工程"账户的期末余额，减去"在建工程减值准备"账户期末余额后的金额填列。

（9）固定资产清理，根据"固定资产清理"账户的期末借方余额填列，如"固定资产清理"账户期末为贷方余额，以"−"号填列。

（10）无形资产，根据"无形资产"账户的期末余额，减去"累计摊销"和"无形资产减值准备"账户期末余额后的金额填列。

（11）长期待摊费用，根据"长期待摊费用"账户的期末余额减去将于一年内（含一年）摊销的数额后的金额填列。

（12）应付账款，根据"应付账款"和"预付账款"账户所属各明细账户的期末贷方余额合计数填列。如"应付账款"账户所属明细账户期末有借方余额的，应在资产负债表"预付账款"项目内填列。

（13）预收账款，根据"预收账款"和"应收账款"账户所属各明细账户的期末贷方余额合计数填列。如"预收账款"账户所属明细账户期末有借方余额的，应在资产负债表"应收账款"项目内填列。

（14）应付职工薪酬，反映企业根据有关规定应付给职工的工资、职工福利、社会保险费、住房公积金、工会经费、职工教育经费、非货币性福利、辞退福利等各种薪酬。外商投资企业按规定从净利润中提取的职工奖励及福利基金，也在本项目列示。

（15）应交税费，根据"应交税费"账户的期末贷方余额填列，如"应交税费"账户期末为借方余额，应以"−"号填列。包括增值税、消费税、营业税、所得税、资源税、土地增值税、城市维护建设税、房产税、土地使用税、车船税、教育费附加、矿产资源补偿费等，企业代扣代缴的个人所得税，也通过本项目列示。但是，印花税、耕地占用税等不在本项目列示。

（16）其他非流动负债，根据有关账户减去将于一年内（含一年）到期偿还数后的余额填列。将于一年内（含一年）到期的非流动负债，应在"一年内到期的非流动负债"项目内单独反映。

3. 由会计主管审核已编制完成的资产负债表。

根据总账及明细账直接填列和分析计算填列两种情况。

根据总账账户余额直接填列。如"应收票据"项目，根据"应收票据"总账账户的期末余额直接填列；"短期借款"项目，根据"短期借款"总账账户的期末余额直接填列。

根据总账账户余额计算填列。如"货币资金"项目，根据"库存现金"、"银行存款"、"其他货币资金"账户的期末余额合计数计算填列。

根据明细账户余额计算填列。如"应付账款"项目，根据"应付账款"、"预付账款"账户所属相关明细账户的期末贷方余额计算填列。

根据总账账户和明细账户余额分析计算填列。如"长期借款"项目，根据"长期借款"总账账户期末余额，扣除"长期借款"账户所属明细账户中反映的、将于一年内到期的长期借款部分，分析计算填列。

根据账户余额减去其备抵项目后的净额填列。如"固定资产"项目，根据"累计折旧"、"固定资产减值准备"等备抵账户余额后的净额填列。

业务 84：编制利润表和所有者权益变动表

利润表是企业财务报表的重要组成内容，是反映企业一定期间的经营成果的动态报表。所有者权益变动表的编制方法此处略。

1. 由记账会计整理已经填制完成的总账及明细账。

2. 编制利润表。

利润表（格式见配套教学资源）各项均需填列"本期金额"栏和"上期金额"栏两栏。"上期余额"栏内的各项数字，应该根据上年该期利润表的"本期金额"栏所列数字填列；"本期金额"栏内各期数字，除"本期每股收益"和"稀释每股收益"项目外，应该按照相关账户的发生额填列。

（1）"营业收入"项目，应根据"主营业务收入"和"其他业务收入"账户的贷方发生额扣除借方发生额后的净额计算填列。

（2）"营业成本"项目，应根据"主营业务成本"和"其他业务成本"账户的借方发生额扣除贷方发生额后的净额计算填列。

（3）"投资净收益"项目，如为净损失，以"－"号填列。

（4）"利润总额"项目，如为亏损总额，以"－"号填列。

3. 由会计主管审核已编制完成的利润表。

以营业收入为基础，减去营业成本、营业税金及附加、销售费用、管理费用、财务费用、资产减值损失、加上公允价值变动收益（减去损失）和投资收益（减去损失），计算出营业利润。

以营业利润为基础，加上营业外收支净额，计算出利润总额。

以利润总额为基础，减去所得税费用计算出净利润（或净亏损）。

业务 85：编制现金流量表

现金流量表是指反映企业在一定会计期间现金和现金等价物流入和流出的报表。现金流量表分为主表和附表（即补充资料）两大部分。主表的各项目金额实际上就是每笔现金流入、流出的归属，而附表的各项目金额则是相应会计账户的当期发生额或期末与期初余额的差额。

1. 由会计主管整理已经填制完成的总账、明细账及日记账。

2. 编制现金流量表（格式见配套教学资源）。

（1）销售商品、提供劳务收到的现金 = 营业收入 + 本期发生的增值税销项税额 + 应收账款（期初余额 − 期末余额）（不扣除坏账准备）+ 应收票据（期初余额 − 期末余额）+ 预收款项项目（期末余额 − 期初余额）− 本期由于收到非现金资产抵债减少的应收账款、应收票据的金额 − 本期发生的现金折扣 − 本期发生的票据贴现利息（不附追索权）+ 收到的带息票据的利息 ± 其他特殊调整业务。本项目根据"库存现金"、"银行存款"、"应收账款"、"主营业务收入"、"其他业务收入"等账户的记录分析填列。

（2）购买商品、接受劳务支付的现金 = 营业成本 + 存货项目（期末余额 − 期初余额）（不扣除存货跌价准备）+ 本期发生的增值税进项税额 + 应付账款项目（期初余额 − 期末余额）+ 应付票据项目（期初余额 − 期末余额）+ 预付款项项目（期末余额 − 期初余额）− 本期以非现金资产抵债减少的应付账款、应付票据的金额 + 本期支付的应付票据的利息 − 本期取得的现金折扣 + 本期毁损的外购商品成本 − 本期销售产品成本和期末存货中产品成本中所包含的不属于购买商品、接受劳务支付现金的费用（如未支付的工资、职工福利费和制造费用中除材料以外的其他费用）± 其他特殊调整业务。本项目根据"库存现金"、"银行存款"、"应付账款"、"应付票据"、"主营业务成本"等账户的记录分析填列。

（3）支付给职工以及为职工支付的现金 = 本期产品成本及费用中的职工

薪酬＋应付职工薪酬（除在建工程人员）（期初余额－期末余额）。本项目根据"应付职工薪酬"、"库存现金"、"银行存款"等账户的记录分析填列。

（4）支付的各项税费＝营业税金及附加＋所得税费用＋管理费用中的印花税等税金＋已交纳的增值税＋应交税费（不包括增值税）（期初余额－期末余额）。本项目可以根据"库存现金"、"银行存款"、"应交税费"等账户的记录分析填列。

（5）支付的其他与经营活动有关的现金＝"管理费用"中除职工薪酬、支付的税金和未支付现金的费用外的费用（即支付的其他费用）+"制造费用"中除职工薪酬和未支付现金的费用外的费用（即支付的其他费用）＋"销售费用"中除职工薪酬和未支付现金的费用外的费用（即支付的其他费用）＋"财务费用"中支付的结算手续费＋"其他应收款"中支付职工预借的差旅费＋"其他应付款"中支付的经营租赁的租金＋"营业外支出"中支付的罚款支出等。本项目根据"库存现金"、"银行存款"、"管理费用"、"销售费用"、"营业外收入"等有关账户的记录分析填列。

3. 由会计主管审核已编制完成的现金流量表。

注意事项

"销售商品、提供劳务收到的现金"项目在企业本期销售收入全部属于现销和没有预收账款，且年初无应收账款和应收票据的情况下，本年的销售收入净额就是销售商品或提供劳务所取得的全部现金收入。但是，在企业有赊销业务和预收账款的情况下，两者则可能出现差异。这两者的差异会通过"应收账款"、"应收票据"和"预收账款"账户余额的变动反映出来。

销售商品、提供劳务收到的现金＝含税商品销售收入、劳务收入＋应收账款减少数－应收账款增加数＋应收票据减少数－应收票据增加数＋预收账款增加数－预收账款减少数。

购买商品、接受劳务支付的现金包括本期销货成本与存货的期末余额之和扣除存货的期初余额、应付账款的减少额、应付票据的减少额、预付账款的增加额扣除购货退回收到的现金和本期以非现金资产清偿的应付账款、应付票据。

以上内容中不含一般纳税人收到可以抵扣的进项税额，但小规模纳税人购货和一般纳税人收到不可以抵扣的进项税额应包括在内。本期购货退回收到的现金不包括从一般纳税人购货退回收到的增值税，它应在"支付的增值税款"项目中反映。购买工程物资所支付的现金不应在本项目内反映，而在投资活动产生的现金流量中反映。支付构成存货价值的运杂费等附带成本，也应包括在本项目内。

付给职工的工资及为职工支付的现金包括本期实际支付给职工的工资、奖金、各种津贴和补贴，为职工支付的养老保险、待业保险、补充养老保险、住房公积金、住房困难补助、（离退休人员）的费用等和报销职工医药费的现金支出。这里，在建工程人员工资不在本项目内反映，而在投资活动产生的现金流量中反映。会计准则将离退休人员工资支出放在"支付与经营活动有关的其他现金"项目内反映。

支付与经营活动有关的其他现金包括进行捐赠的现金支出、罚款支出、业务招待费等列支"管理费用"的现金支出、支付保险费等列支"制造费用"的现金支出和支付广告费等列支"营业费用"的现金支出。若价值较大的支出，应单列项目反映。

【学习评价】

首先，由组长组织进行组内成员互相评价；然后，再进行教师评价。小组成员评价和教师评价各占__%和__%，将考核得分填入表 6-1 中的考核得分栏目中。

表6-1   评 价 表

考核项目		权重	考核内容及评分标准	考核得分		
				小组评价	教师评价	综合得分
专业技能	准备工作	10	准备工作是否完成			
	会计报表编制正确性	40	完成三张报表，每少一张扣____分 报表数据完整、正确，每处错误扣____分			
	报表编制手段	10	使用财务软件或其他信息技术手段			
职业素养	组织纪律	20	服从组长安排，不旷工、不迟到早退、不中途离开现场，不做与项目无关的事情			
	沟通协作	10	分工合理，按规定流程进行操作，进行有效沟通			
	工作态度	5	工作积极主动、认真负责、恪守诚信、追求严谨			
	工作效率	5	保持良好工作环境，有效利用各种工具，按时完成任务、质量高			
合　　　计						

学习子情境6.2 纳税申报

【情境引例】

业务 86：2010 年 12 月 31 日，进行纳税申报

2010 年 12 月 31 日，财务部主管周宏宇根据公司纳税情况，要编制增值税纳税申报表、营业税纳税申报表、城市维护建设税纳税申报表、教育费附加申报表、车船税纳税申报表、土地使用税纳税申报表、房产税纳税申报表、印花税纳税申报表、企业所得税纳税申报表和扣缴个人所得税报告表。

财务部主管周宏宇为完成纳税申报表的编制工作，提前准备了资产负债表和利润表、往来款项总账和明细账、银行存款日记账、银行对账单、空白税表、单位公章和制表人（周宏宇）名章。

【工作任务】

1. 申报增值税。

2. 申报企业所得税。

3. 申报营业税。

4. 申报城市维护建设税。

5. 申报教育费附加。

6. 申报车船税。

7. 申报印花税。

8. 申报土地使用税。

9. 申报房产税。

10. 申报扣缴个人所得税。

【操作指导】

业务 86：进行纳税申报

编制纳税申报表，到税务机关或在网上进行纳税申报。纳税申报表编制的业务流程如图 6-2 所示。

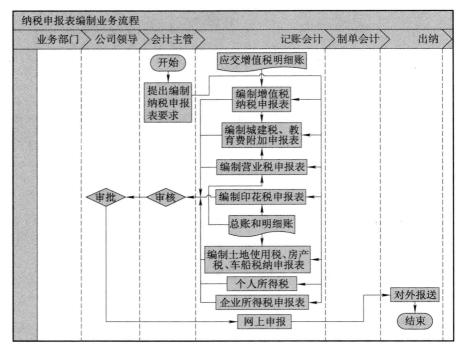

图 6-2　纳税申报表编制的业务流程

（一）国税申报

1. 增值税的申报

（1）编写增值税申报表。一般纳税人要填一张主表（见配套教学资源）和八张附表，小规模纳税人只填一张主表和一张附表。

（2）选择增值税申报方式，每月 10 日之前提交。

◎手工申报，到税务机关申报。

◎IC 卡申报，先在企业的计算机里写卡，然后到税务机关申报。

◎网上申报，在网上下载申报表，填好后再上传。

在网上申报系统客户端进行网上申报，网上申报受理平台受理申报数据（防伪税控纳税人还需要到主管税务机关办税服务厅抄报税）成功后，网上申报受理平台会将申报数据自动导入税收征管系统并发起扣款，扣款成功后申报完成。

2. 企业所得税的申报

（1）编写企业所得税年度纳税申报表（见配套教学资源）。

（2）每季度终了后 15 日前申报，除规定的"八种"特殊情况外，经纳税人确认的，均需要进行网上申报。股份制企业、有限公司（包括一人公司）都需要缴纳企业所得税，先按季预缴企业所得税，在下一年的 4 月底以前，对上一年的企业所得税进行汇算清缴。

（二）地税申报

1. 申报税种及时间

地税申报的税种有：营业税、城市维护建设税、教育费附加、车船税、印花税、房产税、土地使用税、个人所得税。

◎ 每月 7 日前，申报个人所得税。

◎ 每月 15 日前，申报营业税、城市维护建设税、教育费附加、地方教育费附加。

◎ 印花税，年底时申报一次（全年的）。

◎ 房产税、土地使用税、车船税，各地税务要求不同，按照单位主管税务局要求的期限进行申报。

2. 一般申报流程

登录"××地方税务局"的网站，确认纳税人身份后，进行"纳税申报"系统，启动"网上纳税服务"的"企业综合申报"功能。

选择"明细税种"，填写综合申报项目，如营业税、城市维护建设税、教育费附加等。如果需要增加税种，可以进行"设置常用税目"。

通过"申报明细资料录入"输入"印花税年度报告表"等申报表。

系统自动计算税额，自动生成缴款书，可查看缴款书或打印缴税书，发起银行缴税。

> "税率"填写申报单位所在地适用的税率。
>
> "应纳税额"＝计税金额 × 税率。
>
> "应补（退）税额"＝应纳税额 − 已纳税额。

【学习评价】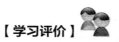

　　首先，由组长组织进行组内成员互相评价；然后，再进行教师评价。小组成员评价和教师评价各占__%和__%，将考核得分填入表 6-2 中的考核得分栏目中。

表6-2　　　　　　　　　　　　　　　　评　价　表

考核项目		权重	考核内容及评分标准	考核得分		
				小组评价	教师评价	综合得分
专业技能	准备工作	10	准备工作是否完成			
	纳税申报表编制正确性	40	完成规定数量的纳税申报表，每少一张扣____分 报表数据完整、正确，每处错误扣____分			
	报表编制手段	10	使用模拟报税软件或其他信息技术手段			
职业素养	组织纪律	20	服从组长安排，不旷工、不迟到早退、不中途离开现场，不做与项目无关的事情			
	沟通协作	10	分工合理，按规定流程进行操作，进行有效沟通			
	工作态度	5	工作积极主动、认真负责，恪守诚信、追求严谨			
	工作效率	5	保持良好工作环境，有效利用各种工具，按时完成任务、质量高			
合　　计						

学习子情境 6.3　财务分析

【情境引例】

业务 87：进行财务分析

　　公司的整个财务分析要完成偿债能力分析、营运能力分析、盈利潜能分析、发展策略分析、综合财务分析评价报告五项内容。

　　实现咨询、计划、决策、实施、检查和评价的整个过程。组长负责本工作组所有活动的组织、安排、协调、监督工作，最后将小组完成的财务分析报告装订成册上交。

【工作任务】

1. 偿债能力分析。
2. 营运能力分析。
3. 盈利潜能分析。
4. 发展策略分析。
5. 综合财务分析。

【操作指导】

业务87：进行财务分析

财务分析业务流程如图6-3所示。

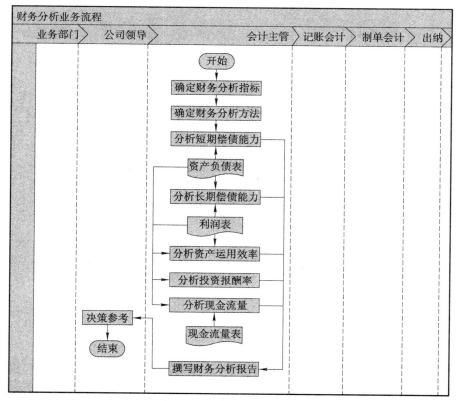

图6-3　财务分析业务流程

1. 组长召集工作组会，确定每位成员的工作；详细阅读相关材料，明确工作目的，布置工作任务。

2. 查询和撰写公司简介；收集同行资料；查询该公司某年的资产负债表、利润表和现金流量表，确定偿债能力的分析指标数据；查找企业内部相关资料等信息；最后集中汇总。

3. 小组确定如何完善资料，分析资料，制作工作页的方法和分工，接受检查和上交工作页等一整套程序。

4. 具体实施。

（1）将查询汇总的资料进行编辑、整理。

（2）指标计算：

① 流动比率、速动比率、现金比率和现金流动负债比率等指标的计算，资产负债率、产权比率、有形净值债务率和已获利息倍数等指标的计算。

② 流动资产、非流动资产及总资产三个方面的营运能力指标计算。

③ 对收入、资产、融资等指标计算。

④ 营业收入增长率和三年营业收入平均增长率、营业利润增长率和净利润增长率等指标计算。

⑤ 净资产收益率、销售净利率、资产周转率和权益乘数指标计算。

（3）对相关指标计算结果进行分析，并写出该公司分析报告。

（4）组长负责检查和协调。

（5）全组组员共同完成工作页，组长审核、总结并将小组完成的工作页装订成册上交。

5. 组长召开总结会，进行工作评价。

（1）总结本次任务的完成情况。

（2）组员自由发言，总结自己的工作情况及与其他组员的配合情况，对自己工作的满意度进行评价。

（3）组长小结，对工作组成员工作满意程度的分析，并对本次任务中存在的问题提出改进措施。

注意事项　　数据分析形式可以采用文字、表格、图形（最常用的是折线图、柱状图、饼状图，也可以是网状图等）。财务分析报告中可以包括比较分析、趋势分析、结构分析等。

重点考虑本公司的趋势分析和在行业中的地位变化分析。

【学习评价】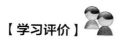

首先，由组长组织进行组内成员互相评价；然后，再进行教师评价。小组成员评价和教师评价各占__%和__%，将考核得分填入表6-3中的考核得分栏目中。

表6-3 评 价 表

考核项目		权重	考核内容及评分标准	考核得分		
				小组评价	教师评价	综合得分
专业技能	准备工作	10	准备工作是否完成			
	财务分析正确性	40	完成规定的分析表，每少一张扣____分 分析数据完整、正确，每处错误扣____分			
	财务分析手段	10	使用模拟报税软件或其他信息技术手段			
职业素养	组织纪律	20	服从组长安排，不旷工、不迟到早退、不中途离开现场，不做与项目无关的事情			
	沟通协作	10	分工合理，按规定流程进行操作，进行有效沟通			
	工作态度	5	工作积极主动、认真负责、恪守诚信、追求严谨			
	工作效率	5	保持良好工作环境，有效利用各种工具，按时完成任务、质量高			
合　　计						

附录　企业原始凭证

中国工商银行　借款借据　第一联 借据回单

银行编号：201082681　　　　　立据2010年12月01日　　　　№ 9258

借款单位名称	星辉家具有限责任公司	放款账号	500600230053124	利率	5%
		存款账号	500600230053124		

借款金额（大写）	伍拾万元整	千	百	十	万	千	百	十	元	角	分
			¥	5	0	0	0	0	0	0	0

约定还款日期	2015年11月30日	借款种类	长期借款	借款合同号码	AW2458
展期到期日期	年　月　日				

借款直接用途	1. 购买全自动封边机	4.	还款记录	年	月	日	还款金额	余　额
	2.	5.						
	3.	6.						

根据签订的借款合同和你单位申请借款用途,经审查同意发放上列金额贷款。

中国工商银行　　　　　批准人

（银行转账盖章）

中国工商银行星海支行　2010年12月01日　转讫

2010 年 12 月 01 日

此联退交借款单位

费 用 报 销 单

部门：办公室　　　　　2010 年 12 月 01 日　　　　编号：0001

开支内容	金　额	结算方式
办公用品	¥ 1 000.00	1. 冲借款＿＿＿＿元
		2. 转账 ¥ 1 000.00 元
		3. 汇款＿＿＿＿元
合计：（大写）壹仟元整		4. 现金付讫＿＿＿元

会计主管：　　　单位负责人：潘英　周莉　　　出纳：　　　经办人：李新

附单据 张

附表2-2

星海增值税暂通发票   NO 12000438

发票联

开票日期：2010年12月01日

| 购货单位 | 名　　　称：星辉家具有限责任公司
纳税人识别号：210019994321010
地　址、电话：星海市东山路 188 号 082-87765632
开户行及账号：工商银行星海市支行营业部500600230053124 | | | | | 密码区 | | 略 | |

货物或应税劳务名称	规格型号	单位	数量	单价	金　额	税率	税　额
办公用品		箱	1	854.70	854.70	17%	145.30
合　　计					￥854.70		￥145.30

| 价税合计（大写） ⊗壹仟元整 | （小写）￥1 000.00 |

| 销货单位 | 名　　　称：雪人文具公司
纳税人识别号：210019994321016
地　址、电话：星海市东山路189号082-87765635
开户行及账号：工商银行星海市支行营业部500600230053128 | 备注 | 人文具公司
税号:210019994321016
发票专用章 |

| 收款人：周明 | 复核：李丹 | 开票人：张夏 | 销货单位：（盖章） |

第三联 发票联 购货方记账凭证

附表2-3

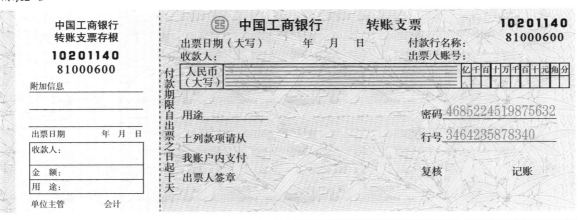

中国工商银行
转账支票存根
10201140
81000600

附加信息
_____

出票日期　　年　月　日
收款人：
金　额：
用　途：
单位主管　　会计

中国工商银行　　　转账支票　　**10201140**
81000600

出票日期（大写）　　年　月　日　　付款行名称：
收款人：　　　　　　　　　　　出票人账号：

人民币
（大写）　　　　　　　　　　　　亿千百十万千百十元角分

付款期限自出票之日起十天

用途_____
上列款项请从
我账户内支付
出票人签章

密码 4685224519875632
行号 3464235878340

复核　　　记账

附表3-1

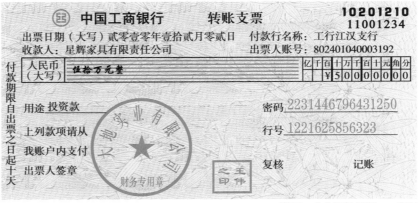

中国工商银行　　　转账支票　　**10201210**
11001234

出票日期（大写）贰零壹零年壹拾贰月零贰日　　付款行名称：工行江汉支行
收款人：星辉家具有限责任公司　　　　　　出票人账号：802401040003192

人民币
（大写）伍拾万元整　　　　　　亿千百十万千百十元角分
￥5 0 0 0 0 0 0 0

付款期限自出票之日起十天

用途 投资款
上列款项请从
我账户内支付
出票人签章

密码 2231446796431250
行号 1221625856323

复核　　　记账

财务专用章
之王印伟

附表3-2

附加信息:	被背书人	被背书人	（贴粘单处）
	背书人签章 年　月　日	背书人签章 年　月　日	

附表3-3

收　据

年　月　日　　　　　　　第 001 号

今收到 _____

交　来 _____

人民币合计（大写）　　　　　　　　　　　　　　¥_____

会计主管　　　　单位印章　　　　　收款人　　　　经手人

第三联　会计凭证

附表3-4

中国工商银行 进 账 单（收账通知）　3

年　月　日

出票人	全　称		收款人	全　称		亿	千	百	十	万	千	百	十	元	角	分
	账　号			账　号												
	开户银行			开户银行												
金额	人民币 （大写）															
票据种类		票据张数														
票据号码																

中国工商银行星海支行
2010年12月02日
转讫

复核　　　　记账　　　　　　　　　　　　收款人开户银行签章

此联是收款人开户银行交给收款人的收账通知

中国工商银行星海市支行　电子缴税付款凭证

转账日期：2010年12月02日　　　　　　　　凭证字号：02567035

纳税人全称及纳税人识别号：星辉家具有限责任公司210019994321010

付款人全称：星辉家具有限责任公司
付款人账号：500600230053124
付款人开户银行：工商银行星海市支行营业部
小写（合计）金额：￥147 750.00
大写（合计）金额：人民币壹拾肆万柒仟柒佰伍拾元整

征收机关名称：星海市国家税务局直属分局
收款国库（银行）名称：国家金库星海市支库
缴款书交易流水号：31136512
税票号码：12715919107 0126811

税费种名称	所属时期	实缴金额
增值税	20101101—20101130	￥147 750.00

第1次打印　　　　　　　　　　打印时间：20101202

中国工商银行星海支行
2010年12月02日
转讫

第二联　作付款回单（无银行收讫章无效）　　　　　　复核　　　　　　记账

中国工商银行星海市支行　电子缴税付款凭证

转账日期：2010年12月02日　　　　　　　　凭证字号：02567036

纳税人全称及纳税人识别号：星辉家具有限责任公司210019994321010

付款人全称：星辉家具有限责任公司
付款人账号：500600230053124
付款人开户银行：工商银行星海市支行营业部
小写（合计）金额：￥19 662.00
大写（合计）金额：壹万玖仟陆佰陆拾贰元整

征收机关名称：星海市地方税务局
收款国库（银行）名称：国家金库星海市支库
缴款书交易流水号：31136505
税票号码：12715919107 0126786

税费种名称	所属时期	实缴金额
城市维护建设税	20101101—20101130	￥10 342.50
教育费附加	20101101—20101130	￥4 432.50
个人所得税	20101101—20101130	￥4 887.00

第1次打印　　　　　　　　　　打印时间：20101202

中国工商银行星海支行
2010年12月02日
转讫

第二联　作付款回单（无银行收讫章无效）　　　　　　复核　　　　　　记账

差旅费报销单

部门：采购部　　　　　　　　　　　　　　　　2010 年12月02日

姓名	李蓉		事由：外出采购原材料						共6天				
起讫日期	起止地点	车船费		夜间乘车补助			出差补助			住宿费		其他	
		种类	金额	时间	标准	金额	天数	标准	金额	标准	金额	事项	金额
11.27至12.2	星海—普贡市往返	车费	400	2	50	100	6	100	600	150	900		
	小计												
总计金额（大写）：贰仟元整			￥2 000.00		预借_____		核销_____			退补_____			

附单据3张

会计主管　　　　　单位负责人：王英　　　　　审核　　　　　业务经办人：李蓉

注：原始单据略。

附表6-1

费 用 报 销 单

部门：办公室　　　　　　　2010 年 12 月 02 日　　　　　　　　编号：0002

开支内容	金　额	结算方式	
业务招待费	￥2 100.00	1. 冲借款＿＿＿＿元	附单据张
		2. 转账 ￥2 100.00 元	
		3. 汇款＿＿＿＿元	
合计：（大写）贰仟壹佰元整		4. 现金付讫——元	

会计主管：　　　　单位负责人：潘英　　　　出纳：　　　　经办人：周莉

附表6-2

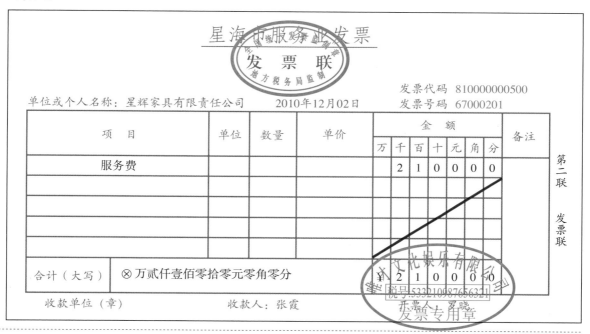

星海市服务业发票

发票联

单位或个人名称：星辉家具有限责任公司　　2010 年 12 月 02 日

发票代码 810000000500
发票号码 67000201

项 目	单位	数量	单价	金　额							备注
				万	千	百	十	元	角	分	
服务费					2	1	0	0	0	0	
合计（大写）		⊗万贰仟壹佰零拾零元零角零分			￥	2	1	0	0	0	0

收款单位（章）　　　　收款人：张霞

税号:533210087666321
发票专用章

第二联 发票联

附表6-3

中国工商银行
转账支票存根

10201140
81000601

附加信息

＿＿＿＿＿＿

出票日期　年　月　日

收款人：

金　额：

用　途：

单位主管　　会计

中国工商银行　　转账支票　　10201140
　　　　　　　　　　　　　　　81000601

出票日期（大写）　年　月　日　付款行名称：
收款人：　　　　　　　　　　出票人账号：

人民币
（大写）　　　　　　　　　　| 亿 | 千 | 百 | 十 | 万 | 千 | 百 | 十 | 元 | 角 | 分 |

付款期限自出票之日起十天

用途＿＿＿＿　　密码 2144789347810915

上列款项请从　　行号 3464235878340
我账户内支付

出票人签章　　　　　复核　　　记账

附表7-1

星海增值税专用发票　　NO　650830

抵扣联

开票日期：2010年12月02日

购货单位	名　　称：星辉家具有限责任公司							
	纳税人识别号：210019994321010							
	地址、电话：星海市东山路188号082-87765632							
	开户行及账号：工商银行星海市支行营业部500600230053124							
密码区							略	

货物或应税劳务名称	规格型号	单位	数量	单价	金额	税率	税额
全自动封边机		套	1	820 512.82	820 512.82	17%	139 487.18
合　　计					￥820 512.82		￥139 487.18

价税合计（大写）	⊗玖拾陆万元整	（小写）￥960 000.00

销货单位	名　　称：南方有限责任公司
	纳税人识别号：4748303944847373
	地址、电话：河海市东阳大街23号274-2837484
	开户行及账号：农行河海市支行23454565788

备注 税号:4748303944847373
发票专用章

收款人：朱明　　复核：付霞　　开票人：张小　　销货单位：（盖章）

第二联　抵扣联　购货方扣税凭证

附表7-2

星海增值税专用发票　　NO　650830

发票联

开票日期：2010年12月02日

购货单位	名　　称：星辉家具有限责任公司							
	纳税人识别号：210019994321010							
	地址、电话：星海市东山路188号082-87765632							
	开户行及账号：工商银行星海市支行营业部500600230053124							
密码区							略	

货物或应税劳务名称	规格型号	单位	数量	单价	金额	税率	税额
全自动封边机		套	1	820 512.82	820 512.82	17%	139 487.18
合　　计					￥820 512.82		￥139 487.18

价税合计（大写）	⊗玖拾陆万元整	（小写）￥960 000.00

销货单位	名　　称：南方有限责任公司
	纳税人识别号：4748303944847373
	地址、电话：河海市东阳大街23号274-2837484
	开户行及账号：农行河海市支行23454565788

备注 税号:4748303944847373
发票专用章

收款人：朱明　　复核：付霞　　开票人：张小　　销货单位：（盖章）

第三联　发票联　购货方记账凭证

附表7-3

固定资产验收单

2010 年 12 月 2 日

名　　称	规格型号	单位	数量	设备价款	预计使用年限	使用部门
全自动封边机		套	1	820 512.82	10	封边打孔车间
合计			1	820 512.82		

单位主管：李启明　　　　　　检验：李玲　　　　　　经办：李蓉

附表8-1

星海增值税专用发票　　NO 650831

抵扣联

开票日期：2010 年 12 月 03 日

购货单位	名　　称：星辉家具有限责任公司
	纳税人识别号：210019994321010
	地　址、电话：星海市东山路 188 号 082-87765632
	开户行及账号：工商银行星海市支行营业部 500600230053124

密码区　　略

货物或应税劳务名称	规格型号	单位	数量	单价	金　额	税率	税　额
全自动封边机安装费		套	1	4 273.50	4 273.50	17%	726.50
合　计					￥4 273.50		￥726.50

价税合计（大写）　⊗伍仟元整　　　（小写）￥5 000.00

销货单位	名　　称：南方有限责任公司
	纳税人识别号：4748303944847373
	地　址、电话：河海市东阳大街23号274-2837484
	开户行及账号：农行河海市支行23454565788

备注　南方有限责任公司　税号:4748303944847373　发票专用章

收款人：朱明　　　复核：付霞　　　开票人：张小　　　销货单位：（盖章）

第二联　抵扣联　购货方扣税凭证

附表8-2

星海增值税专用发票　　NO　650831

发票联

开票日期：2010年12月03日

购货单位	名　　　称：星辉家具有限责任公司 纳税人识别号：210019994321010 地址、电话：星海市东山路188号 082-87765632 开户行及账号：工商银行星海市支行营业部 500600230053124	密码区	略

货物或应税劳务名称	规格型号	单位	数量	单价	金　额	税率	税　额
全自动封边机安装费		套	1	4 273.50	4 273.50	17%	726.50
合　　计					￥4 273.50		￥726.50

价税合计（大写）	⊗伍仟元整	（小写）￥5 000.00

销货单位	名　　　称：南方有限责任公司 纳税人识别号：4748303944847373 地址、电话：河海市东阳大街23号274-2837484 开户行及账号：农行河海市支行23454565788	备注：税号：4748303944847373　发票专用章

收款人：朱明　　　复核：付霞　　　开票人：张小　　　销货单位：（盖章）

第三联 发票联 购货方记账凭证

附表8-3

付 款 报 告 书

部门：采购部门　　　　　　2010年12月3日　　　　　　编号：001

开支内容	金　额	结算方式
支付全自动封边机及安装费	965 000.00	转账支票
合计：（大写）玖拾陆万伍仟元整		

附单据　张

会计主管：　　　　　单位负责人：孙鸿 王英　　　　　出纳：　　　　经办人：尹翠

附表8-4

固定资产交接单

固定资产类别：生产用机器设备

固定资产项目名称	全自动封边机	型号及规格	02	建设单位	南方有限责任公司	取得来源	外购
原值	824 786.32	其中安装费	4 273.50	预计残值	0	预计清理费	0
建造日期	2010.12.2	验收日期	2010.12.2	开始使用日期	2010.12.3	预计使用年限	10年
年折旧额	82 478.63	年折旧率	10%	月折旧额	6 873.22	月折旧率	0.833 3%
投入日期	2010.12.3	投入时已使用年限		尚能使用年限		投入时已提折旧额	

接受单位：封边打孔车间　　接受单位负责人：李启明　　交付单位：采购部　　交付单位负责人：王英

中国工商银行
转账支票存根
10201140
81000602

附加信息

出票日期　　年 月 日
收款人：
金　额：
用　途：
单位主管　　会计

中国工商银行　　转账支票　　**10201140**
81000602

出票日期（大写）　年 月 日　　付款行名称：
收款人：　　　　　　　　　　出票人账号：

人民币
（大写）　　　　　　　　亿千百十万千百十元角分

用途
上列款项请从
我账户内支付
出票人签章

密码 5224812532564198
行号 3464235878340
复核　　　记账

付款期限自出票之日起十天

星海增值税专用发票　　NO 345284

此联不作报销、扣税凭证使用

开票日期：

购货单位	名　　称：					密码区	略		第一联 记账联 销货方记账凭证
	纳税人识别号：							
	地址、电话：							
	开户行及账号：							

货物或应税劳务名称	规格型号	单位	数量	单价	金　额	税率	税　额
合　计							

价税合计（大写）		（小写）

销货单位	名　　称：		备注
	纳税人识别号：		
	地址、电话：		
	开户行及账号：		

收款人：　　　复核：　　　开票人：　　　销货单位：（盖章）

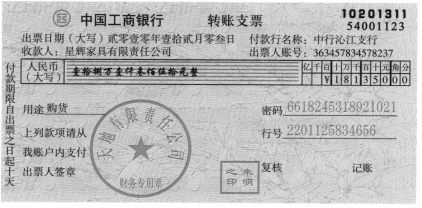

中国工商银行　　转账支票　　**10201311**
54001123

出票日期（大写）贰零壹零年壹拾贰月零叁日　　付款行名称：中行沁江支行
收款人：星辉家具有限责任公司　　出票人账号：363457834578237

人民币
（大写）壹拾捌万壹仟壹佰伍拾元整　　亿千百十万千百十元角分
￥1 8 1 3 5 0 0 0

用途 购货
上列款项请从
我账户内支付
出票人签章

密码 6618245318921021
行号 2201125834656
复核　　　记账

付款期限自出票之日起十天

附表9-3

附加信息：	被背书人	被背书人	（贴粘单处）
	背书人签章 年 月 日	背书人签章 年 月 日	

附表9-4

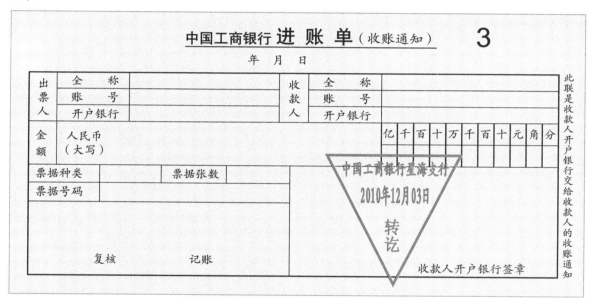

中国工商银行 **进 账 单**（收账通知） **3**

年 月 日

出票人	全 称		收款人	全 称		此联是收款人开户银行交给收款人的收账通知
	账 号			账 号		
	开户银行			开户银行		

金额	人民币 （大写）			亿 千 百 十 万 千 百 十 元 角 分

票据种类		票据张数	
票据号码			

中国工商银行星海支行
2010年12月03日
转讫

复核　　　　　记账　　　　　　　　　　　　　收款人开户银行签章

附表9-5

产成品出库单（记账凭单）

购货单位：天地有限责任公司　　　　2010年12月03日　　　　　编号：001

产品名称	规格型号	计量单位	出库数量	备 注
A 产品	01	张	500	单价310元/张

仓储部门主管：**王英**　　　　　　保管：**谢宏**　　　　　经手人：**余静**

附表10—1

星海增值税专用发票　　　NO 656832

抵扣联

开票日期：2010年12月03日

购货单位	名　　　称：星辉家具有限责任公司 纳税人识别号：210019994321010 地址、电话：星海市东山路188号 082-87765632 开户行及账号：工商银行星海市支行营业部 500600230053124					密码区	略		
货物或应税劳务名称	规格型号	单位	数量	单价	金　额	税率	税　额		
包装箱		个	9 300	10	93 000	17%	15 810		
合　　计					￥93 000		￥15 810		

价税合计（大写）　⊗壹拾万捌仟捌佰壹拾元整　　　（小写）￥108 810.00

销货单位	名　　　称：东方包装厂 纳税人识别号：1001691832526 地址、电话：清江路567号 082-87513212 开户行及账号：中行清江支行535858223576389	备注	税号：1001691832526 发票专用章

收款人：李芳　　　复核：张霞　　　开票人：王明　　　销货单位：（盖章）

第二联　抵扣联　购货方扣税凭证

附表10—2

星海增值税专用发票　　　NO 656832

发票联

开票日期：2010年12月03日

购货单位	名　　　称：星辉家具有限责任公司 纳税人识别号：210019994321010 地址、电话：星海市东山路188号 082-87765632 开户行及账号：工商银行星海市支行营业部 500600230053124					密码区	略		
货物或应税劳务名称	规格型号	单位	数量	单价	金　额	税率	税　额		
包装箱		个	9 300	10	93 000	17%	15 810		
合　　计					￥93 000		￥15 810		

价税合计（大写）　⊗壹拾万捌仟捌佰壹拾元整　　　（小写）￥108 810.00

销货单位	名　　　称：东方包装厂 纳税人识别号：1001691832525 地址、电话：清江路567号 082-89513212 开户行及账号：中行清江支行535858223576389	备注	税号：1001691832526 发票专用章

收款人：李芳　　　复核：张霞　　　开票人：王明　　　销货单位：（盖章）

第三联　发票联　购货方记账凭证

材料入库单 （记账凭单）

供货单位：东方包装厂 2010年12月03日 材料类别：周转材料 编号：001
发票号码：656832 材料编号： 仓库：材料库

材料名称	计量单位	规格型号	数量		实际成本				
			应收	实收	单价	金额	运杂费	其他	合计
包装箱	个		9 300	9 300					
备注：					合计				

采购：李蓉 检验：李玲 保管：刘霞 主管：王英 财务：

②财务

付 款 报 告 书

部门：采购部门 2010年12月3日 编号：002

开支内容	金 额	结算方式
支付包装箱货款	￥108 810.00	转账支票
合计：（大写）壹拾万捌仟捌佰壹拾元整		

会计主管： 单位负责人：孙鸿 王英 出纳： 经办人：李蓉

附单据 张

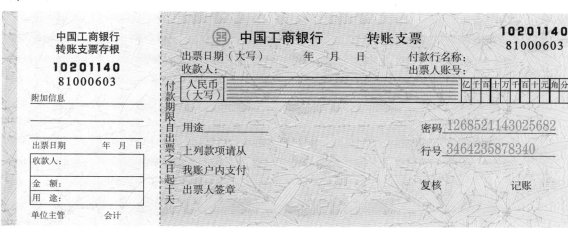

附表11-1

星海增值税专用发票　　NO 269319

抵扣联

开票日期：2010年12月03日

购货单位	名　　　　　称：星辉家具有限责任公司
	纳税人识别号：210019994321010
	地址、电话：星海市东山路 188 号 082-87765632
	开户行及账号：工商银行星海市支行营业部 500600230053124

密码区　　略

货物或应税劳务名称	规格型号	单位	数量	单价	金　额	税率	税　额
A产品配件	01	套	2 500	50	125 000.00	17%	21 250.00
B产品配件	02	套	2 500	40	100 000.00	17%	17 000.00
合　　计					￥225 000.00		￥38 250.00

价税合计（大写）	⊗ 贰拾陆万叁仟贰佰伍拾元整	（小写）￥263 250.00

销货单位	名　　　　　称：大通人和家具厂
	纳税人识别号：372810163928291
	地址、电话：汉络市北街24号283-2738494
	开户行及账号：建行汉络市支行3277384844859

备注　税号:372810163928291　发票专用章

收款人：田杉　　复核：王辉　　开票人：李红　　销货单位：（盖章）

第二联 抵扣联 购货方扣税凭证

附表11-2

星海增值税专用发票　　NO 269319

发票联

开票日期：2010年12月03日

购货单位	名　　　　　称：星辉家具有限责任公司
	纳税人识别号：210019994321010
	地址、电话：星海市东山路 188 号 082-87765632
	开户行及账号：工商银行星海市支行营业部 500600230053124

密码区　　略

货物或应税劳务名称	规格型号	单位	数量	单价	金　额	税率	税　额
A产品配件	01	套	2 500	50	125 000.00	17%	21 250.00
B产品配件	02	套	2 500	40	100 000.00	17%	17 000.00
合　　计					￥225 000.00		￥38 250.00

价税合计（大写）	⊗ 贰拾陆万叁仟贰佰伍拾元整	（小写）￥263 250.00

销货单位	名　　　　　称：大通人和家具厂
	纳税人识别号：372810163928291
	地址、电话：汉络市北街24号283-2738494
	开户行及账号：建行汉络市支行3277384844859

备注　税号:372810163928291　发票专用章

收款人：田杉　　复核：王辉　　开票人：李红　　销货单位：（盖章）

第三联 发票联 购货方记账凭证

附表11-3

材料入库单（记账凭单）

供货单位：大通人和家具厂　　　　2010年12月03日　　　　材料类别：原材料　　编号：002
发票号码：269319　　　　　　　　　　　　　　　　　　　　材料编号：　　　　仓库：材料库

材料名称	计量单位	规格型号	数量		实际成本				
			应收	实收	单价	金额	运杂费	其他	合计
A产品配件	套		2 500	2 500	50	125 000			
B产品配件	套		2 500	2 500	40	100 000			
备注：					合计	225 000			

采购：李蓉　　　检验：李玲　　　保管：刘霞　　　主管：王英　　　财务：

②财务

附表11-4

付 款 报 告 书

部门：采购部门　　　　　　2010 年 12 月 03 日　　　　　　编号：003

开支内容	金　额	结算方式
支付货款	263 250.00	转账支票
合计：（大写）贰拾陆万叁仟贰佰伍拾元整		

会计主管：　　　　单位负责人：孙鸿　王英　　　　出纳：　　　　经办人：李蓉

附单据　张

附表11-5

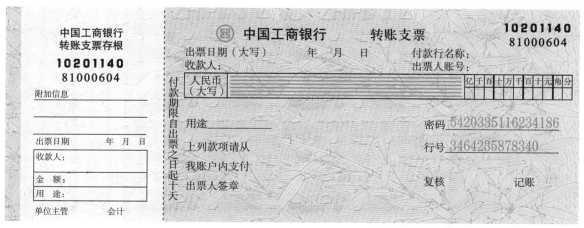

附表12-1

星海增值税专用发票　　NO　284757

抵扣联

开票日期：2010年12月03日

购货单位	名　　称：星辉家具有限责任公司		
	纳税人识别号：210019994321010	密码区	略
	地址、电话：星海市东山路188号 082-87765632		
	开户行及账号：工商银行星海市支行营业部 500600230053124		

货物或应税劳务名称	规格型号	单位	数量	单价	金　额	税率	税　额
X成型板	45MM	张	7 000	156	1 092 000.00	17%	185 640.00
封边条	2X1	盘	840	130	109 200.00	17%	18 564.00
合　　计					￥1 201 200.00		￥204 204.00

价税合计（大写）	⊗壹佰肆拾万伍仟肆佰零肆元整　　　　（小写）　￥1 405 404.00

销货单位	名　　称：东方建材厂	备注
	纳税人识别号：252580163927861	税号:252580163927861
	地址、电话：南江市武胜街56号 579-4859576	发票专用章
	开户行及账号：工行南江市支行23589243567853	

收款人：张峡　　　　复核：刘霞　　　　开票人：王晓　　　　销货单位：（盖章）

第二联 抵扣联 购货方扣税凭证

附表12-2

星海增值税专用发票　　NO　284757

发票联

开票日期：2010年12月03日

购货单位	名　　称：星辉家具有限责任公司		
	纳税人识别号：210019994321010	密码区	略
	地址、电话：星海市东山路188号 082-87765632		
	开户行及账号：工商银行星海市支行营业部 500600230053124		

货物或应税劳务名称	规格型号	单位	数量	单价	金　额	税率	税　额
X成型板	45MM	张	7 000	156	1 092 000.00	17%	185 640.00
封边条	2X1	盘	840	130	109 200.00	17%	18 564.00
合　　计					￥1 201 200.00		￥204 204.00

价税合计（大写）	⊗壹佰肆拾万伍仟肆佰零肆元整　　　　（小写）　￥1 405 404.00

销货单位	名　　称：东方建材厂	备注
	纳税人识别号：252580163927861	税号:252580163927861
	地址、电话：南江市武胜街56号 579-4859576	发票专用章
	开户行及账号：工行南江市支行23589243567853	

收款人：张峡　　　　复核：刘霞　　　　开票人：王晓　　　　销货单位：（盖章）

第三联 发票联 购货方记账凭证

附表12-3

材料入库单（记账凭单）

供货单位：**东方建材厂**　　　　2010年12月03日　　　　材料类别：原材料　　编号：003
发票号码：284757　　　　　　　　　　　　　　　　　　材料编号：　　　仓库：**材料库**

材料名称	计量单位	规格型号	数量		实际成本				
			应收	实收	单价	金额	运杂费	其他	合计
X成型板	张	45MM	7 000	7 000					
封边条	盘	2×1	840	840					
备注：					合计				

采购：**李蓉**　　　检验：**李玲**　　　保管：**刘霞**　　　主管：**王英**　　　财务：

② 财务

附表13-1

材料入库单（记账凭单）

供货单位：**神龙建材厂**　　　　2010年12月03日　　　　材料类别：原材料　　编号：004
发票号码：284757　　　　　　　　　　　　　　　　　　材料编号：　　　仓库：**材料库**

材料名称	计量单位	规格型号	数量		实际成本				
			应收	实收	单价	金额	运杂费	其他	合计
X成型板	张		3 200	3 200					
备注：					合计				

采购：**李蓉**　　　检验：**李玲**　　　保管：**刘霞**　　　主管：**王英**　　　财务：

② 财务

附表14-1

领 料 单

领用单位：**一车间**　　　　2010年12月03日　　　　　　　编号：0001

材料名称	规格型号	计量单位	请领数量	实发数量	总成本	
					单位成本	金额
X 成型板		张	2 000			
合　计			2 000			

用途	生产A产品	领料部门		发料部门	
		负责人	领料人	核准人	发料人
		李林	林燕	王英	刘霞

此联交成本组

附表14-2

领 料 单

领用单位：一车间　　　　　　　　2010年12月03日　　　　　　　　编号：0002

材料名称	规格型号	计量单位	请领数量	实发数量	总成本	
					单位成本	金额
X 成型板		张	5 000			
合　计			5 000			

用途	生产B产品	领料部门		发料部门	
		负责人	领料人	核准人	发料人
		李林	林燕	王英	刘霞

此联交成本组

附表14-3

领 料 单

领用单位：二车间　　　　　　　　2010年12月03日　　　　　　　　编号：0003

材料名称	规格型号	计量单位	请领数量	实发数量	总成本	
					单位成本	金额
封边条		盘	160			
合　计			160			

用途	生产A产品	领料部门		发料部门	
		负责人	领料人	核准人	发料人
		徐蓉	刘琳	王英	刘霞

此联交成本组

附表14-4

领 料 单

领用单位：二车间　　　　　　　　2010年12月03日　　　　　　　　编号：0004

材料名称	规格型号	计量单位	请领数量	实发数量	总成本	
					单位成本	金额
封边条		盘	240			
合　计			240			

用途	生产B产品	领料部门		发料部门	
		负责人	领料人	核准人	发料人
		徐蓉	刘琳	王英	刘霞

此联交成本组

附表15-1

领 料 单

领用单位：三车间　　　　　　　　2010年12月03日　　　　　　　　编号：0005

材料名称	规格型号	计量单位	请领数量	实发数量	总成本	
					单位成本	金额
A产品配件	01	套	2 000	2 000		
合　计				2 000		

用途	生产A产品	领料部门		发料部门	
		负责人	领料人	核准人	发料人
		高月	王林	王英	刘霞

此联交成本组

附表15-2

领 料 单

领用单位：三车间　　　　　　　　2010年12月03日　　　　　　　　编号：0006

材料名称	规格型号	计量单位	请领数量	实发数量	总成本	
					单位成本	金额
B产品配件	02	套	2 000	2 000		
合　计				2 000		

用途	生产B产品	领料部门		发料部门	
		负责人	领料人	核准人	发料人
		高月	王林	王英	刘霞

此联交成本组

附表16-1

包装物领用单

领用部门：销售部门　　　　　　　2010年12月06日　　　　　　　　编号：001

项目\名称	用途：包装产品					
	请领	实发	计量单位	单位成本	总成本	备注
包装箱	4 500	4 500	个			
合计						

领用部门负责人：王英　　　　　保管：刘霞　　　　　领用人：余静

第二联 交财务科

附表17-1

产成品入库单（记账凭单）

交库单位：组装车间　　　　　　2010 年 12 月 08 日　　　　　　编号：001

产品名称	规格型号	单位	交付数量	检查结果		实收数量	金额
				合格	不合格		
A 产品		张	2 000	2 000		2 000	
B 产品		个	2 000	2 000		2 000	
合 计			4 000	4 000		4 000	

车间负责人：高月　　　　检验：李玲　　　　仓库：谢宏　　　　交库：杨东

② 转财务科

附表18-1

付 款 报 告 书

部门：采购部门　　　　　　2010 年 12 月 08 日　　　　　　编号：004

开支内容	金　额	结算方式
支付非专利技术款	50 000.00	电汇
合计：（大写）伍万元整		

会计主管：　　　单位负责人：孙鸿　王英　　　出纳：　　　经办人：李蓉

附单据　张

附表18-2

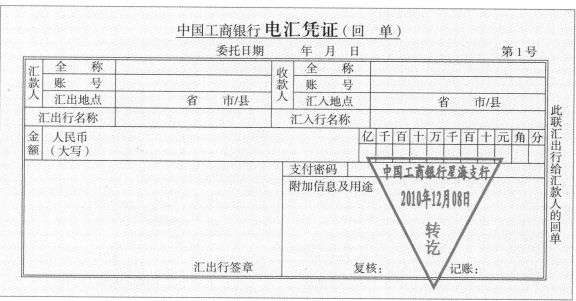

中国工商银行 **电汇凭证**（回 单）

委托日期　　年　月　日　　　　　　第 1 号

汇款人	全　称		收款人	全　称	
	账　号			账　号	
	汇出地点	省　市/县		汇入地点	省　市/县
汇出行名称			汇入行名称		

金额　人民币（大写）　　　　　　亿 千 百 十 万 千 百 十 元 角 分

支付密码

附加信息及用途

中国工商银行星海支行
2010年12月08日
转讫

此联汇出行给汇款人的回单

汇出行签章　　　　　复核：　　　　记账：

中 国 工 商 银 行
INDUSTRIA AND COMMERCIAL BANK OF CHINA

收费凭条

2010年12月08日

付款人名称	星辉家具有限责任公司			付款人账号	工商银行星海市支行营业部 500600230053124								
服务项目 （凭证种类）	数量	工本费		手续费	小 计								上述款项 请从我账户中 支付
					百	十	万	千	百	十	元	角	分
手续费									5	0	0	0	
币种（大写）伍拾元整							¥	5	0	0	0	0	预留印鉴：

记账联附件

中国工商银行星海支行
2010年12月08日
转讫

以下在购买凭证时填写

领购人姓名		领购人证件类型	
		领购人证件号码	

事后监督：   记账：

交通运输业、建筑业、销售不动产和转让无形资产专用发票
SPECIAL INVOICE FOR TRAFFIC TRANSPORTATION INDUSTRY,CONSTRUCTION INDUSTRY,REALTY SELLING AND INCORPOREAL ASSET TRANSFERRING

发 票 联
INVOICE

发票代码　200104136270
INVOICE CODE

发票号码　01278187
INVOICE NO.

税务登记号：4201070030901000011
TAX REGISTRY NO.

收款单位：崇海设计有限公司
PAYEE

付款单位（个人）：星辉家具有限责任公司
PAYER

项 目 ITEM	单 价 UNIT PRICE	数 量 QUANTITY	金 额 AMOUNT CHARGED
非专利技术	50 000.00	1.00	50 000.00

小写合计 ¥50 000.00
TOTAL IN FIGURES

大写合计 伍万元整
TOTAL IN CAPITAL

机打号码：01278187
PRINTING NO.

机器编号：010003137300
DEVICE NO.

税控码：8036 1275 3240 8264 8642
ANTI-FORGERY CODE

收款员：张扬
RECEIVER

开票日期：2010-12-08
DATEISSUED

收款单位（盖章有效）
PAYEE(SEAL)

崇海设计有限公司
税号:2100002733244111
发票专用章

税控机打发票手开无效
PRINTED BY RECEIVER
HAND-WRITING INVALID

SECOND INVOICE
二 发票联

星海增值税专用发票　NO　345285

此联不作报销、扣税凭证使用

开票日期：

购货单位	名　　称：					密码区		略		
	纳税人识别号：									
	地　址、电　话：									
	开户行及账号：									

货物或应税劳务名称	规格型号	单位	数量	单价	金　　额	税率	税　　额
合　　计							

价税合计（大写）		（小写）

销货单位	名　　称：					备注	
	纳税人识别号：						
	地　址、电　话：						
	开户行及账号：						

收款人：　　　　复核：　　　　开票人：　　　　销货单位：（盖章）

第一联　记账联　销货方记账凭证

付款期限 壹个月	中国工商银行 银行汇票（解讫通知）	3	地名 B B 0 1 75006713

出票日期（大写）	贰零壹零年 壹拾贰月零玖日	代理付款行：工行星海支行　行号：3464235878340

收款人：星辉家具有限责任公司	账号：500600230053124

出票金额　人民币（大写）　叁拾陆万贰仟柒佰元整

实际结算金额	人民币（大写） 叁拾陆万贰仟柒佰元整	千 百 十 万 千 百 十 元 角 分
		￥ 3 6 2 7 0 0 0 0

申请人：翔辉有限责任公司	账号：822680785332650

出票行：工行星海支行　行号：23568

备注：＿＿＿＿＿＿

密押：

代理付款行签章	强林印维	多余金额 千 百 十 万 千 百 十 元 角 分	
复核　　经办	汇票专用章 2346		复核　　记账

由出票行作多余款贷方凭证 此联代理付款行兑付后随报单寄出票行

附表19-3

中国工商银行 进 账 单（收账通知） 3

年 月 日

出票人	全　称		收款人	全　称	
	账　号			账　号	
	开户银行			开户银行	

金额	人民币（大写）				亿	千	百	十	万	千	百	十	元	角	分

票据种类		票据张数	
票据号码			

复核　　　　　记账

收款人开户银行签章

中国工商银行星海支行
2010年12月09日
转讫

此联是收款人开户银行交给收款人的收账通知

附表19-4

产成品出库单（记账凭单）

购货单位：翔辉有限责任公司　　　　2010年12月09日　　　　编号：002

产品名称	规格型号	计量单位	出库数量	备　注
A 产品		张	1 000	单价310元/张

仓储部门主管：王英　　　　　　保管：谢宏　　　　　　经手人：余静

附表20-1

星海增值税专用发票　　NO　345286

此联不作报销、扣税凭证使用

开票日期：

购货单位	名　　称： 纳税人识别号： 地 址、电 话： 开户行及账号：				密码区	略

货物或应税劳务名称	规格型号	单位	数量	单价	金　额	税率	税　额
合　计							
价税合计（大写）					（小写）		

销货单位	名　　称： 纳税人识别号： 地 址、电 话： 开户行及账号：				备注	

收款人：　　　　　复核：　　　　　开票人：　　　　　销货单位：（盖章）

第一联　记账联　销货方记账凭证

附表20-2（此单据给购货方，不做原始凭证）

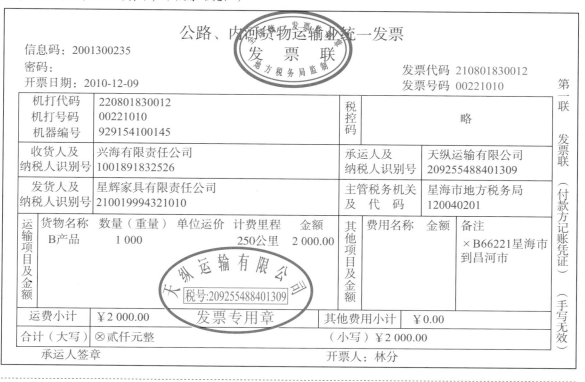

公路、内河货物运输业统一发票

发 票 联

信息码：2001300235		发票代码 210801830012
密码：		发票号码 00221010
开票日期：2010-12-09		

第一联 发票联 （付款方记账凭证）（手写无效）

机打代码	220801830012	税控码	略
机打号码	00221010		
机器编号	929154100145		

| 收货人及纳税人识别号 | 兴海有限责任公司 1001891832526 | 承运人及纳税人识别号 | 天纵运输有限公司 209255488401309 |
| 发货人及纳税人识别号 | 星辉家具有限责任公司 210019994321010 | 主管税务机关及代码 | 星海市地方税务局 120040201 |

| 运输项目及金额 | 货物名称 B产品 | 数量（重量） 1 000 | 单位运价 | 计费里程 250公里 | 金额 2 000.00 | 其他项目及金额 | 费用名称 | 金额 | 备注 ×B66221星海市到昌河市 |

税号:209255488401309
发票专用章

| 运费小计 | ￥2 000.00 | 其他费用小计 | ￥0.00 |
| 合计（大写） | ⊗贰仟元整 | （小写）￥2 000.00 | |

承运人签章　　　　　　　　　　　　　　开票人：林分

附表20-3

运费垫支凭证
年　月　日

收货单位	运单号	货物名称	发运数量	运费	保险费	其他	金额合计	经手人
合　计								

附表20-4

付 款 报 告 书

部门：销售部门　　　　　　　2010年12月09日　　　　　　　编号：005

开支内容	金　额	结算方式	
支付代垫运杂费	2 000.00	支票	附单据 张
合计：（大写）贰仟元整			

会计主管：　　　　　单位负责人：孙鸿　王英　　　　出纳：　　　　经办人：余静

附表20-5

中国工商银行
转账支票存根
10201140
81000605

附加信息 _____

_____

出票日期　　年　月　日

收款人：

金　额：

用　途：

单位主管　　　会计

中国工商银行　　转账支票　　**10201140**
81000605

出票日期（大写）　　年　月　日　　付款行名称：

收款人：　　　　　　　　　　　　出票人账号：

人民币（大写）		亿	千	百	十	万	千	百	十	元	角	分

付款期限自出票之日起十天

用途 _____

上列款项请从
我账户内支付

出票人签章

密码 1856210543265842

行号 3464235878340

复核　　　　　记账

附表20-6

托收凭证（受理回单）　　　　1

委托日期　　2010年12月09日

业务类型		委托收款　☑邮划　　□电划			托收承付　□邮划　　□电划			
付款人	全　称	兴海有限责任公司			收款人	全　称	星辉家具有限责任公司	
	账　号	835858423578912				账　号	500600230053124	
	地　址	星海省昌河市	开户行	工行昌河支行		地　址	星海省星海市	开户行	工商银行星海市支行营业部

金额	人民币（大写）	亿	千	百	十	万	千	百	十	元	角	分

款项内容	货款	托收凭据名称		附寄单证张数	
商品发运情况		货已发出		合同名称号码	AR3526
备注：		款项收妥日期			
		年　月　日	收款人开户银行签章　　年　月　日		

此联为收款人开户银行给收款人的受理回单

附表20-7

产成品出库单（记账凭单）

购货单位：兴海有限责任公司　　　　2010年12月09日　　　　　　编号：003

产品名称	规格型号	计量单位	出库数量	备　注
B产品		个	1 000	单价650元/个

仓储部门主管：**王英**　　　　　保管：**谢宏**　　　　　经手人：**余静**

附表21-1

付 款 报 告 书

部门：采购部门　　　　　　2010 年 12 月 09 日　　　　　　编号：006

开支内容	金　额	结算方式	
支付 X 成型板货款	182 520.00	转账支票	附单据　张
合计：（大写）壹拾捌万贰仟伍佰贰拾元整			

会计主管：　　　　单位负责人：孙鸿　王英　　　　出纳：　　　　经办人：李蓉

附表21-2

星海增值税专用发票　　NO 284452

抵扣联

开票日期：2010 年 12 月 09 日

购货单位	名　称：星辉家具有限责任公司 纳税人识别号：210019994321010 地 址、电话：星海市东山路 188 号 082-87765632 开户行及账号：工商银行星海市支行营业部 500600230053124	密码区	略

货物或应税劳务名称	规格型号	单位	数量	单价	金　额	税率	税　额
X 成型板	45MM	张	1 000	156	156 000.00	17%	26 520.00
合　计					￥156 000.00		￥26 520.00

价税合计（大写）　⊗壹拾捌万贰仟伍佰贰拾元整　　　（小写）￥182 520.00

销货单位	名　称：光明家具厂 纳税人识别号：252480163927991 地 址、电话：普贡市东大街68号579-4859476 开户行及账号：光大银行普贡市支行43589243567843	备注	明家具 税号：252480163927991 发票专用章

收款人：张峡　　复核：刘晓　　开票人：王东　　销货单位：（盖章）

第二联　抵扣联　购货方扣税凭证

附表21-3

星海增值税专用发票　　NO　284452

发票联

开票日期：2010年12月09日

购货单位	名　　称：星辉家具有限责任公司 纳税人识别号：210019994321010 地址、电话：星海市东山路188号 082-87765632 开户行及账号：工商银行星海市支行营业部 500600230053124						密码区			略	
货物或应税劳务名称	规格型号	单位	数量	单价	金　额		税率	税　额			
X成型板	45MM	张	1 000	156	156 000.00		17%	26 520.00			
合　　计					￥156 000.00			￥26 520.00			
价税合计（大写）	⊗壹拾捌万贰仟伍佰贰拾元整					（小写）￥182 520.00					
销货单位	名　　称：光明家具厂 纳税人识别号：252480163927991 地址、电话：普贡市东大街68号 579-4859476 开户行及账号：光大银行普贡市支行43589243567843						备注	税号:252480163927991 发票专用章			

收款人：张峡　　　复核：刘晓　　　开票人：王东　　　销货单位：（盖章）

第三联　发票联　购货方记账凭证

附表21-4

中国工商银行 转账支票存根 **10201140** 81000606 附加信息 _____ 出票日期　年 月 日	中国工商银行　　　转账支票　　　**10201140** 　　　　　　　　　　　　　　　　　　　　81000606

出票日期（大写）　　年 月 日　　付款行名称：
收款人：　　　　　　　　　　　　　出票人账号：

出票日期　年 月 日	付款期限自出票之日起十天	人民币（大写）							亿	千	百	十	万	千	百	十	元	角	分
收款人：		用途_____							密码 10594216312588101										
金　额：		上列款项请从我账户内支付							行号 3464235878340										
用　途：		出票人签章							复核　　　　　记账										
单位主管　　会计																			

星海增值税专用发票

NO 345287

此联不作报销、扣税凭证使用

开票日期：

购货单位	名　称：						密码区		略			
	纳税人识别号：											
	地　址、电话：											
	开户行及账号：											
货物或应税劳务名称		规格型号	单位	数量	单价		金　额		税率	税　额		
合　计												
价税合计（大写）							（小写）					
销货单位	名　称：						备注					
	纳税人识别号：											
	地　址、电话：											
	开户行及账号：											

收款人：　　　　　复核：　　　　　开票人：　　　　　销货单位：（盖章）

第一联　记账联　销货方记账凭证

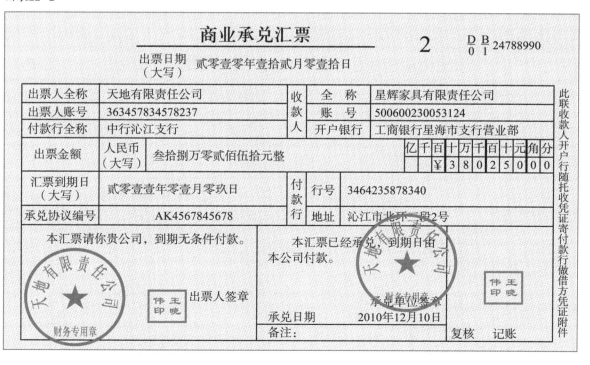

商业承兑汇票

2　D B 0 1 24788990

出票日期（大写）　贰零壹零年壹拾贰月零壹拾日

出票人全称	天地有限责任公司	收款人	全　称	星辉家具有限责任公司	
出票人账号	363457834578237		账　号	500600230053124	
付款行全称	中行沁江支行		开户银行	工商银行星海市支行营业部	
出票金额	人民币（大写）　叁拾捌万零贰佰伍拾元整			亿千百十万千百十元角分　￥3 8 0 2 5 0 0 0	
汇票到期日（大写）	贰零壹壹年零壹月零玖日	付款行	行号	3464235878340	
承兑协议编号	AK4567845678		地址	沁江市北环二段2号	

本汇票请你贵公司，到期无条件付款。

出票人签章

本汇票已经承兑，到期日由本公司付款。

承兑单位签章

承兑日期　2010年12月10日

备注：　　　　　　　　　复核　记账

此联收款人开户行随托收凭证寄付款行做借方凭证附件

附表22-3

产成品出库单 （记账凭单）

购货单位：天地有限责任公司　　　　2010年12月10日　　　　　　　　编号：004

产品名称	规格型号	计量单位	出库数量	备 注
B 产品		个	500	单价650元/个

仓储部门主管：王英　　　　　　保管：谢宏　　　　　　经手人：余静

附表23-1

托收凭证 （汇款依据或收款通知）　　　4

委托日期　2010年12月09日　　　　付款期限　2010年12月10日

业务类型	委托收款	☑邮划	□电划		托收承付	□邮划		□电划

付款人	全 称	兴海有限责任公司			收款人	全 称	星辉家具有限责任公司	
	账 号	835858423578912				账 号	500600230053124	
	地 址	星海省昌河市	开户行	工行昌河支行		地 址	星海省星海市	开户行 工商银行星海市支行营业部

金额	人民币（大写）柒拾陆万贰仟伍佰元整	亿 千 百 十 万 千 百 十 元 角 分
		¥ 7 6 2 5 0 0 0

款项内容	货款	托收凭据名称	发票	附寄单证张数	2
商品发运情况	货已发出		合同名称号码	AR3526	
备注：		上列款项已收入收款方账户			
复核：　　记账：		收款人开户银行签章　　年 月 日			

此联付款人开户行凭以汇款或收款人开户银行作收账通知

中国工商银行星海支行
2010年12月10日
转讫

附表24-1

付 款 报 告 书

部门：采购部门　　　　　2010年12月11日　　　　　　　编号：007

开支内容	金 额	结算方式	
支付A产品配件和B产品配件货款	210 600.00	电汇	附单据 张
合计：（大写）贰拾壹万零陆佰元整			

会计主管：　　　　单位负责人：孙鸿　王英　　　　出纳：　　　　经办人：李蓉

星海增值税专用发票　　NO 269353

抵扣联

开票日期：2010年12月11日

购货单位	名　　　　称：星辉家具有限责任公司 纳税人识别号：210019994321010 地址、电话：星海市东山路188号 082-87765632 开户行及账号：工商银行星海市支行营业部 500600230053124					密码区	略		
货物或应税劳务名称	规格型号	单位	数量	单价	金　额		税率	税　额	
A产品配件	01	套	2 000	50	100 000.00		17%	17 000.00	
B产品配件	02	套	2 000	40	80 000.00		17%	13 600.00	
合　计					￥180 000.00			￥30 600.00	
价税合计（大写）　⊗贰拾壹万零陆佰元整						（小写）　￥210 600.00			
销货单位	名　　　　称：大通人和家具厂 纳税人识别号：372810163928291 地址、电话：汉络市北街24号283-2738494 开户行及账号：建行汉络市支行3277384844859					备注	税号:372810163928291		

收款人：田杉　　　　复核：王辉　　　　开票人：李红　　　　销货单位：（盖章）

（第二联 抵扣联 购货方扣税凭证）

星海增值税专用发票　　NO 269353

发票联

开票日期：2010年12月11日

购货单位	名　　　　称：星辉家具有限责任公司 纳税人识别号：210019994321010 地址、电话：星海市东山路188号 082-87765632 开户行及账号：工商银行星海市支行营业部 500600230053124					密码区	略		
货物或应税劳务名称	规格型号	单位	数量	单价	金　额		税率	税　额	
A产品配件	01	套	2 000	50	100 000.00		17%	17 000.00	
B产品配件	02	套	2 000	40	80 000.00		17%	13 600.00	
合　计					￥180 000.00			￥30 600.00	
价税合计（大写）　⊗贰拾壹万零陆佰元整						（小写）　￥210 600.00			
销货单位	名　　　　称：大通人和家具厂 纳税人识别号：372810163928291 地址、电话：汉络市北街24号283-2738494 开户行及账号：建行汉络市支行3277384844859					备注	税号:372810163928291		

收款人：田杉　　　　复核：王辉　　　　开票人：李红　　　　销货单位：（盖章）

（第三联 发票联 购货方记账凭证）

附表24-4

材料入库单 （记账凭单）

| 供货单位：大通人和家具厂 | 2010年12月11日 | 材料类别：原材料 编号：005 |
| 发票号码：269353 | | 材料编号： 仓库：材料库 |

材料名称	计量单位	规格型号	数 量		实 际 成 本				
			应收	实收	单价	金额	运杂费	其他	合计
A产品配件	套		2 000	2 000					
B产品配件	套		2 000	2 000					
备注：					合计				

采购：李蓉　　检验：李玲　　保管：刘霞　　主管：王英　　财务：

②财务

附表24-5

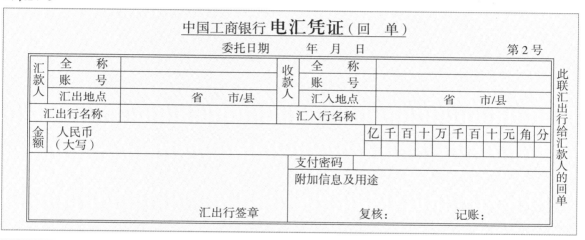

附表24-6

中国工商银行　　　　　　　收费凭条
INDUSTRIA AND COMMERCIAL BANK OF CHINA

2010年12月11日

付款人名称	星辉家具有限责任公司	付款人账号	工商银行星海市支行营业部 500600230053124										
服务项目 （凭证种类）	数量	工本费	手续费	小 计									上述款项请从我账户中支付
				百	十	万	千	百	十	元	角	分	
手续费								2	0	0	0	0	
													预留印鉴：
币种（大写）贰佰元整							￥2 0 0 0 0						
以下在购买凭证时填写													
领购人姓名			领购人证件类型											
			领购人证件号码											

记账联附件

中国工商银行星海支行 2010年12月11日 转讫

事后监督：　　　　　　　　　　　　　　记账：

材料入库单（记账凭单）

供货单位：光明家具厂　　　2010年12月11日　　　材料类别：原材料　　编号：006
发票号码：284452　　　　　　　　　　　　　　　　材料编号：　　　仓库：材料库

材料名称	计量单位	规格型号	数量		实际成本					
			应收	实收	单价	金额	运杂费	其他	合计	②财务
X成型板	张		1 000	998						
备注：2张质量不合格 退货					合计					

采购：李蓉　　　检验：李玲　　　保管：刘霞　　　主管：王英　　　财务：

付 款 报 告 书

部门：采购部门　　　　2010年12月11日　　　　编号：008

开支内容	金　额	结算方式	
预付光明家具厂货款	328 536.00	转账支票	附单据 张
合计：（大写）叁拾贰万捌仟伍佰叁拾陆元整			

会计主管：　　　　单位负责人：孙鸿　王英　　　　出纳：　　　　经办人：李蓉

收 据

2010年12月11日　　　　第 002 号

今收到 星辉家具有限责任公司

交　来 预付货款

人民币合计（大写）叁拾贰万捌仟伍佰叁拾陆元整　　　¥ 328 536.00

第三联 收据

单位印章　　　　会计主管　　　　收款人 秦平　　　经手人 李蓉

中国工商银行
转账支票存根
10201140
81000607

附加信息 _____
_____

出票日期	年 月 日
收款人：	
金　额：	
用　途：	

单位主管　　　会计

付款期限自出票之日起十天

中国工商银行　　转账支票

10201140
81000607

出票日期（大写）　　　年　月　日　　付款行名称：

收款人：　　　　　　　　　　　　　　出票人账号：

人民币（大写）		亿	千	百	十	万	千	百	十	元	角	分

用途 _____　　　　　　　密码 _____

上列款项请从　　　　　　　　　　行号 3464235878340
我账户内支付

出票人签章　　　　　　　　　复核　　　　记账

中国工商银行　银行汇票申请书（存　根）　1　第35768号

申请日期 2010年12月11日

申请人	星辉家具有限责任公司	收款人	红光家具厂											
账号或住址	星海市东山路188号	账号或住址	536249578243678											
用途	购料	代理付款行	农业银行金泰支行											
汇票金额	叁拾贰万元整			千	百	十	万	千	百	拾	元	角	分	
				¥	3	2	0	0	0	0	0	0	
备注		科目：　　　对方科目　　　财务主管	复核　　　经办											

（印章：中国工商银行星海支行　2010年12月11日　转讫）

付款报告书

部门：采购部门　　　　　　2010年12月11日　　　　　　　编号：009

开支内容	金　额	结算方式	附单据张
支付X成型板货款	310 284.00	银行汇票、转账支票	
合计：（大写）叁拾壹万零贰佰捌拾肆元整			

会计主管：　　　　单位负责人：孙鸿　王英　　　　出纳：　　　　经办人：李蓉

星海增值税专用发票　　NO　2842738

抵扣联

开票日期：2010年12月11日

| 购货单位 | 名　称：星辉家具有限责任公司
纳税人识别号：210019994321010
地址、电话：星海市东山路188号 082-87765632
开户行及账号：工商银行星海市支行营业部 500600230053124 | | | | 密码区 | | 略 | |

货物或应税劳务名称	规格型号	单位	数量	单价	金　额	税率	税　额
X成型板	45MM	张	1 700	156	265 200.00	17%	45 084.00
合　计					￥265 200.00		￥45 084.00

| 价税合计（大写） | ⊗叁拾壹万零贰佰捌拾肆元整 | （小写）￥310 284.00 |

| 销货单位 | 名　称：红光家具厂
纳税人识别号：684938729374932
地址、电话：星海省金泰市天乐大道3号323-53455236
开户行及账号：农行金泰支行536249578243678 | | 备注 | 税号:684938729374932
发票专用章 |

收款人：胡明　　复核：邹翔　　开票人：张杉　　销货单位：（盖章）

第二联　抵扣联　购货方扣税凭证

星海增值税专用发票　　NO　2842738

发票联

开票日期：2010年12月11日

| 购货单位 | 名　称：星辉家具有限责任公司
纳税人识别号：210019994321010
地址、电话：星海市东山路188号 082-87765632
开户行及账号：工商银行星海市支行营业部 500600230053124 | | | | 密码区 | | 略 | |

货物或应税劳务名称	规格型号	单位	数量	单价	金　额	税率	税　额
X成型板	45MM	张	1 700	156	265 200.00	17%	45 084.00
合　计					￥265 200.00		￥45 084.00

| 价税合计（大写） | ⊗叁拾壹万零贰佰捌拾肆元整 | （小写）￥310 284.00 |

| 销货单位 | 名　称：红光家具厂
纳税人识别号：684938729374932
地址、电话：星海省金泰市天乐大道3号323-53455236
开户行及账号：农行金泰支行536249578243678 | | 备注 | 税号:684938729374932
发票专用章 |

收款人：胡明　　复核：邹翔　　开票人：张杉　　销货单位：（盖章）

第三联　发票联　购货方记账凭证

附表28-4

公路、内河货物运输业统一发票

发 票 联

地方税务局监制

信息码：2030023105
密码：
开票日期：2010-12-11

发票代码 210818300120
发票号码 00390110

机打代码	280208300112	税控码	略
机打号码	00221018		
机器编号	929014515410		

| 收货人及纳税人识别号 | 星辉家具有限责任公司 210019994321010 | 承运人及纳税人识别号 | 好运来运输有限公司 210255134808409 |
| 发货人及纳税人识别号 | 红光家具厂 684938729374932 | 主管税务机关及代码 | 星海市地方税务局 120040201 |

| 运输项目及及金额 | 货物名称 | 数量（重量） | 单位运价 | 计费里程 | 金额 | 其他项目及金额 | 费用名称 | 金额 | 备注 |
| | X成型板 | 1 700 | | 150公里 | 1 200.00 | | 搬运装卸费 | 800.00 | ×B07219金泰市到星海市 |

好运来运输有限公司
税号:210255134808409
发票专用章

| 运费小计 | ￥1 200.00 | 其他费用小计 | ￥800.00 |
| 合计（大写） | ⊗贰仟元整 | （小写）￥2 000.00 | |

承运人签章 　　　　　　　　　开票人：张鑫

附表28-5

材料入库单（记账凭单）

供货单位：红光家具厂　　　　2010年12月11日　　　　材料类别：原材料　　编号：007
发票号码：2842738　　　　　　　　　　　　　　　　材料编号：　　　仓库：材料库

材料名称	计量单位	规格型号	数量		实际成本				
			应收	实收	单价	金额	运杂费	其他	合计
X成型板	张		1 700	1 700					
备注：				合计					

②财务

采购：李蓉　　检验：李玲　　保管：刘霞　　主管：王英　　财务：

附表28-6

付款期限 壹个月	中国工商银行 银 行 汇 票 （解讫 通知）		**3**	地 B B 25006746 名 0 1

出票日期 贰零壹零年拾贰月壹拾壹日　　　　代理付款行：工商银行南海市支行　　行号：27653
（大写）

收款人：红光家具厂　　　　　　账号：536249578243678

出票金额 人民币（大写）叁拾贰万元整

实际结算金额 人民币（大写）叁拾壹万零贰佰捌拾肆元整

		千 百 十 万 千 百 十 元 角 分
		￥ 3 1 0 2 8 4 0 0

申请人：星辉家具有限责任公司　　　　账号：500600230053124
出票行：工商银行星海市支行营业部　行号：344235878340
备注：＿＿＿＿

密押：

多 余 金 额
千 百 十 万 千 百 十 元 角 分

代理付款行签章

复核　　　经办　　　　　　　　　　　　　　复核　　记账

此联代理付款行兑付后随报单寄出票行
由出票行作多余款贷方凭证

（印章）中国工商银行星海支行 2010年12月12日 转讫

附表29-1

开具红字增值税专用发票通知单

填开日期：2010 年 12 月 12 日　　　　NO.50000022

销售方	名　　称	光明家具厂	购买方	名　　称	星辉家具有限责任公司		
	税务登记代码	252480163927991		税务登记代码	210019994321010		

开具红字 专用发票 内容	货物（劳务） 名称	数量	单价	金额	税率	税额
	X 成型板	−2	156	−312.00	17%	−53.04
	合计			￥−312.00		￥−53.04

说明	需要作进项税额转出☑ 不需要作进项税额转出☐ 纳税人识别号认证不符☐ 专用发票代码、号码认证不符☐ 　　对应蓝字专用发票密码区内打印的代码：<u>2102204320</u> 　　　　　　　　　　　　　　　号码：<u>284452</u> 开具红字专用发票理由：**与合同规定质量不符销货退回。**

经办人：　　　　负责人：　　　　主管税务机关名称（印章）：＿＿＿＿＿＿

注：1. 本通知单一式三联：第一联，申请方主管税务机关留存；第二联，申请方送交对方留存；第三联，申请方留存。

　　2. 通知单应与申请单一一对应。

星海增值税专用发票　　NO　2846395

抵扣联

开票日期：2010年12月12日

购货单位	名　　称：星辉家具有限责任公司 纳税人识别号：210019994321010 地址、电话：星海市东山路 188 号 082-87765632 开户行及账号：工商银行星海市支行营业部 500600230053124					密码区	略		
货物或应税劳务名称	规格型号	单位	数量	单价	金　额		税率	税　额	
X成型板	45MM	张	-2	156	-312.00		17%	-53.04	
合　　计					¥-312.00			¥-53.04	
价税合计（大写）	⊗ 负叁佰陆拾伍元零肆分					（小写）¥-365.04			
销货单位	名　　称：光明家具厂 纳税人识别号：252480163927991 地址、电话：普贡市东大街68号579-4859476 开户行及账号：光大银行普贡市支行43589243567843					备注	税号:252480163927991 发票专用章		

收款人：张峡　　　　复核：刘晓　　　　开票人：王东　　　　销货单位：（盖章）

第二联　抵扣联　购货方扣税凭证

星海增值税专用发票　　NO　2846395

发票联

开票日期：2010年12月12日

购货单位	名　　称：星辉家具有限责任公司 纳税人识别号：210019994321010 地址、电话：星海市东山路 188 号 082-87765632 开户行及账号：工商银行星海市支行营业部 500600230053124					密码区	略		
货物或应税劳务名称	规格型号	单位	数量	单价	金　额		税率	税　额	
X成型板	45MM	张	-2	156	-312.00		17%	-53.04	
合　　计					¥-312.00			¥-53.04	
价税合计（大写）	⊗ 负叁佰陆拾伍元零肆分					（小写）¥-365.04			
销货单位	名　　称：光明家具厂 纳税人识别号：252480163927991 地址、电话：普贡市东大街68号579-4859476 开户行及账号：光大银行普贡市支行43589243567843					备注	税号:252480163927991 发票专用章		

收款人：张峡　　　　复核：刘晓　　　　开票人：王东　　　　销货单位：（盖章）

第三联　发票联　购货方记账凭证

附表30-1

付 款 报 告 书

部门：采购部门　　　　　　　　2010年12月13日　　　　　　　　编号：010

开支内容	金 额	结算方式	
支付X成型板货款	766 584.00	银行承兑汇票	附单据3张
合计：（大写）柒拾陆万陆仟伍佰捌拾肆元整			

会计主管：　　　　单位负责人：孙鸿　王英　　　　出纳：　　　　经办人：李蓉

附表30-2

星海增值税专用发票　　　NO　284459

抵扣联

开票日期：2010年12月13日

购货单位	名　　称：星辉家具有限责任公司 纳税人识别号：210019994321010 地址、电话：星海市东山路188号 082-87765632 开户行及账号：工商银行星海市支行营业部 500600230053124	密码区	略

货物或应税劳务名称	规格型号	单位	数量	单价	金 额	税率	税 额
X成型板	45MM	张	6 000	156	936 000.00	17%	159 120.00
合　　计					￥936 000.00		￥159 120.00

价税合计（大写）　⊗壹佰零玖万伍仟壹佰贰拾元整　　　（小写）￥1 095 120.00

销货单位	名　　称：光明家具厂 纳税人识别号：252480163927991 地址、电话：普贡市东大街68号 579-4859476 开户行及账号：光大银行普贡市支行43589243567843	备注	明家具 税号：252480163927991 发票专用章

收款人：张峡　　　复核：刘晓　　　开票人：王东　　　销货单位：（盖章）

星海增值税专用发票　　NO　284459

发票联

开票日期：2010年12月13日

购货单位	名　　　　称：星辉家具有限责任公司 纳税人识别号：210019994321010 地　址、电话：星海市东山路188号 082-87765632 开户行及账号：工商银行星海市支行营业部 500600230053124						密码区	略		
货物或应税劳务名称	规格型号	单位	数量	单价	金额		税率	税额		
X成型板	45MM	张	6 000	156	936 000.00		17%	159 120.00		
合　计					￥936 000.00			￥159 120.00		
价税合计（大写）	⊗壹佰零玖万伍仟壹佰贰拾元整						（小写）￥1 095 120.00			
销货单位	名　　　　称：光明家具厂 纳税人识别号：252480163927991 地　址、电话：普贡市东大街68号579-4859476 开户行及账号：光大银行普贡市支行43589243567843						备注	税号：252480163927991		

收款人：张峡　　　　复核：刘晓　　　　开票人：王东　　　　销货单位：（盖章）

第三联　发票联　购货方记账凭证

材料入库单（记账凭单）

供货单位：光明家具厂　　　　2010年12月13日　　　　材料类别：原材料　　编号：008
发票号码：284459　　　　　　　　　　　　　　　　材料编号：　　　仓库：材料库

材料名称	计量单位	规格型号	数量		实际成本				
			应收	实收	单价	金额	运杂费	其他	合计
X成型板	张		6 000	6 000					
备注：				合计					

采购：李蓉　　检验：李玲　　保管：刘霞　　主管：王英　　财务：

②财务

附表30-5

银行承兑协议

编号：98765

银行承兑汇票的内容：

收款人全称　光明家具厂	付款人全称　星辉家具有限责任公司
开户银行　光大银行普贡市支行	开户银行　工商银行星海市支行营业部
账　　号　43589243567843	账　　号　500600230053124
汇票号码　33677380	汇票金额（大写）柒拾陆万陆仟伍佰捌拾肆元整
签发日期　2010 年 12 月 13 日	到期日期　2011 年 1 月 13 日

以上汇票经承兑银行承兑，承兑申请人（下称申请人）愿遵守《银行结算办法》的规定以及下列条款：

一、申请人于汇票到期日前将应付票款足额交存承兑银行。

二、承兑手续费按票面金额千分之（一）计划，在银行承兑时一次付清。

三、承兑汇票如发生任何交易纠纷，均由收付双方自行处理，票款于到期前仍按第一条办理。

四、承兑汇票到期日，承兑银行凭票无条件支付票款。如到期日之前申请人不能足额交付票款时，承兑银行对不足支付票款转作承兑申请逾期贷款，并按照有关规定计收罚息。

五、承兑汇票款付清后，本协议自动失效。本协议第一、二联分别由承兑银行信贷部门和承兑申请人存执，协议副本由承兑银行会计部门存查。

承兑申请人＿＿＿＿＿（盖章）　　　　　　承兑银行＿＿＿＿＿（盖章）

订立承兑协议日期　2010年12月13日

附表30-6

中 国 工 商 银 行
INDUSTRIA AND COMMERCIAL BANK OF CHINA

收费凭条

2010年12月13日

付款人名称	星辉家具有限责任公司	付款人账号	工商银行星海市支行营业部 500600230053124							

服务项目（凭证种类）	数量	工本费	手续费	小　计							上述款项请从我账户中支付
				百	十	万	千	百	十	元	角	分	
手续费								￥1	8	2	5	2	

预留印鉴：

币种（大写）壹佰捌拾贰元伍角贰分		￥1	8	2	5	2	中国工商银行星海支行 2010年12月13日 转讫

记账联附件

以下在购买凭证时填写

领购人姓名		领购人证件类型	
		领购人证件号码	

事后监督：　　　　　　　　　　　　　　　记账：

附表30-7

银行承兑汇票 （存根）

3 B B O J

出票日期（大写）					年　　月　　日			

出票人全称		收款人	全　称	
出票人账号			账　号	
付款行全称			开户银行	

出票金额	人民币（大写）		亿 千 百 十 万 千 百 十 元 角 分

汇票到期日（大写）		付款行	行号	
承兑协议编号			地址	

本汇票请你行承兑，到期无条件付款。 出票人签章	本汇票已经承兑，到期日由本行付款。 承兑行签章 承兑日期　　年　月　日 备注：	复核　　记账

此联收款人开户行随托收凭证寄付款行做借方凭证附件

附表30-8

费 用 报 销 单

部门：财务部　　　　　　　　　　年　月　日　　　　　　　　编号：0003

开支内容	金　　额	结算方式	
		1. 冲借款＿＿＿＿元	附单据
		2. 转账＿＿＿＿元	
		3. 汇款＿＿＿＿元	张
合计：（大写）		4. 现金付讫＿＿＿＿元	

会计主管：　　　　　单位负责人：　　　　　　　　出纳：　　　　　经办人：

附表31-1

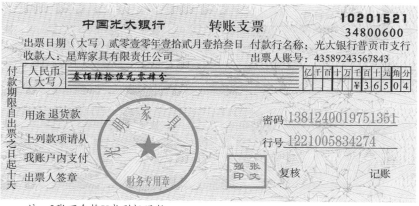

注：2张不合格X成型板退款

附表31-2

<table>
<tr><td rowspan="3"></td><td rowspan="3">附加信息：</td><td>被背书人</td><td>被背书人</td><td rowspan="3">（贴粘单处）</td></tr>
<tr><td></td><td></td></tr>
<tr><td>背书人签章
年 月 日</td><td>背书人签章
年 月 日</td></tr>
</table>

附表31-3

中国工商银行 进 账 单（收账通知） 3

年 月 日

<table>
<tr><td rowspan="3">出票人</td><td>全　称</td><td></td><td rowspan="3">收款人</td><td>全　称</td><td></td><td>亿</td><td>千</td><td>百</td><td>十</td><td>万</td><td>千</td><td>百</td><td>十</td><td>元</td><td>角</td><td>分</td></tr>
<tr><td>账　号</td><td></td><td>账　号</td><td></td><td></td><td></td><td></td><td></td><td></td><td></td><td></td><td></td><td></td><td></td><td></td></tr>
<tr><td>开户银行</td><td></td><td>开户银行</td><td></td><td></td><td></td><td></td><td></td><td></td><td></td><td></td><td></td><td></td><td></td><td></td></tr>
<tr><td>金额</td><td>人民币
（大写）</td><td colspan="4"></td><td></td><td></td><td></td><td></td><td></td><td></td><td></td><td></td><td></td><td></td><td></td></tr>
<tr><td>票据种类</td><td></td><td>票据张数</td><td colspan="14"></td></tr>
<tr><td>票据号码</td><td colspan="2"></td><td colspan="14"></td></tr>
<tr><td>复核：</td><td colspan="2">记账：</td><td colspan="14">收款人开户银行签章</td></tr>
</table>

中国工商银行星海支行
2010年12月13日
转讫

此联是收款人开户银行交给收款人的收账通知

附表32-1

坏账损失确认通知

2010 年 12 月 13 日

　　因德星装饰公司破产，其债务 86 900 元无法偿还，经报总经理批准该单位应收款准允确认为坏账，予以注销。

总经理：孙　鸿　　　　财务副总：周宏宇
2010 年 12 月 13 日　　2010 年 12 月 13 日

付款期限 壹个月	中国工商银行 银行汇票 (多余款 收账通知)	4	地名 B B 0 1 25006746

出票日期 贰零壹零年拾贰月壹拾贰日（大写）　　代理付款行：工商银行南海市支行　行号：27653

收款人：红光家具厂　　账号：536249578243678

出票金额 人民币（大写） 叁拾贰万元整

实际结算金额 人民币（大写） 叁拾壹万零贰佰捌拾肆元整　　千百十万千百十元角分 ￥3 1 0 2 8 4 0 0

申请人：星辉家具有限责任公司　　账号：500600230053124

出票行：工商银行星海市支行营业部　行号：3464235878340

备注：＿＿＿＿＿＿＿＿

密押：

中国工商银行星海支行
2010年12月13日
转讫

出票行签章

多余金额 千百十万千百十元角分 ￥9 7 1 6 0 0

左列退回多余金额已收入你账户内。

此联出票行结清多余款后交申请人

2010年12月13日

领 料 单

领用单位：一车间　　　　2010年12月14日　　　　编号：0007

材料名称	规格型号	计量单位	请领数量	实发数量	总成本	
					单位成本	金额
X成型板		张	2 200	2 200		
合　计			2 200			

用途	生产A产品	领料部门		发料部门	
		负责人	领料人	核准人	发料人
		李林	林燕	王英	刘霞

此联交成本组

领 料 单

领用单位：一车间　　　　2010年12月14日　　　　编号：0008

材料名称	规格型号	计量单位	请领数量	实发数量	总成本	
					单位成本	金额
X成型板		张	5 500	5 500		
合　计			5 500			

用途	生产B产品	领料部门		发料部门	
		负责人	领料人	核准人	发料人
		李林	林燕	王英	刘霞

此联交成本组

附表34-3

领 料 单

领用单位：二车间　　　　　　　2010年12月14日　　　　　　　编号：0009

材料名称	规格型号	计量单位	请领数量	实发数量	总成本	
					单位成本	金额
A产品配件		套	2 200	2 200		
封边条		盘	176	176		
合　计			2 376			

用途	生产A产品	领料部门			发料部门	
		负责人	领料人	核准人		发料人
		徐蓉	刘琳	王英		刘霞

此联交成本组

附表34-4

领 料 单

领用单位：二车间　　　　　　　2010年12月14日　　　　　　　编号：0010

材料名称	规格型号	计量单位	请领数量	实发数量	总成本	
					单位成本	金额
B产品配件		套	2 200	2 200		
封边条		盘	264	264		
合　计			2 464			

用途	生产B产品	领料部门			发料部门	
		负责人	领料人	核准人		发料人
		徐蓉	刘琳	王英		刘霞

此联交成本组

附表35-1

包装物领用单

领用部门：销售部门　　　　　　2010年12月15日　　　　　　　编号：002

项目 / 名称	用途：包装产品					
	请领	实发	计量单位	单位成本	总成本	备注
包装箱	4 800	4 800	个			
合计						

第二联 交财务科

领用部门负责人：王英　　　　保管：刘霞　　　　　　领用人：余静

附表36-1

产成品入库单（记账凭单）

交库单位：组装车间　　　　　　　2010 年 12 月 19 日　　　　　　　编号：002

产品名称	规格型号	单位	交付数量	检查结果		实收数量	金额
				合格	不合格		
A 产品		张	2 200	2 200		2 200	
B 产品		个	2 200	2 200		2 200	
合 计			4 400	4 400		4 400	

车间负责人：高月　　　　　检验：李玲　　　　　仓库：谢宏　　　　　交库：杨东

②转财务科

附表37-1

付 款 报 告 书

部门：办公室　　　　　　　2010 年 12 月 19 日　　　　　　　编号：011

开支内容	金　额	结算方式
希望工程捐款	50 000.00	转账支票
合计：（大写）伍万元整		

会计主管：　　　单位负责人：潘英　周莉　　　出纳：　　　经办人：李蓉

附单据　张

附表37-2

星海市行政事业单位收费发票

发 票

单位或个人名称：星辉家具有限责任公司　　　2010 年 12 月 19 日

发票代码 610000023003
发票号码 25502804

项 目	单位	数量	收费标准	金 额							备注
				万	千	百	十	元	角	分	
捐款				5	0	0	0	0	0	0	
合计（大写）　伍万零仟零佰零拾零元零角零分				5	0	0	0	0	0	0	

收款单位（章）　　　开票人：李军　　　收款人：王霞

②发票联

附表37-3

中国工商银行
转账支票存根
10201140
81000608

附加信息_____

_____

出票日期	年 月 日
收款人:	
金 额:	
用 途:	

单位主管　　会计

中国工商银行　　转账支票　　**10201140**　81000608

出票日期（大写）　　年　月　日　　付款行名称：
收款人：　　　　　　　　　　　　　出票人账号：

付款期限自出票之日起十天

人民币（大写）_____ | 亿 千 百 十 万 千 百 十 元 角 分 |

用途_____

上列款项请从
我账户内支付

出票人签章　　　　　　　　　　　复核　　　　记账

密码2567412556223615

行号3464235878340

注：支票密码 2567 4125 5622 3615

附表38-1

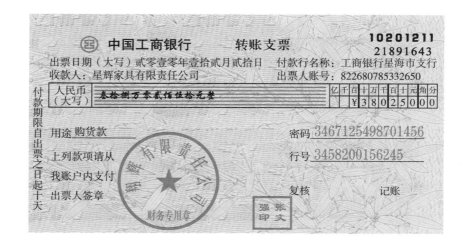

中国工商银行　　转账支票　　**10201211**　21891643

出票日期（大写）贰零壹零年壹拾贰月贰拾日　　付款行名称：工商银行星海市支行
收款人：星辉家具有限责任公司　　　　　　　出票人账号：822680785332650

付款期限自出票之日起十天

人民币（大写）叁拾捌万零贰佰伍拾元整 | 亿 千 百 十 万 千 百 十 元 角 分 |
　　　　　　　　　　　　　　　　　¥ 3 8 0 2 5 0 0 0

用途 购货款_____

上列款项请从
我账户内支付

出票人签章　　　　　　　　　　　复核　　　　记账

密码3467125498701456

行号3458200156245

（财务专用章）
（强文张印）

附表38-2

附加信息：	被背书人	被背书人	（贴粘单处）
	背书人签章 年　月　日	背书人签章 年　月　日	

产成品出库单（记账凭单）

购货单位：翔辉有限责任公司　　　　2010年12月20日　　　　　　　编号：005

产品名称	规格型号	计量单位	出库数量	备　注
B产品		个	500	单价650元/个

仓储部门主管：谢宏　　　　　　　保管：谢宏　　　　　　　经手人：余静

星海增值税专用发票　　NO 345287

此联不作报销、扣税凭证使用

开票日期：

购货单位	名　　　称： 纳税人识别号： 地　址、电　话： 开户行及账号：					密码区	略		
货物或应税劳务名称	规格型号	单位	数量	单价	金　额	税率	税　额		
合　计									
价税合计（大写）						（小写）			
销货单位	名　　　称： 纳税人识别号： 地　址、电　话： 开户行及账号：					备注			

收款人：　　　　复核：　　　　开票人：　　　　销货单位：（盖章）

第一联　记账联　销货方记账凭证

中国工商银行 进 账 单（收账通知）　　3

年 月 日

出票人	全　　称		收款人	全　　称	
	账　　号			账　　号	
	开户银行			开户银行	

金额	人民币（大写）		亿	千	百	十	万	千	百	十	元	角	分

票据种类		票据张数	
票据号码			

中国工商银行星海支行
2010年12月20日
转讫

复核：　　　　记账：

收款人开户银行签章

此联是收款人开户银行交给收款人的收账通知

领 料 单

领用单位：截材车间　　　　2010年12月20日　　　　编号：0011

材料名称	规格型号	计量单位	请领数量	实发数量	总成本	
					单位成本	金额
X 成型板		张	1 000	1 000		
合　计						

用途	按200元/张销售	领料部门		发料部门	
		负责人	领料人	核准人	发料人
		李林	林燕	王英	刘霞

此联交成本组

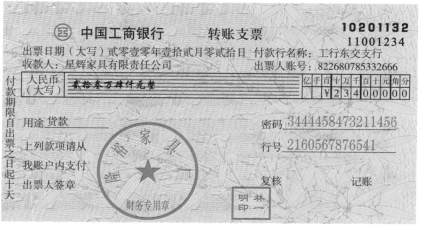

中国工商银行　　转账支票　　10201132
11001234

出票日期（大写）贰零壹零年壹拾贰月零贰拾日　付款行名称：工行东交支行
收款人：星辉家具有限责任公司　　出票人账号：822680785332666

人民币（大写）　贰拾叁万肆仟元整　　亿千百十万千百十元角分　¥2 3 4 0 0 0 0 0

用途　货款　　　密码 3444458473211456
上列款项请从我账户内支付　　行号 2160567876541
出票人签章　　　复核　　记账

付款期限自出票之日起十天

财务专用章

附加信息：	被背书人	被背书人	（贴粘单处）
	背书人签章 年 月 日	背书人签章 年 月 日	

星海增值税专用发票　　NO　345288
此联不作报销、扣税凭证使用

开票日期：

购货单位	名　　　称： 纳税人识别号： 地　址、电　话： 开户行及账号：				密码区	略		
货物或应税劳务名称	规格型号	单位	数量	单价	金　额	税率	税　额
合　　计							
价税合计（大写）					（小写）		
销货单位	名　　　称： 纳税人识别号： 地　址、电　话： 开户行及账号：				备注		

收款人：　　　　　复核：　　　　　开票人：　　　　　销货单位：（盖章）

第一联　记账联　销货方记账凭证

中国工商银行 进 账 单（收账通知）　　3
2010年12月20日

出票人	全　称		收款人	全　称		亿	千	百	十	万	千	百	十	元	角	分
	账　号			账　号												
	开户银行			开户银行												
金额	人民币 （大写）															
票据种类		票据张数														
票据号码																

复核　　　　　记账

收款人开户银行签章

此联是收款人开户银行交给收款人的收账通知

附表40-1

付 款 报 告 书

部门：销售部门　　　　　　　2010 年 12 月 20 日　　　　　　　编号：012

开支内容	金　额	结算方式	
支付广告费	10 000.00	转账支票	附单据　张
合计：（大写）壹万元整			

会计主管：　　　　单位负责人：孙鸿　王英　　　　出纳：　　　　经办人：余静

附表40-2

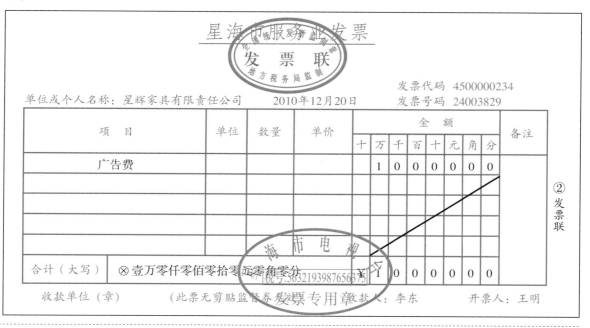

星海市服务业发票

发票联

单位或个人名称：星辉家具有限责任公司　　　2010 年 12 月 20 日　　　发票代码 4500000234　　发票号码 24003829

项　目	单位	数量	单价	金　额							备注
				十万	千	百	十	元	角	分	
广告费				1	0	0	0	0	0	0	
合计（大写）　⊗壹万零仟零佰零拾零元零角零分				¥	1	0	0	0	0	0	0

收款单位（章）　　（此票无剪贴监督券无效）　发票专用章　收款人：李东　　　开票人：王明

②发票联

附表40-3

中国工商银行
转账支票存根
10201140
81000609

附加信息
_____
_____

出票日期　　年　月　日
收款人：
金　额：
用　途：
单位主管　　会计

⑤ 中国工商银行　　转账支票　　**10201140**　81000609

出票日期（大写）　年　月　日　　付款行名称：
收款人：　　　　　　　　　　　出票人账号：

人民币（大写）						亿	千	百	十	万	千	百	十	元	角	分

付款期限自出票之日起十天

用途_____　　　　　　密码 1018521361249501
上列款项请从　　　　　　行号 3464235878340
我账户内支付
出票人签章　　　　　　　　复核　　　　记账

产成品出库单（记账凭单）

购货单位：天地有限责任公司　　　　2010年12月20日　　　　　　　编号：006

产品名称	规格型号	计量单位	出库数量	备　注
B 产品		个	600	单价650元/个

仓储部门主管：**王英**　　　　　　保管：**谢宏**　　　　　经手人：**余静**

　　备注：销售给天地有限责任公司B产品600个，商品已全部发出，按照合同规定分两次收款，12月20日收取货款60%，12月31日收取剩余的40%。但本月20日尚未收到货款。

星海增值税专用发票　　NO 345289

此联不作报销、扣税凭证使用

开票日期：

购货单位	名　　称：				密码区		略		第一联 记账联 销货方记账凭证
	纳税人识别号：								
	地　址、电话：								
	开户行及账号：								

货物或应税劳务名称	规格型号	单位	数量	单价	金　额	税率	税　额
合　　计							

价税合计（大写）		（小写）

销货单位	名　　称：		备注	
	纳税人识别号：			
	地　址、电话：			
	开户行及账号：			

收款人：　　　　　复核：　　　　　开票人：　　　　　销货单位：（盖章）

附表42-1

中国农业银行 信汇凭证 (收账通知)

委托日期 2010年 12月 20日   4   第 135 号

汇款人	全　称	大自然有限责任公司	收款人	全　称	星辉家具有限责任公司
	账　号	535858223578983		账　号	工商银行星海市支行营业部 500600230053124
	汇出地点	星海省 通锦 市/县		汇入地点	星海省 星海 市/县
	汇出行名称	农行通锦市支行		汇入行名称	工商银行星海市支行营业部

金额	人民币（大写） 壹万元整	亿	千	百	十	万	千	百	十	元	角	分
						¥	1	0	0	0	0	0	0

款项已收入收款人账户

支付密码

附加信息及用途：
预付款

复核：　　　记账：

汇入行签章

（中国工商银行星海支行 2010年12月20日 转讫）

此联给收款人的收账通知

附表42-2

收 据

2010 年 12 月 20 日   第 003 号

今收到 大自然有限责任公司

交　来 预付货款

人民币合计（大写）　壹万元整   ￥ 10 000.00

单位印章　　　会计主管　　　　收款人 邹红　　　经手人 余静

第三联　会计凭证

星海增值税专用发票　　　NO　345290

此联不作报销、扣税凭证使用

开票日期：

购货单位	名　　　称：					密码区		略	
	纳税人识别号：								
	地　址、电话：								
	开户行及账号：								
货物或应税劳务名称	规格型号	单位	数量	单价	金　额		税率	税　额
合　　计								
价税合计（大写）						（小写）		
销货单位	名　　　称：					备注		．	
	纳税人识别号：								
	地　址、电话：								
	开户行及账号：								

收款人：　　　　　复核：　　　　　开票人：　　　　　销货单位：（盖章）

第一联　记账联　销货方记账凭证

公路、内河货物运输业统一发票

发票联

信息码：3020012305
密码：
开票日期：2010-12-20

发票代码　210801831158
发票号码　00221128

机打代码　228300011802 机打号码　00321100 机器编号　102499150514	税控码	略
收货人及纳税人识别号　大自然有限责任公司 1001791832532	承运人及纳税人识别号	天纵运输有限公司 209255488401309
发货人及纳税人识别号　星辉家具有限责任公司 210019994321010	主管税务机关及代码	星海市地方税务局 120040201

| 运输项目及及金额 | 货物名称 | 数量（重量） | 单位运价 | 计费里程 | 金额 | 其他项目及金额 | 费用名称 | 金额 | 备注 |
| | B产品 | 50 | | 100公里 | 500.00 | | | | ×B90450星海市到通江市 |

税号：209255488401309　发票专用章

| 运费小计 | ￥500.00 | | 其他费用小计 | ￥0.00 |
| 合计（大写） | ⊗伍佰元整 | | （小写） | ￥500.00 |

承运人签章　　　　　开票人：林分

第一联　发票联（付款方记账凭证）（手写无效）

运费垫支凭证
年　月　日

收货单位	运单号	货物名称	发运数量	运费	保险费	其他	金额合计	经手人
合　计								

付　款　报　告　书

部门：销售部门　　　　　　　2010年12月20日　　　　　　　编号：013

开支内容	金　额	结算方式	附单据 张
支付代垫运费	500.00	转账支票	
合计：（大写）伍佰元整			

会计主管：　　　　单位负责人：孙鸿　王英　　　　出纳：　　　　经办人：余静

中国工商银行
转账支票存根
10201140
810000610

附加信息

_____

出票日期	年　月　日
收款人：	
金　额：	
用　途：	
单位主管　　会计	

中国工商银行　　转账支票　　**10201140**　810000610

出票日期（大写）　　年　月　日　　付款行名称：
收款人：　　　　　　　　　　　　出票人账号：

付款期限自出票之日起十天

人民币
（大写）　　　　　　　　　　　亿 千 百 十 万 千 百 十 元 角 分

用途_____　　　　　　密码 4113216258210122

上列款项请从　　　　　　　行号 3464235878340

我账户内支付

出票人签章　　　　　　复核　　　　记账

附表42-8

产成品出库单（记账凭单）

购货单位：大自然有限责任公司　　　　2010年12月20日　　　　　　　　编号：007

产品名称	规格型号	计量单位	出库数量	备　注
B产品		个	50	单价650元/个

仓储部门主管：**王英**　　　　　　保管：**谢宏**　　　　　　经手人：**余静**

附表43-1

托收凭证（汇款依据或收款通知）　　4　　第364号

委托日期　2010年11月30日　　　　付款期限　2010年12月30日

业务类型	委托收款 ☑邮划 □电划			托收承付 □邮划 □电划			
付款人	全　称	大自然有限责任公司		收款人	全　称	星辉家具有限责任公司	
	账　号	535858223578983			账　号	500600230053124	
	地　址	星海省通江市	开户行 农行通锦市支行		地　址	星海省星海市	开户行 工商银行星海市支行营业部

金额	人民币（大写）肆拾叁万玖仟伍佰陆拾元整	亿 千 百 十 万 千 百 十 元 角 分
		¥ 4 3 9 5 6 0 0 0

款项内容	货款	托收凭据名称		附寄单证张数	
商品发运情况	货已发出		合同名称号码		AR3326
备注　享受1%现金折扣		上列款项已划回收 方账户			

中国工商银行星海支行
上列款项已划回收 方账户
2010年12月20日
转讫

付款人开户银行签章
　年　月　日

复核　　　记账

此联付款人开户行凭以汇款或收款人开户银行作收账通知

开具红字增值税专用发票通知单

填开日期：2010 年 12 月 20 日　　　NO.50000035

销售方	名　称	星辉家具有限责任公司	购买方	名　称	翔辉有限责任公司
	税务登记代码	210019994321010		税务登记代码	1001991832523

开具红字专用发票内容	货物（劳务）名称	数量	单价	金额	税率	税额
	B 型文件柜	−500	650	−325 000	17%	−55 250
	合计			−325 000		−55 250

说明	需要作进项税额转出□ 不需要作进项税额转出□ 纳税人识别号认证不符□ 专用发票代码、号码认证不符□ 对应蓝字专用发票密码区内打印的代码：3101105687 　　　　　　　　　　　　　号码：345287 开具红字专用发票理由：**与合同规定质量不符销货退回。**

经办人：　　　　　负责人：　　　　　主管税务机关名称（印章）：

注：1. 本通知单一式三联：第一联，申请方主管税务机关留存；第二联，申请方送交对方留存；第三联，申请方留存。

　　2. 通知单应与申请单一一对应。

星海增值税专用发票　　NO 345291

发 票 联

此联不作报销、扣税凭证使用　　　　　开票期日：

购货单位	名　　称： 纳税人识别号： 地址、电话： 开户行及账号：				密码区	略	

货物或应税劳务名称	规格型号	单位	数量	单价	金 额	税率	税 额
合　计							

价税合计（大写）		（小写）

销货单位	名　　称： 纳税人识别号： 地址、电话： 开户行及账号：		备注	

收款人：　　　　　复核：　　　　　开票人：　　　　　销货单位：（盖章）

第一联 记账联 销货方记账凭证

付 款 报 告 书

部门：销售部门　　　　　　　2010年12月20日　　　　　　　编号：014

开支内容	金　额	结算方式
退回500个退回B产品货款	380 250.00	转账支票
合计：（大写）叁拾捌万零贰佰伍拾元整		

附单据　张

会计主管：　　　　单位负责人：孙鸿　王英　　　　出纳：　　　　经办人：余静

产成品出库单（记账凭单）

购货单位：翔辉有限责任公司　　　　2010年12月20日　　　　编号：008

产品名称	规格型号	计量单位	出库数量	备　注
B产品		个	−500	单价650元/个
合计			−500	

仓储部门主管：王英　　　　保管：谢宏　　　　经手人：余静

中国工商银行
转账支票存根
10201140
81000611

附加信息
_____

出票日期　　年　月　日
收款人：
金　额：
用　途：

单位主管　　　会计

中国工商银行　　　转账支票　　**10201140**　81000611

出票日期（大写）　　年　月　日　　付款行名称：
收款人：　　　　　　　　　　　出票人账号：

人民币（大写）　　　　　　　　亿 千 百 十 万 千 百 十 元 角 分

付款期限自出票之日起十天

用途_____
上列款项请从
我账户内支付
出票人签章

密码 2210128526123114
行号 3464235878340

复核　　　　记账

中国农业银行信汇凭证（收账通知）

委托日期 2010年12月20日　　　　　　4　　第 145 号

汇款人	全　称	大自然有限责任公司	收款人	全　称	星辉家具有限责任公司
	账　号	535858223578983		账　号	工商银行星海市支行营业部 500600230053124
	汇出地点	星海省 通锦 市/县		汇入地点	星海省 星海 市/县
	汇出行名称	农行通锦市支行		汇入行名称	工商银行星海市支行营业部

金额	人民币（大写）	贰万捌仟伍佰贰拾伍元整	亿	千	百	十	万	千	百	十	元	角	分
							¥	2	8	5	2	5	0	0

款项已收入收款人账户

中国工商银行星海支行
2010年12月20日
转讫

汇入行签章

支付密码

附加信息及用途　补付货款

复核：　　　　记账：

此联给收款人的收账通知

产成品出库单（记账凭单）

购货单位：大自然有限责任公司　　2010年12月20日　　　　编号：009

产品名称	规格型号	计量单位	出库数量	备　注
A产品		张	2 700	

仓储部门主管：王英　　　　保管：谢宏　　　　经手人：余静

注：合同约定，给予大自然公司现金折扣的条件为：2/10、1/20、n/30。

产成品出库单（记账凭单）

购货单位：大自然有限责任公司　　2010年12月20日　　　　编号：010

产品名称	规格型号	计量单位	出库数量	备　注
B产品		个	2 600	

仓储部门主管：王英　　　　保管：谢宏　　　　经手人：余静

星海增值税专用发票

NO 345292

此联不作报销、扣税凭证使用

开票日期：

购货单位	名　　　称：				密码区		略
	纳税人识别号：						
	地　址、电话：						
	开户行及账号：						

货物或应税劳务名称	规格型号	单位	数量	单价	金　额	税率	税　额
合　　计							
价税合计（大写）				（小写）			

销货单位	名　　　称：		备注	
	纳税人识别号：			
	地　址、电话：			
	开户行及账号：			

收款人：　　　　　复核：　　　　　开票人：　　　　　销货单位：（盖章）

第一联　记账联　销货方记账凭证

差旅费报销单

部门：销售部　　　　　　2010 年 12 月 21 日

姓名	余静	事由：外出							共10天			
起讫日期	起止地点	车船费		夜间乘车补助			出差补助			住宿费		其他	
		种类	金额	时间	标准	金额	天数	标准	金额	标准	金额	事项	金额
12.9至12.19	星海—通锦市往返	车费	300	2	50	100	10	100	1 000	110	1 100		
小计													

总计金额（大写）：贰仟伍佰元整　　　¥2 500.00　预借_____　核销_____　退补_____

会计主管：　　　　单位负责人：孙鸿　王英　　　　审核：　　　　　业务经办人：余静

附单据 3 张

收　据

2010 年 12 月 21 日　　　　　　　　第 004 号

今收到 销售部余静

交　来 剩余出差借款　　　　　　　　　　　　　　　现金收讫

人民币合计（大写）贰仟伍佰元整　　　　　　　　　￥2 500.00

单位印章　　　　会计主管　　　　收款人 邹红　　　经手人 余静

第三联　会计凭证

中国工商银行
现金支票存根
10201140
56453451

附加信息
_____

出票日期　　　年　月　日

收款人：

金　额：

用　途：

单位主管　　　会计

中国工商银行　　　现金支票　　　**10201140**
56453451

出票日期（大写）　　　年　月　日　　　付款行名称：
收款人：　　　　　　　　　　　　　　出票人账号：

人民币（大写）　　　　　　　　　亿 千 百 十 万 千 百 十 元 角 分

用途　　　　　　　　　　　密码

上列款项请从
我账户内支付

出票人签章　　　　　　　　　复核　　　　记账

付款期限自出票之日起十天

贴现凭证（收账通知）

年　月　日

申请人	全称		贴现票据	种类		号码	
	账号			出票日期			
	开户银行			到期日期			

汇票承兑人（银行）	名称		账号		开户银行	

汇票金额（即票面金额）	人民币（大写）	千	百	十	万	千	百	十	元	角	分
年贴现率	贴现利息	实付贴现金额	千	百	十	万	千	百	十	元	角	分

上述款项已划入你单位账户
此致

中国工商银行星海支行
2010年12月21日
转讫

银行盖章
年　月　日

备注：

此联是银行给持票人的收账通知

附表50-1

付 款 报 告 书

部门：采购部门   2010年12月21日   编号：015

开支内容	金 额	结算方式	
支付东方建材厂货款	281 080.80	转账支票	附单据
			张
合计：（大写）贰拾捌万壹仟零捌拾元捌角零分			

会计主管：   单位负责人：孙鸿 王英   出纳：   经办人：李蓉

附表50-2

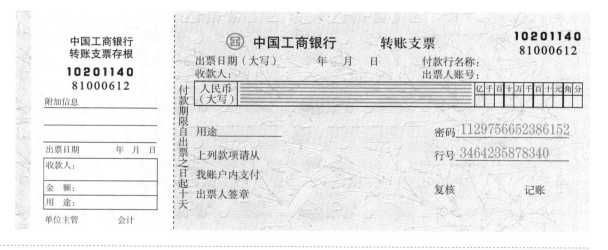

附表51-1

固定资产清理单

2010年12月22日   编号：001

编号	名称	单位	数量	预计使用年限	已使用年限	原始价值	已提折旧额	清理原因
520019	计算机	台	1	36个月	23个月	10 000	6 388.89	不需用

处理意见	使用部门	技术鉴定小组	固定资产管理部门	主管部门审批
	签章：张穹	签章：李玲	签章	签章 潘英

星海增值税普通发票　NO　345395

此联不作报销

开票日期：

购货单位	名　　　称： 纳税人识别号： 地　址、电　话： 开户行及账号：					密码区	略		
货物或应税劳务名称	规格型号	单位	数量	单价	金　额	税率	税　额		
合　　计									
价税合计（大写）					（小写）				
销货单位	名　　　称： 纳税人识别号： 地　址、电　话： 开户行及账号：					备注			

收款人：　　　　　复核：　　　　　开票人：　　　　　销货单位：（盖章）

第一联　记账联　销货方记账凭证

银行代收费业务专用发票
发票联

发票代码　670000000568
发票号码　000003628

付款单位（个人）星辉家具有限责任公司　　　　开票日期 2010 年 12 月 25 日

委托单位	星海电信局	代收费单位	工商银行星海市支行营业部
市内话费小计　　5 000 元 月租小计　　　　600 元		国内长途小计　　6 000 元 信息使用费　　　400 元	
合计(大写)　壹万贰仟元整		小写：　　¥12 000.00	

代收费单位（盖章）　　　复核人：　　　收款人：

邮寄内容

发票联

托收凭证（付款通知）　　5

委托日期2010年12月20日　　　　　　　　付款期限2010年12月25日

业务类型	委托收款	☑邮划		□电划		托收承付		□邮划		□电划

付款人	全　称	星辉家具有限责任公司				收款人	全　称	星海市电信局		
	账　号	500600230053124					账　号	822680709885366		
	地　址	省 星海市	开户行	工行星海支行			地　址	省 星海市	开户行	工行星海支行

金额	人民币（大写）壹万贰仟元整	亿	千	百	十	万	千	百	十	元	角	分
					¥	1	2	0	0	0	0	0

款项内容	电话费	托收凭据名称		附寄单证张数	
商品发运情况			合同名称号码		

备注

付款人开户银行收到日期　　　　　　　　2010年12月25日　　付款人开户银行签章

复核　　　记账　　　　　　　　　　　　　　　　　　　2010年12月25日

中国工商银行星海支行
2010年12月25日
转讫

此联为付款人开户银行给付款人按期付款通知

付款报告书

部门：采购部门　　　　　2010年12月25日　　　　　编号：016

开支内容	金　额	结算方式
支付电话费	12 000.00	委托收款
合计：（大写）壹万贰仟元整		

附单据　张

会计主管：　　　　单位负责人：孙鸿　王英　　　　出纳：　　　经办人：李蓉

长期投资协议

接受投资单位：瑞祥家具厂　　（甲方）
投资单位：星辉家具有限责任公司（乙方）
甲、乙双方为了扩大生产规模，协议如下：
（1）乙方用单排打孔机向甲方投资，评估价值为 32 333.41 元，签订合同之日起交付。
（2）投资期限为 2 年，投资期内不得随意抽回投资额。
（3）投资额占甲方有表决权资本的 1%，并按此比例享受年利润的分配。

甲方：　　　　　　　　　　　　乙方：
甲方法人代表：张亮　　　　　　乙方法人代表：孙鸿

合同签订时间：二零一零年十二月二十五日

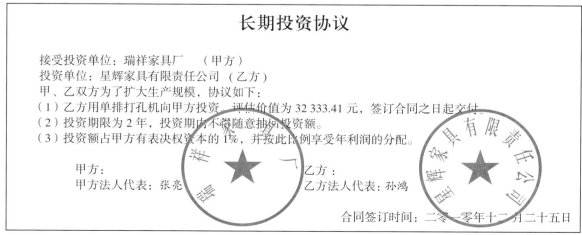

固定资产清理单

2010年12月25日   编号

编号	名称	单位	数量	预计使用年限	已使用年限	原始价值	已提折旧额	清理原因
210007	单排打孔机	台	1	120个月	23个月	40 000	7 666.59	投资

处理意见	使用部门	技术鉴定小组	固定资产管理部门	主管部门审批
	签章 徐蓉	签章 李玲	签章	签章 李启明

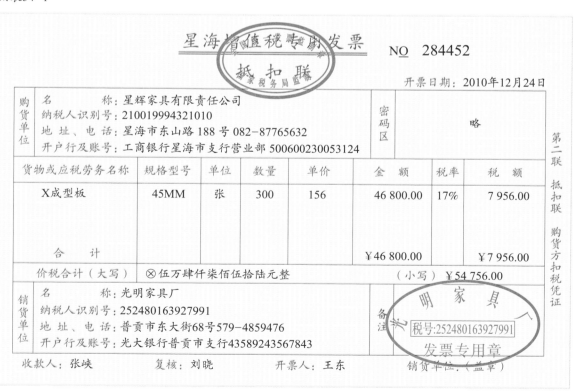

星海增值税专用发票   NO 284452

抵扣联

开票日期：2010年12月24日

购货单位	名　　称：星辉家具有限责任公司
	纳税人识别号：210019994321010
	地址、电话：星海市东山路188号 082-87765632
	开户行及账号：工商银行星海市支行营业部 500600230053124

密码区　　　　略

货物或应税劳务名称	规格型号	单位	数量	单价	金　额	税率	税　额
X成型板	45MM	张	300	156	46 800.00	17%	7 956.00
合　　计					￥46 800.00		￥7 956.00

价税合计（大写）	⊗伍万肆仟柒佰伍拾陆元整	（小写）￥54 756.00

销货单位	名　　称：光明家具厂
	纳税人识别号：252480163927991
	地址、电话：普贡市东大街68号 579-4859476
	开户行及账号：光大银行普贡市支行 43589243567843

备注　税号:252480163927991

收款人：张峡   复核：刘晓   开票人：王东   销货单位：（盖章）

第二联 抵扣联 购货方扣税凭证

附表54-2

星海增值税专用发票　　NO　284452

开票日期：2010年12月24日

| 购货单位 | 名　　称：星辉家具有限责任公司
纳税人识别号：210019994321010
地　址、电话：星海市东山路188号 082-87765632
开户行及账号：工商银行星海市支行营业部 500600230053124 | | | | | 密码区 | 略 | | |

货物或应税劳务名称	规格型号	单位	数量	单价	金　额	税率	税　额
X成型板	45MM	张	300	156	46 800.00	17%	7 956.00
合　计					￥46 800.00		￥7 956.00

价税合计（大写）	⊗伍万肆仟柒佰伍拾陆元整	（小写）　￥54 756.00

| 销货单位 | 名　　称：光明家具厂
纳税人识别号：252480163927991
地　址、电话：普贡市东大街68号 579-4859476
开户行及账号：光大银行普贡市支行 43589243567843 | 备注 | 光　明　家　具　厂
税号:252480163927991
发票专用章 |

收款人：张峡　　　　复核：刘晓　　　　开票人：王东　　　　销货单位：（盖章）

第三联　发票联　购货方记账凭证

附表54-3

材料入库单（记账凭单）

供货单位：光明家具厂　　　　2010年12月25日　　　　材料类别：原材料　　编号：009

发票号码：269355　　　　　　　　　　　　　　　　　材料编号：　　　　仓库：材料库

材料名称	计量单位	规格型号	数　量		实　际　成　本				
			应收	实收	单价	金　额	运杂费	其他	合计
X成型板	张		300	300					
备注：				合计					

采购：李蓉　　　检验：李玲　　　保管：刘霞　　　主管：王英　　　财务：

②财务

附表55-1

财产清查报告单

2010年12月27日 　　　　　　　　　　　　　　　第 010 号

编号	财产名称规格	单位	单价	数量		盘盈		盘亏		原因
				账存	实存	数量	金额	数量	金额	
	X成型板	张		5 788	5 778					保管不当
	合　计			5 788	5 778					

财务主管： 　　　主管：王英 　　　保管员：刘霞 　　　制单：

附表55-2

关于2010年度财产清查
盘点结果及账务处理的报告

公司董事会、监事会：

　　年终财产清查工作现已结束，盘点结果如附表。根据财务制度和企业会计准则规定，对盘亏的材料拟作如下处理：

　　盘亏的原材料属于保管不当，应由保管员赔偿。

　　特此报告，请批复。

2010 年 12 月 27 日

附表55-3

关于财产物资盘盈盘亏的处理批复

公司财务科：

　　经研究决定，本年末进行的财产清查，其盘亏的结果按以下办法核销：

　　盘亏的原材料属于保管不当的部分，由保管员赔偿，转入其他应收款。

公司董事会、监事会（公章）
2010 年 12 月 27 日

中国工商银行　　　转账支票

10201156
34001689

出票日期（大写）贰零壹零年壹拾贰月贰拾柒日　付款行名称：工商银行星海市支行营业部
收款人：星辉家具有限责任公司　　　　　　　　出票人账号：500600230061234

人民币（大写）	伍万元整	亿	千	百	十	万	千	百	十	元	角	分
					¥	5	0	0	0	0	0	0

付款期限自出票之日起十天

用途 支付无形资产租金

上列款项请从

我账户内支付

出票人签章

密码 7890567823560867

行号 5421265576821

复核　　　　　记账

附加信息：	被背书人	被背书人	（贴粘单处）
	背书人签章 年 月 日	背书人签章 年 月 日	

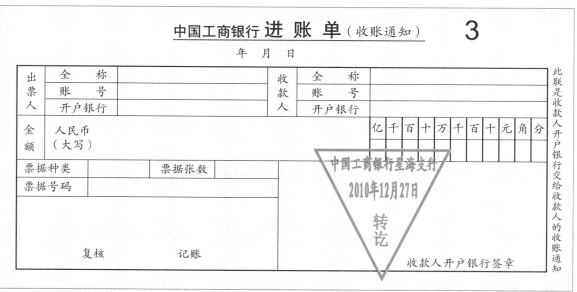

中国工商银行 进 账 单（收账通知）　3
年　月　日

出票人	全称		收款人	全称												此联是收款人开户银行交给收款人的收账通知
	账号			账号												
	开户银行			开户银行												
金额	人民币（大写）				亿	千	百	十	万	千	百	十	元	角	分	
票据种类		票据张数														
票据号码																
复核　　　记账										收款人开户银行签章						

中国工商银行星海支行
2010年12月27日
转讫

附表56-4

星海市服务业发票
记 账 联

单位或个人名称：平湖家具有限责任公司　　2010年12月27日

发票代码 120000001092
发票号码 56001224

项　目	单位	数量	单价	金　额							备注
				万	千	百	十	元	角	分	
无形资产租金	台	1	50 000.00	5	0	0	0	0	0	0	
合计（大写）　伍万零仟零佰零拾零元零角零分				5	0	0	0	0	0	0	

收款单位（章）　　　　收款人：邹红　　　　开票人：李明

第三联　记账联

附表57-1

星海省增值税专用发票　　NO　284651

开票日期：2010年12月28日

购货单位	名　　　称：星辉家具有限责任公司 纳税人识别号：210019994321010 地址、电话：星海市东山路188号 082-87765632 开户行及账号：工商银行星海市支行营业部 500600230053124					密码区	略	
货物或应税劳务名称	规格型号	单位	数量	单价	金　额	税率	税　额	
水费		吨	12 000	0.60	7 200.00	13%	936.00	
合　计					¥7 200.00		¥936.00	
价税合计（大写）　⊗捌仟壹佰叁拾陆元整					（小写）　¥8 136.00			
销货单位	名　　　称：星海市自来水厂 纳税人识别号：210019894321213 地址、电话：星海市北平路132号 082-87665312 开户行及账号：工商银行星海市支行营业部 822680785360986					备注	税号:210019894321213	

收款人：于江　　　　复核：任宾　　　　开票人：王杰　　　　销货单位：（盖章）

第二联　抵扣联　购货方扣税凭证

附表57-2

星海增值税专用发票

发票联

NO 284651

开票日期：2010年12月28日

购货单位	名　　称：星辉家具有限责任公司 纳税人识别号：210019994321010 地址、电话：星海市东山路188号 082-87765632 开户行及账号：工商银行星海市支行营业部 500600230053124					密码区		略	
货物或应税劳务名称	规格型号	单位	数量	单价	金　额	税率	税　额		
水费		吨	12 000	0.60	7 200.00	13%	936.00		
合　计					￥7 200.00		￥936.00		
价税合计（大写）	⊗捌仟壹佰叁拾陆元整						（小写）　￥8 136.00		
销货单位	名　　称：星海市自来水厂 纳税人识别号：210019894321213 地址、电话：星海市北平路132号 082-87665312 开户行及账号：工商银行星海市支行营业部 822680785360986					备注	税号:210019894321213		

收款人：于江　　　复核：任宾　　　开票人：王杰　　　销货单位：（盖章）

第三联 发票联 购货方记账凭证

附表57-3

托收凭证（付款通知）　　5

委托日期 2010年12月28日　　　　付款期限　年　月　日

业务类型	委托收款 ☑邮划　□电划			托收承付　□邮划　□电划											
付款人	全　称	星辉家具有限责任公司		收款人	全　称	星海市自来水厂									
	账　号	500600230053124			账　号	822680785360986									
	地　址	省 星海市	开户行	工行星海支行	地　址	省 星海市	开户行	工行星海支行							
金额	人民币（大写）捌仟壹佰叁拾陆元整					亿 千 百 十 万 千 百 十 元 角 分									
								￥ 8 1 3 6 0 0							
款项内容	水费		托收凭据名称			附寄单证张数									
商品发运情况				合同名称号码										
备注														
付款人开户银行收到日期　　　年　月　日			付款人开户银行签章　　　年　月　日												
复核　　　记账														

中国工商银行星海支行 2010年12月28日 转讫

此联为付款人开户银行给付款人按期付款通知

附录　企业原始凭证　　339

附表57-4

各部门用水量记录

2010 年 12 月

部　　门	耗用量（吨）
一车间	2 000
二车间	3 000
三车间	3 000
机修车间	2 000
管理部门	2 000
合　　计	12 000

记录人：纪晶

附表57-5

各部门用水分配表

年　月

应借账户		成本项目 （费用项目）	耗用量	单价	分配金额
合　　计					

审核：　　　　　　　　　　　　　　　　　　　制表：

附表58-1

星海增值税专用发票　　NO 283259

抵扣联

开票日期：2010 年 12 月 28 日

购货单位	名　　　称：星辉家具有限责任公司 纳税人识别号：210019994321010 地址、电话：星海市东山路 188 号 082-87765632 开户行及账号：工商银行星海市支行营业部 500600230053124				密码区	略		
货物或应税劳务名称	规格型号	单位	数量	单价	金　额	税率	税　额
电费		度	30 000	0.5	15 000.00	17%	2 550.00
合　　计					¥15 000.00		¥2 550.00
价税合计（大写）　⊗壹万柒仟伍佰伍拾元整						（小写）　¥17 550.00		
销货单位	名　　　称：星海市电力公司 纳税人识别号：2100198943216358 地址、电话：星海市胜利路115号082-87565311 开户行及账号：工商银行星海市支行营业部822680785360676				备注	税号:2100198943216358 发票专用章		

收款人：邹明　　　　复核：杨光　　　　开票人：陈霞　　　　销货单位：（盖章）

第二联　抵扣联　购货方扣税凭证

星海增值税专用发票　　NO　283259

发票联

开票日期：2010年12月28日

购货单位	名　　称：星辉家具有限责任公司 纳税人识别号：210019994321010 地址、电话：星海市东山路188号082-87765632 开户行及账号：工商银行星海市支行营业部500600230053124	密码区	略				
货物或应税劳务名称	规格型号	单位	数量	单价	金　额	税率	税　额
电费		度	30 000	0.5	15 000.00	17%	2 550.00
合　　计					￥15 000.00		￥2 550.00

价税合计（大写）	⊗壹万柒仟伍佰伍拾元整	（小写）　￥17 550.00

销货单位	名　　称：星海市电力公司 纳税人识别号：2100198943216358 地址、电话：星海市胜利路115号082-87565311 开户行及账号：工商银行星海市支行营业部822680785360676	备注	海市电力公 税号：2100198943216358 发票专用章

收款人：邹明　　　复核：杨光　　　开票人：陈霞　　　销货单位：(盖章)

第三联　发票联　购货方记账凭证

托收凭证（付款通知）　　5

委托日期2010年12月28日　　　　　付款期限　年　月　日

业务类型	委托收款 ☑邮划　□电划		托收承付 □邮划　□电划	
付款人	全　称	星辉家具有限责任公司	收款人	全　称	星海市电力公司
	账　号	500600230053124		账　号	822680785360676
	地　址	省 星海市	开户行	工行星海支行		地　址	省 星海市	开户行	工行星海支行

金额	人民币（大写）壹万柒仟伍佰伍拾元整	亿	千	百	十	万	千	百	十	元	角	分
					￥	1	7	5	5	0	0	0

款项内容	电费	托收凭据名称		附寄单证张数	
商品发运情况			合同名称号码		

备注

付款人开户银行收到日期　　　　年　月　日

复核　　　记账

付款人开户银行签章　　　　年　月　日

中国工商银行星海支行
2010年12月28日
转讫

此联为付款人开户银行给付款人按期付款通知

各部门用电量记录

2010 年 12 月

部 门	耗用量（千瓦时）
一车间	12 000
二车间	15 000
三车间	500
机修车间	2 000
管理部门	500
合 计	30 000

记录人：纪晶

各部门用电分配表

年 月

应借账户		成本项目 （费用项目）	耗用量	单价	分配金额
合 计					

审核： 制表：

星海增值税专用发票　　NO　281652

抵扣联

开票日期：2010年12月29日

| 购货单位 | 名　　　称：星辉家具有限责任公司
纳税人识别号：210019994321010
地 址、电 话：星海市东山路 188 号 082-87765632
开户行及账号：工商银行星海市支行营业部 500600230053124 | | | | 密码区 | 略 | | |

货物或应税劳务名称	规格型号	单位	数量	单价	金 额	税率	税 额
固定资产修理材料	11型	个	10	100	1 000.00	17%	170.00
工具修理材料	12型	千克	10	80	800.00	17%	136.00
合 计					￥1 800.00		￥306.00

价税合计（大写）	⊗贰仟壹佰零陆元整	（小写）￥2 106.00

| 销货单位 | 名　　　称：晓光配件厂
纳税人识别号：210019894321114
地 址、电 话：星海市东光路211号082-87565163
开户行及账号：工商银行星海市支行营业部822680785316544 | 备注 | 光 配 件
税号:210019894321114
发票专用章 |

收款人：龙红　　复核：姚明　　开票人：李江　　销货单位：（盖章）

第二联 抵扣联 购货方扣税凭证

附表59-2

星海增值税专用发票　　NO 281652

发票联

开票日期：2010年12月29日

购货单位	名　　　称：星辉家具有限责任公司 纳税人识别号：210019994321010 地　址、电话：星海市东山路 188 号 082-87765632 开户行及账号：工商银行星海市支行营业部 500600230053124					密码区	略		
货物或应税劳务名称	规格型号	单位	数量	单价	金　额		税率	税　额	
固定资产修理材料	11型	个	10	100	1 000.00		17%	170.00	
工具修理材料	12型	千克	10	80	800.00		17%	136.00	
合　　计					￥1 800.00			￥306.00	

价税合计（大写）　⊗贰仟壹佰零陆元整　　　　　　　　（小写）￥2 106.00

销货单位	名　　　称：晓光配件厂 纳税人识别号：210019894321114 地　址、电话：星海市东光路211号082-87565163 开户行及账号：工商银行星海市支行营业部822680785316544	备注	光 配 件 税号:210019894321114 发票专用章

收款人：龙红　　　　复核：姚明　　　　开票人：李江　　　　销货单位：（盖章）

第三联　发票联　购货方记账凭证

附表59-3

付 款 报 告 书

部门：采购部门　　　　　　2010 年 12 月 29 日　　　　　　编号：017

开支内容	金　　额	结算方式
购修理材料	2 106.00	转账支票
合计：（大写）贰仟壹佰零陆元整		

会计主管：　　　　　单位负责人：孙鸿 王英　　　　出纳：　　　　经办人：李蓉

附单据　张

中国工商银行
转账支票存根
10201140
81000613

附加信息

_____

出票日期	年 月 日
收款人：	
金 额：	
用 途：	

单位主管　　　　会计

付款期限自出票之日起十天

（王）**中国工商银行**　　　　**转账支票**

10201140
81000613

出票日期（大写）　　年　月　日　　付款行名称：

收款人：　　　　　　　　　　　　　出票人账号：

人民币（大写）		亿千百十万千百十元角分

用途_____

上列款项请从

我账户内支付

出票人签章

密码 6814326115330245

行号 3464235878340

复核　　　　　　记账

固定资产折旧计算表

年　月

使用部门	固定资产类别	月初原值	年折旧率	本月应提折旧额
合　　计				

审核：　　　　　　　　　　　　　　　　　　　　　　　　制表：

附表61-1

工资结算表

序号	部门	姓名	岗位	类别	基本工资	奖金	岗位津贴	应付工资	养老保险（8%）	医疗保险（2%）	失业保险（0.2%）	住房公积金（12%）	个人所得税	代扣工资小计	实发工资
1	办公室	孙鸿	总经理	企业管理	8 000	2 000	500	10 500							
2	办公室	潘英	行政副经理	企业管理	6 000	2 000	500	8 500							
3	办公室	李启明	生产副经理	企业管理	6 000	2 000	500	8 500							
4	办公室	王英	营销副经理	企业管理	6 000	2 000	500	8 500							
5	办公室	周莉	主任	企业管理	4 000	2 000	500	6 500							
6	办公室	李新	后勤兼司机	企业管理	2 000	1 000	500	3 500							
7	财务部	周宏宇	财务副经理兼主管	企业管理	6 000	2 000	500	8 500							
8	财务部	邹红	出纳	企业管理	1 500	1 000	500	3 000							
9	财务部	刘东	制单会计	企业管理	2 000	1 000	500	3 500							
10	财务部	李明	记账会计	企业管理	2 000	1 000	500	3 500							
11	人力资源部	赵利	人事管理	企业管理	2 000	1 000	500	3 500							
12	设计质检部	张弯	设计师	企业管理	2 000	1 000	500	3 500							
13	设计质检部	李玲	质检人员	企业管理	3 000	1 000	500	4 500							
14	销售部	余静	销售员	企业管理	2 000	1 000	500	3 500							
15	采购部	李蓉	采购员	企业管理	2 000	1 000	500	3 500							
16	采购部	刘霞	材料库管员	企业管理	2 000	1 000	500	3 500							
17	销售部	谢宏	成品库管员	企业管理	2 000	1 000	500	3 500							
18	截材车间	李林	车间主任	车间管理	4 000	2 000	800	6 800							
19	截材车间	尹翠	高级工人	基本生产	3 000	1 000	800	4 800							
20	截材车间	林燕	高级工人	基本生产	3 000	1 000	800	4 800							
21	截材车间	胡攀	工人	基本生产	2 000	1 000	800	3 800							
22	截材车间	吴婧	工人	基本生产	2 000	1 000	800	3 800							

序号	部门	姓名	岗位	类别	基本工资	奖金	岗位津贴	应付工资	养老保险（8%）	医疗保险（2%）	失业保险（0.2%）	住房公积金（12%）	个人所得税	代扣工资小计	实发工资
23	截材车间	王楠	工人	基本生产	2 000	1 000	800	3 800							
24	封边打孔车间	徐蓉	车间主任	车间管理	4 000	2 000	800	6 800							
25	封边打孔车间	刘琳	高级工人	基本生产	3 000	1 000	800	4 800							
26	封边打孔车间	周敏	高级工人	基本生产	3 000	1 000	800	4 800							
27	封边打孔车间	刘静	高级工人	基本生产	3 000	1 000	800	4 800							
28	封边打孔车间	纪晶	工人兼内勤	车间管理	2 000	1 000	800	3 800							
29	封边打孔车间	彭莹	工人	基本生产	2 000	1 000	800	3 800							
30	封边打孔车间	黄杰	工人	基本生产	2 000	1 000	800	3 800							
31	封边打孔车间	彭虹	工人	基本生产	2 000	1 000	800	3 800							
32	封边打孔车间	李露	工人	基本生产	2 000	1 000	800	3 800							
33	封边打孔车间	于蓉	工人	基本生产	2 000	1 000	800	3 800							
34	封边打孔车间	罗蓓	工人	基本生产	2 000	1 000	800	3 800							
35	封边打孔车间	林波	工人	基本生产	2 000	1 000	800	3 800							
36	组装车间	高月	车间主任	车间管理	4 000	2 000	800	6 800							
37	组装车间	段菊	工人	基本生产	2 000	1 000	800	3 800							
38	组装车间	胡鹏	工人	基本生产	2 000	1 000	800	3 800							
39	组装车间	柯南	工人	基本生产	2 000	1 000	800	3 800							
40	组装车间	周勇	工人	基本生产	3 000	1 000	800	4 800							
41	组装车间	王林	工人	基本生产	2 000	1 000	800	3 800							
42	组装车间	汪为	工人	基本生产	2 000	1 000	800	3 800							
43	组装车间	杨东	工人	基本生产	4 000	1 000	800	5 800							
44	机修车间	田平	车间主任	车间管理	4 000	2 000	800	6 800							
45	机修车间	王婷	工人	辅助生产	2 000	1 000	800	3 800							

工资结算汇总表

年 月

单位：元

| 部门 | 基本工资 | 奖金 | 岗位津贴 | 应付工资 | 代扣工资 | | | | | | 实发工资 |
					养老保险	失业保险	医疗保险	住房公积金	个人所得税	小计	

会计主管：　　　　　　　复核：　　　　　　　制表：

附表61-3

车间生产工时统计表

2010 年 12 月

车　　间		生产工时
一车间		1 500工时
其中：A产品		700工时
B产品		800工时
二车间		1 500工时
其中：A产品		700工时
B产品		800工时
三车间		2 000工时
其中：A产品		900工时
B产品		1 100工时
合　　计		5 000工时

审核：李林、徐蓉、高月　　　　　　　　　　　　　制表：纪晶

附表61-4

工资费用分配表

年　　月

应借账户			成本项目	分配标准（生产工时）	分配率	分配金额
基本生产成本	车间					
		小计				
	车间					
		小计				
	车间					
		小计				
	车间					
	车间					
	小计					
辅助生产成本	车间					
	车间					
	小计					
管理费用						
合　　计						

审核：　　　　　　　　　　　　　　　　　　　制表：

工会经费及职工教育经费分配表

年　月

应借账户			成本项目	工资总额	计提比例（%）		计提金额	
					工会经费	职工教育经费	工会经费	职工教育经费
基本生产成本	车间							
		小计						
	车间							
		小计						
	车间							
		小计						
制造费用	车间							
	车间							
	车间							
	小计							
辅助生产成本	车间							
管理费用								
合　计								

审核：　　　　　　　　　　　　　　　　　　　　　　　　　　　　制表：

社会保险费分配表

年　月

应借账户			成本项目	工资总额	计提比例（%）					计提金额					
					养老	医疗	失业	工伤	生育	养老	医疗	失业	工伤	生育	合计
基本生产成本	车间														
		小计													
	车间														
		小计													
	车间														
		小计													

应借账户		成本项目	工资总额	计提比例（%）					计提金额					
				养老	医疗	失业	工伤	生育	养老	医疗	失业	工伤	生育	合计
制造费用	车间													
	车间													
	车间													
	小计													
辅助生产成本	车间													
管理费用														
合　计														

审核：　　　　　　　　　　　　　　　　　　　　　　制表：

附表63-2

住房公积金分配表

年　月

应借账户			成本项目	工资总额	计提比例（%）	计提金额
基本生产成本	车间					
		小计				
	车间					
		小计				
	车间					
		小计				
制造费用	车间					
	车间					
	车间					
	小计					
辅助生产成本	车间					
管理费用						
合　计						

审核：　　　　　　　　　　　　　　　　　　　　　　制表：

附表64-1

付　款　报　告　书

部门：　　　　　　　　　　年　月　日　　　　　　　　编号：018

开支内容	金　额	结算方式	附单据　张
合计：（大写）			

会计主管：　　　　　单位负责人：　　　　　出纳：　　　　　经办人：

注：根据附表61-1的"工资结算表"发工资。

附表64-2

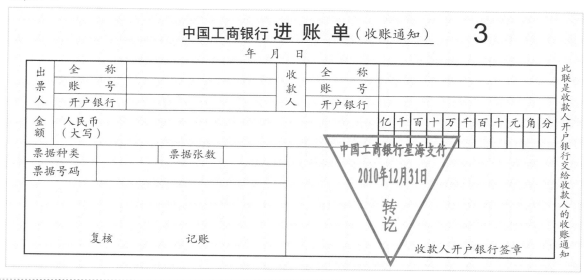

中国工商银行
转账支票存根
10201140
81000614

附加信息 _____
_____

出票日期	年 月 日
收款人：	
金　额：	
用　途：	

单位主管　　会计

中国工商银行　转账支票　**10201140**　81000614

出票日期（大写）　　年　月　日　　付款行名称：

收款人：　　　　　　　　出票人账号：

付款期限自出票之日起十天

人民币（大写）　　　　　　　　亿千百十万千百十元角分

用途 _____

上列款项请从我账户内支付

出票人签章

密码 1456765317864238

行号 3464235878340

复核　　　　　记账

附表64-3

中国工商银行 **进账单**（收账通知）　**3**

年　月　日

出票人	全　称		收款人	全　称	
	账　号			账　号	
	开户银行			开户银行	

金额	人民币（大写）				亿	千	百	十	万	千	百	十	元	角	分

票据种类		票据张数	
票据号码			

复核　　　　　记账

（印章：中国工商银行星海支行 2010年12月31日 转讫）

收款人开户银行签章

此联是收款人开户银行交给收款人的收账通知

附表65-1

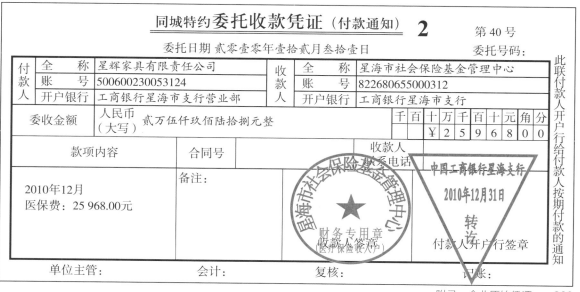

同城特约委托收款凭证（付款通知）　**2**　第40号

委托日期 贰零壹零年壹拾贰月叁拾壹日　　委托号码：

付款人	全　称	星辉家具有限责任公司	收款人	全　称	星海市社会保险基金管理中心
	账　号	500600230053124		账　号	822680655000312
	开户银行	工商银行星海市支行营业部		开户银行	工商银行星海市支行

委收金额	人民币（大写） 贰万伍仟玖佰陆拾捌元整	千	百	十	万	千	百	十	元	角	分
				￥2	5	9	6	8	0	0

款项内容		合同号		收款人联系电话	
2010年12月 医保费：25 968.00元	备注：				

（印章：星海市社会保险基金管理中心 财务专用章 收款人签章（医疗保险收入户））

（印章：中国工商银行星海支行 2010年12月31日 转讫）

付款人开户行签章

此联付款人开户行给付款人按期付款的通知

单位主管：　　　　会计：　　　　复核：　　　　记账：

同城特约<u>委托收款凭证</u>（付款通知） **2**　　第 40 号

委托日期 贰零壹零年壹拾贰月叁拾壹日

委托号码：

付款人	全　　称	星辉家具有限责任公司	收款人	全　　称	星海市社会保险基金管理中心
	账　　号	500600230053124		账　　号	822680655000312
	开户银行	工商银行星海市支行营业部		开户银行	工商银行星海市支行

委收金额	人民币 （大写）	陆万柒仟零捌拾肆元整	千	百	十	万	千	百	十	元	角	分
				¥	6	7	0	8	4	0	0

款项内容		合同号		收款人 联系电话	
收2010年12月 养老金：60 592.00元 失业保险费：2 596.80元 工伤保险：2 164.00元 生育保险：1 731.20元	备注：				

收款人签章
财务专用章
（基金收入）

中国工商银行星海支行
2010年12月31日
转讫

付款人开户行签章

此联付款人开户行给付款人按期付款的通知

单位主管：　　　　　会计：　　　　　复核：　　　　　记账：

星海市住房公积金汇缴款书
年　月　日

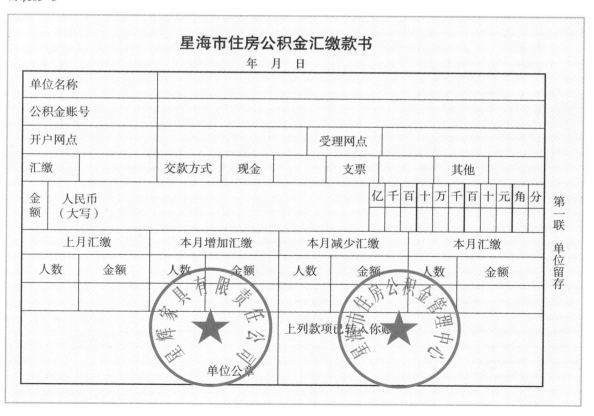

单位名称		
公积金账号		
开户网点		受理网点

汇缴		交款方式	现金		支票		其他	

金额	人民币 （大写）	亿	千	百	十	万	千	百	十	元	角	分

上月汇缴		本月增加汇缴		本月减少汇缴		本月汇缴	
人数	金额	人数	金额	人数	金额	人数	金额

上列款项已转入你账

单位公章

第一联　单位留存

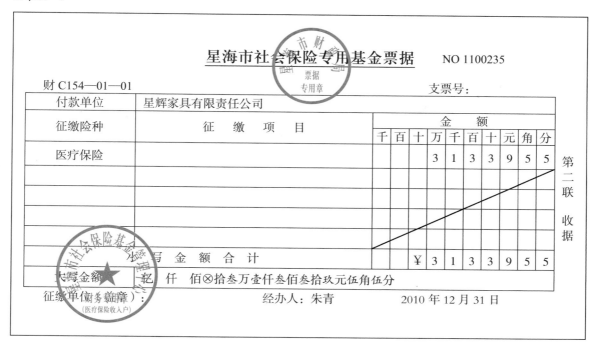

星海市社会保险专用基金票据　　　NO 1100235

财 C154—01—01　　　　　　　　　　　　　　　　　支票号：

付款单位	星辉家具有限责任公司	金　额									
征缴险种	征　缴　项　目	千	百	十	万	千	百	十	元	角	分
医疗保险				3	1	3	3	9	5	5	
小写金额合计				¥	3	1	3	3	9	5	5

大写金额　亿　仟　佰⊗拾叁万壹仟叁佰叁拾玖元伍角伍分

征缴单位(盖章)：　　　　　　经办人：朱青　　　　2010 年 12 月 31 日

第二联　收据

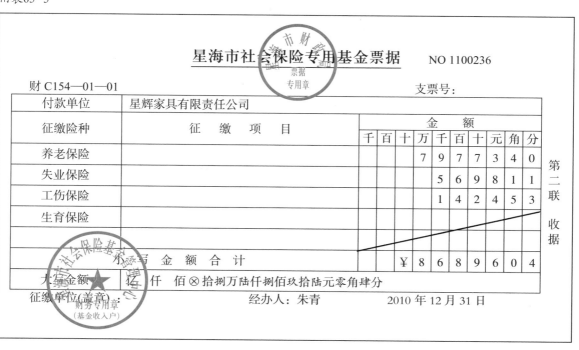

星海市社会保险专用基金票据　　　NO 1100236

财 C154—01—01　　　　　　　　　　　　　　　　　支票号：

付款单位	星辉家具有限责任公司	金　额									
征缴险种	征　缴　项　目	千	百	十	万	千	百	十	元	角	分
养老保险					7	9	7	7	3	4	0
失业保险						5	6	9	8	1	1
工伤保险						1	4	2	4	5	3
生育保险											
小写金额合计					¥	8	6	8	9	6	0	4

大写金额　亿　仟　佰⊗拾捌万陆仟捌佰玖拾陆元零角肆分

征缴单位(盖章)：　　　　　　经办人：朱青　　　　2010 年 12 月 31 日

第二联　收据

附表66-1

借 款 单

2010 年 12 月 31 日

借款单位：**办公室**		
借款理由：**购买福利食品**		
借款数额：人民币（大写）**伍万元整**		￥ 50 000.00
本单位负责人意见：**同意　潘英　周莉**	借款人：**李新**	
会计主管核批：	付款方式：**转账支票**	出纳：

附表66-2

中国工商银行
转账支票存根
10201140
81000615

附加信息 _____

出票日期	年 月 日
收款人：	
金 额：	
用 途：	

单位主管　　会计

（王）中国工商银行　　转账支票
10201140
81000615

出票日期（大写）　　年 月 日　　付款行名称：
收款人：　　　　　　　　　　　出票人账号：

付款期限自出票之日起十天

人民币（大写）　　　　　　　　　亿千百十万千百十元角分

用途 _____
上列款项请从　　　　　密码 2516832566579211
我账户内支付
出票人签章　　　　　　　行号 3464235878340

复核　　　记账

附表66-3

星海增值税普通发票　　NO　12000438

发票联

开票日期：2010年12月31日

购货单位	名　　　称：星辉家具有限责任公司 纳税人识别号：210019994321010 地址、电话：星海市东山路 188 号 082-87765632 开户行及账号：工商银行星海市支行营业部 500600230053124					密码区	略		
货物或应税劳务名称	规格型号	单位	数量	单价	金 额	税率	税 额		
食品	箱	箱	1	4 273.50	4 273.50	17%	726.00		
合　　计					￥4 273.50		￥726.50		
价税合计（大写）　⊗伍仟元整					（小写）　￥5 000.00				
销货单位	名　　　称：星星食品批发公司 纳税人识别号：210019894321118 地址、电话：星海市东山路268号082-8776565879 开户行及账号：工商银行星海市支行营业部822680785336923					备注　（星食品批发公司 税号:210019894321118 发票专用章）				

收款人：于东　　　　复核：王明　　　　开票人：陈江　　　　销货单位：（盖章）

星海增值税普通发票　　NO 12000438

发票联

开票日期：2010年12月31日

| 购货单位 | 名　　称：星辉家具有限责任公司
纳税人识别号：210019994321010
地　址、电话：星海市东山路 188 号 082-87765632
开户行及账号：工商银行星海市支行营业部 500600230053124 | | | | 密码区 | | 略 | | 第三联　发票联　购货方记账凭证 |

货物或应税劳务名称	规格型号	单位	数量	单价	金　额	税率	税　额
食品	箱	箱	1	38 461.54	38 461.54	17%	6 538.46
合　计					￥38 461.54		￥6 538.46

| 价税合计（大写）　⊗肆万伍仟元整 | （小写）￥45 000.00 |

| 销货单位 | 名　　称：星星食品批发公司
纳税人识别号：210019894321118
地　址、电话：星海市东山路268号082-8776565879
开户行及账号：工商银行星海市支行营业部822680785336923 | 备注 | |

收款人：于东　　　　复核：王明　　　　开票人：陈江　　　　销货单位：（盖章）

费 用 报 销 单

部门：办公室　　　　　　　2010 年 12 月 31 日　　　　　　　编号：0004

开支内容	金　额	结算方式	附单据张
购买福利食品	￥50 000.00	1. 冲借款＿＿＿＿＿元 2. 转账支票￥50 000.00 元 3. 汇款＿＿＿＿＿元 4. 现金付讫＿＿＿＿元	
合计：（大写）伍万元整			

单位负责人：潘英　周莉　　会计主管：　　　　出纳：　　　　经办人：李新

福利费发放表

2010 年 12 月 31 日

序号	部门	姓名	岗位	类别	数量（份）	金额	签名
1	办公室	孙 鸿	总经理	企业管理	1	1 000	
2	办公室	潘 英	行政副经理	企业管理	1	1 000	
3	办公室	李启明	生产副经理	企业管理	1	1 000	

序号	部门	姓名	岗位	类别	数量（份）	金额	签名
4	办公室	王 英	营销副经理	企业管理	1	1 000	
5	办公室	周 莉	主任	企业管理	1	1 000	
6	办公室	李 新	后勤兼司机	企业管理	1	1 000	
7	财务部	周宏宇	财务副经理兼主管	企业管理	1	1 000	
8	财务部	邹 红	出纳	企业管理	1	1 000	
9	财务部	刘 东	制单会计	企业管理	1	1 000	
10	财务部	李 明	记账会计	企业管理	1	1 000	
11	人力资源部	赵 利	人事管理	企业管理	1	1 000	
12	设计质检部	张 穹	设计师	企业管理	1	1 000	
13	设计质检部	李 玲	质检人员	企业管理	1	1 000	
14	销售部	余 静	销售员	企业管理	1	1 000	
15	采购部	李 蓉	采购员	企业管理	1	1 000	
16	采购部	刘 霞	材料库管员	企业管理	1	1 000	
17	销售部	谢 宏	成品库管员	企业管理	1	1 000	
18	截材车间	李 林	车间主任	车间管理	1	1 000	
19	截材车间	尹 翠	高级工人	基本生产	1	1 000	
20	截材车间	林 燕	高级工人	基本生产	1	1 000	
21	截材车间	胡 攀	工人	基本生产	1	1 000	
22	截材车间	吴 婧	工人	基本生产	1	1 000	
23	截材车间	王 楠	工人	基本生产	1	1 000	
24	封边打孔车间	徐 蓉	车间主任	车间管理	1	1 000	
25	封边打孔车间	刘 琳	高级工人	基本生产	1	1 000	
26	封边打孔车间	周 敏	高级工人	基本生产	1	1 000	
27	封边打孔车间	刘 静	高级工人	基本生产	1	1 000	
28	封边打孔车间	纪 晶	工人兼内勤	车间管理	1	1 000	
29	封边打孔车间	彭 莹	工人	基本生产	1	1 000	
30	封边打孔车间	黄 杰	工人	基本生产	1	1 000	
31	封边打孔车间	彭 虹	工人	基本生产	1	1 000	
32	封边打孔车间	李 露	工人	基本生产	1	1 000	
33	封边打孔车间	于 蓉	工人	基本生产	1	1 000	
34	封边打孔车间	罗 蓓	工人	基本生产	1	1 000	
35	封边打孔车间	林 波	工人	基本生产	1	1 000	
36	组装车间	高 月	车间主任	车间管理	1	1 000	
37	组装车间	段 菊	工人	基本生产	1	1 000	
38	组装车间	胡 鹏	工人	基本生产	1	1 000	

序号	部门	姓名	岗位	类别	数量（份）	金额	签名
39	组装车间	柯　南	工人	基本生产	1	1 000	
40	组装车间	周　勇	工人	基本生产	1	1 000	
41	组装车间	王　林	工人	基本生产	1	1 000	
42	组装车间	汪　为	工人	基本生产	1	1 000	
43	组装车间	杨　东	工人	基本生产	1	1 000	
44	机修车间	田　平	车间主任	车间管理	1	1 000	
45	机修车间	王　婷	工人	辅助生产	1	1 000	
合　计					45	45 000	

审核：周莉　　　　　　　　　　　　　　　　　　　　　　　制单：李新

附表66-7

福利费分配表

年　月

应借账户			成本项目	分配标准（生产工时）	分配率	分配金额
基本生产成本	车间					
		小计				
	车间					
		小计				
	车间					
		小计				
制造费用	车间					
	车间					
	车间					
	小计					
辅助生产成本	车间					
管理费用						
合　计						

审核：　　　　　　　　　　　　　　　　　　　　　　　　　制表：

附表67-1

费 用 报 销 单

部门: **办公室**　　　　　　　　2010 年 12 月 31 日　　　　　　　　编号: 0005

开支内容	金　额	结算方式	
支付职工培训费	¥ 3 000.00	1. 冲借款 _____ 元	附单据张
		2. 转账 ¥ 3 000.00 元	
		3. 汇款 _____ 元	
合计: (大写) **叁仟元整**		4. 现金付讫 _____ 元	

会计主管:　　　　　单位负责人: **潘英　周莉**　　　　　出纳:　　　　　经办人: **李新**

附表67-2

星海市行政事业单位收费发票

发 票 联

单位或个人名称: 星辉家具有限责任公司　　　2010 年 12 月 31 日　　　发票代码 610000023003　发票号码 25502804

项　目	单位	数量	收费标准	金 额							备 注	
				万	千	百	十	元	角	分		②发票联
培训费					3	0	0	0	0	0		
合计 (大写)	⊗万叁仟零佰零拾零元零角零分			¥	3	0	0	0	0	0		

收款单位 (章)　　　　　开票人: 李红　　　　　收款人: 刘衫

附表67-3

中国工商银行 转账支票存根 **10201140** 81000616 附加信息 _____ 出票日期　年　月　日 收款人: 金　额: 用　途: 单位主管　　会计	🌏 中国工商银行　　转账支票　　**10201140** 81000616 出票日期 (大写)　年　月　日　　付款行名称: 收款人:　　　　　　　　　出票人账号: 人民币 (大写) ‖‖‖‖‖‖‖‖　亿千百十万千百十元角分 付款期限自出票之日起十天 用途 _____　　　　密码 3674230348752384 上列款项请从我账户内支付　　行号 3464235878340 出票人签章　　　复核　　　记账

机修工时耗用量表

年　月

辅助车间		机修车间
提供劳务数量		500（工时）
耗用机修工时数量（工时）	一车间	100
	二车间	100
	三车间	100
	管理部门	200
	合　计	500

附表68-2

辅助生产成本分配表

年　月

辅助车间			机修车间	金额合计
待分配费用				
提供劳务数量			工时	
费用分配率（单位成本）				
制造费用	车间	耗用数量		
		分配金额		
	车间	耗用数量		
		分配金额		
	车间	耗用数量		
		分配金额		
	小　计			
管理费用	管理部门			
合　计				

制表：　　　　　　　　　　　　　　　　　　　　　审核：

附表69-1

制造费用分配表

一车间：　　　　　　　　　　　　　年　月

产品名称	分配标准（　）	分配率	分配金额
合　计			

制表：　　　　　　　　　　　　　　　　　　　　　审核：

附表69-2

制造费用分配表

二车间：　　　　　　　　　　　　　　　　年　　月

产品名称	分配标准（　）	分配率	分配金额
合　计			

制表：　　　　　　　　　　　　　　　　　　　　　审核：

附表69-3

制造费用分配表

三车间：　　　　　　　　　　　　　　　　年　　月

产品名称	分配标准（　）	分配率	分配金额
合　计			

制表：　　　　　　　　　　　　　　　　　　　　　审核：

附表70-1

月末在产品盘存表

车间：截材车间（一车间）　　　　　　　2010 年 12 月 31 日

名称	规格型号	计量单位	盘存数量	完工程度	备　注
A产品	01	张	314	30%	
B产品	02	个	300	30%	

主管：李林　　　　　　　　　　　　　　　　　　制表：林燕

附表70-2

月末在产品盘存表

车间：封边打孔车间（二车间）　　　　　2010 年 12 月 31 日

名称	规格型号	计量单位	盘存数量	完工程度	备　注
A产品	01	张	314	60%	
B产品	02	个	300	60%	

主管：徐蓉　　　　　　　　　　　　　　　　　　制表：纪晶

附表70-3

月末在产品盘存表

车间：组装车间（三车间）　　　　　　　2010 年 12 月 31 日

名称	规格型号	计量单位	盘存数量	完工程度	备　注
A产品	01	张	940	80%	
B产品	02	个	900	80%	

主管：高月　　　　　　　　　　　　　　　　　　制表：段菊

附表70-4

完工产品与月末在产品成本分配表

单位：元

产品名称：A产品　　　　　　　　　　　　　　　年　月　　　　　　　　　　　　　产量：

成本项目	月初在产品成本	本月发生费用	生产费用合计	完工产品产量	月末在产品约当产量	单位成本	完工产品成本	期末在产品成本
直接材料								
直接人工								
制造费用								
合　计								

审核：　　　　　　　　　　　　　　　　　　　　　　　　　　制表：

附表70-5

完工产品与月末在产品成本分配表

单位：元

产品名称：B产品　　　　　　　　　　　　　　　年　月　　　　　　　　　　　　　产量：

成本项目	月初在产品成本	本月发生费用	生产费用合计	完工产品产量	月末在产品约当产量	单位成本	完工产品成本	期末在产品成本
直接材料								
直接人工								
制造费用								
合　计								

审核：　　　　　　　　　　　　　　　　　　　　　　　　　　制表：

附表70-6

完工产品成本汇总表

年　月　　　　　　　　　　　　　　　　附单据　张

产品名称		产品	产品	产品	产品	合　计
产量（件）						
成本项目	直接材料					
	直接人工					
	制造费用					
合　计						
单位成本						

审核：　　　　　　　　　　　　　　　　　　　　　　　　　　制表：

附表71-1

产品出库汇总表

年　月　　　　　　　　　　　　　　　编号：附单据　张

产品名称	规格型号	计量单位	出库数量	备　注
合　计				

审核：　　　　　　　　　　　　　　　　　　　　　　　　　　制单：

附表71-2

发出产品成本计算表

年 月

产品名称	销售数量	单位生产成本	销售成本
合　计			

审核：　　　　　　　　　　　　　　　　　　　　制表：

附表72-1

无形资产摊销计算表

年 月 日

种　类	预计使用年限	已摊销年限	原始成本	年摊销额
合　计				

审核：　　　　　　　　　　　　　　　　　　　　制表：

附表73-1

长期借款利息计算表

年 月　　　　　　　　　　　　单位：元

项目　　　金额	当月应提额	已提额	累　计
合　计			

附表74-1

坏账准备计提表

年 月 日　　　　　　　　　　　　单位：元

年末"应收账款"余额 （1）	规定比例 （2）	提取前"坏账准备"账户 借方（＋）或贷方（－）余额（3）	应提取的坏账准备金 （4）＝（1）×（2）＋（3）
合　计			

财务主管：　　　　　　　　　　　　　　　　制表：

附表75-1

应交增值税计算表

年　月　日至　月　日

单位：元

项　目			销售额	税　额	备　注
销项	应税货物	货物名称	适用税率			
		小　计			
	应税劳务				
	1				
	2				
进项	本期进项税额发生额				
	进项税额转出				
	1				
	2				
	应纳税额				

财务主管：　　　　　　　　　　　　　　　　　　　制表：

附表75-2

应交营业税计算表

年　月

项　目	计税金额	适用税率	税额	备　注
合　计				

审核：　　　　　　　　　　　　　　　　　　　　制表：

附表75-3

应交城市维护建设税及教育费附加计算表

年　月　日

项　目	计提基数				比例	计提金额	
	应交增值税	营业税	消费税	合计		应列入产品销售税金及附加	应列入其他业务成本
城市维护建设税							
教育费附加							
合　计							

应交房产税、车船税、土地使用税、印花税计算表

年 月 日

单位：元

项　目	应计税依据	适用税率（额）	全年应交税额	备　注
房产税				
车船税				
土地使用税				
印花税				
合　计				

审核：　　　　　　　　　　　　　　　　　　　　制表：

企业所得税计算表

年 月 日至 月 日

单位：元

项　目	行数	本月数
一、营业收入	1	
减：营业成本	2	
营业税金及附加	3	
销售费用	4	
管理费用	5	
财务费用	6	
资产减值损失	7	
加：公允价值变动收益（损失以"-"号填列）	8	
投资收益（损失以"-"号填列）	9	
其中：对联营企业和合营企业的投资收益	10	
二、营业利润（亏损以"-"号填列）	11	
加：营业外收入	12	
减：营业外支出	13	
其中：非流动资产处置损失	14	
三、利润总额（亏损总额以"-"号填列）	15	
加：纳税调整增加额	16	
减：纳税调整减少额	17	
四、应纳税所得额	16	
适用税率	17	
五、应纳所得税额	18	

财务主管：　　　　　　　　　　　　　　　　　制表：

利润分配计算表

年度

利润分配项目	计提基数	分配比例	分配金额
提取法定盈余公积			
股东分配利润			
合　　计			

主管：　　　　　　记账：　　　　　　复核：　　　　　　制表：

中国工商银行对账单

户名：星辉家具有限责任公司　　　　　　　　　　　　　　　　　　第 235 号
账号：工商银行星海市支行营业部 500600230053124　　　　　　上月余额：484 502.16

日期		交易类型	操作员	结算号	借方	贷方	余额
12	01	收入	1362	汇兑—9258	0.00	500 000.00	984 502.16
12	01	支出	1362	转账支票—600	1 000.00	0.00	983 502.16
12	02	收入	1362	转账支票—1234	0.00	500 000.00	1 483 502.16
12	02	支出	1362	汇兑—3	167 412.00	0.00	1 316 090.16
12	02	支出	1362	转账支票—601	2 000.00	0.00	1 314 090.16
12	02	支出	1362	转账支票—602	965 000.00	0.00	349 090.16
12	03	收入	1362	转账支票—1123	0.00	181 350.00	530 440.16
12	03	支出	1362	转账支票—603	263 250.00	0.00	267 190.16
12	03	支出	1362	转账支票—604	108 810.00	0.00	158 380.16
12	08	支出	1362	汇兑—1	50 000.00	0.00	108 380.16
12	08	支出	1362		50.00	0.00	108 330.16
12	09	支出	1362	转账支票—605	2 000.00	0.00	106 330.16
12	09	收入	1362	银行汇票—6713	0.00	362 700.00	469 030.16
12	09	支出	1362	转账支票—606	182 520.00	0.00	286 510.16
12	10	收入	1362	委托收款—1	0.00	762 500.00	1 049 010.16
12	11	支出	1362	汇兑—2	210 600.00	0.00	838 410.16
12	11	支出	1362		200.00	0.00	838 210.16
12	11	支出	1362	转账支票—607	328 536.00	0.00	509 674.16
12	11	支出	1362	银行汇票—768	320 000.00	0.00	189 674.16
12	13	收入	1362	委托收款—1	0.00	365.04	190 039.20
12	13	收入	1362	银行汇票—6746	0.00	9 716.00	199 755.20
12	19	支出	1362	转账支票—608	50 000.00	0.00	149 755.20

日期		交易类型	操作员	结算号	借方	贷方	余额
12	20	收入	1362	转账支票—1634	0.00	380 250.00	530 005.20
12	20	收入	1362	转账支票—0035	0.00	234 000.00	764 005.20
12	20	收入	1362	委托收款—135	0.00	10 000.00	774 005.20
12	20	收入	1362	委托收款—364	0.00	439 560.00	1 213 565.20
12	20	收入	1362	委托收款—145	0.00	28 525.00	1 242 090.20
12	20	支出	1362	转账支票—609	10 000.00	0.00	1 232 090.20
12	20	支出	1362	转账支票—611	380 250.00	0.00	851 840.20
12	20	支出	1362	转账支票—610	500.00	0.00	851 340.20
12	21	支出	1362	现金支票—451	3 000.00	0.00	848 340.20
12	21	收入	1362	承兑汇票—1	0.00	380 199.83	1 228 540.03
12	21	支出	1362	转账支票—612	281 081.00	0.00	947 459.03
12	22	支出	1362	托收承付—1	12 000.00	0.00	935 459.03
12	27	支出	1362	托收承付—1	8 136.00	0.00	927 323.03
12	31	收入	1362	转账支票—1689	0.00	50 000.00	977 323.03
12	31	支出	1362	转账支票—613	1 800.00	0.00	975 523.03
12	31	支出	1362	托收承付—1	17 550.00	0.00	957 973.03
12	31	支出	1362	现金支票—452	160 552.83	0.00	797 420.20
12	31	支出	1362	托收承付—1	144 988.00	0.00	652 432.20
12	31	支出	1362	转账支票—615	50 000.00	0.00	602 432.20
12	31	收入	1362	汇兑—5786	0.00	949 000.00	1 551 432.20

附表81-2

银行存款余额调节表

企业名称：　　　　　　　　　　年　月　日　　　　　　　　单位：元

项　目	金　额	项　目	金　额
企业日记账余额： 加：银行已收企业未收 减：银行已付企业未付		银行对账单余额： 加：企业已收银行未收 减：企业已付银行未付	
调节后余额：		调节后余额：	

往来款项对账单

____公司：

　　根据我单位账簿记录，贵公司与我单位的往来款项如下：

结账日期	欠贵公司	贵公司欠
年 月 日止		
年 月 日止		
年 月 日止		

　　请贵公司核对无误后签章证明，将此信寄回，如有不符，请将情况（包括：时间、内容、金额、不符原因）告知。

单位（签章）
年 月 日

　　（注：本函仅是对账，如结账日期后已付清，仍请函复）

（回函）

_____单位：

　　来函收悉，在来信所述的结账日期，本公司与贵单位的往来账目，经核对

相　符
_____
不相符（附清单）

单位（签章）
年 月 日

注：假设往来款项全部核对无误。

往来款项清查报告单

单位名称：　　　　　　　　　　　　　年 月 日

总分类账户		明细分类账户		清查结果		核对不符原因			近日到期的票据	
名称	金额	名称	金额	核对相符金额	核对不符金额	未达账项金额	争执款项金额	无法收回	应收票据	应付票据

郑重声明

高等教育出版社依法对本书享有专有出版权。任何未经许可的复制、销售行为均违反《中华人民共和国著作权法》，其行为人将承担相应的民事责任和行政责任；构成犯罪的，将被依法追究刑事责任。为了维护市场秩序，保护读者的合法权益，避免读者误用盗版书造成不良后果，我社将配合行政执法部门和司法机关对违法犯罪的单位和个人进行严厉打击。社会各界人士如发现上述侵权行为，希望及时举报，本社将奖励举报有功人员。

短信防伪说明

本图书采用出版物短信防伪系统，用户购书后刮开封底防伪密码涂层，将 16 位防伪密码发送短信至 106695881280，免费查询所购图书真伪，同时您将有机会参加鼓励使用正版图书的抽奖活动，赢取各类奖项，详情请查询中国扫黄打非网（http://www.shdf.gov.cn）。

反盗版短信举报

编辑短信"JB，图书名称，出版社，购买地点"发送至 10669588128

短信防伪客服电话

（010）58582300

会计资源库及经管理实一体化课程平台使用说明：

1. 登录高等职业教育教学资源中心 http://www.cchve.com.cn，获取课程资源。
2. 登录经管专业理实一体化课程平台 http://hve.hep.com.cn ， 点击按钮

经管理实一体化课程平台（点击此处登录）。登录方法：请使用本书封底标签上防伪明码作为登录账号，防伪密码作为登录密码。注意事项：①本账号有效学习时间 50 小时，到期账号失效；②本账号过期作废，有效登录时间截至 2015 年 12 月 31 日。

课程咨询电子邮箱：songchen@hep.com.cn　　咨询电话：（010）58581854

技术支持电子邮箱：gaojiaoshe@itmc.cn　　咨询电话：（010）68208490